疆|阅|典|藏

叙述者

李荔/著

新疆人民出版社

图书在版编目（CIP）数据

叙述者 / 李荔著. —乌鲁木齐：新疆人民出版社，2024.2（2024.7 重印）
ISBN 978-7-228-21258-3

Ⅰ. ①叙… Ⅱ. ①李… Ⅲ. ①散文集—中国—当代 Ⅳ. ① I267

中国国家版本馆 CIP 数据核字（2023）第 255372 号

叙述者
XUSHU ZHE

出 版 人	李翠玲	装帧设计	陈 飞 刘堪海
责任编辑	俞 康 张雪艳	责任技术编辑	杨 爽

出版发行	新疆人民出版社
地 址	乌鲁木齐市解放南路 348 号
邮 编	830001
电 话	0991-2825887（总编室） 0991-2837939（营销发行部）
制 作	非凡印艺图文设计工作室
印 刷	新疆新华印务有限责任公司

开 本	880mm × 1230mm 1/32
印 张	8.25
字 数	200 千字
版 次	2024 年 2 月第 1 版
印 次	2024 年 7 月第 2 次印刷
定 价	42.00 元

目　录

第一辑

叙述者

尤库日买里的时光

一

生长在吐鲁番大地上的村庄，其名字多与坎儿井有关。尤库日买里，意思就是“坎儿井上的村庄”。坎儿井是村庄最原始的图腾。有了坎儿井就有了水，有了水就有了生命，有了生命就会有村庄的命名。真正使村庄成为村庄的，还是时间。

从少年时代起，在被荒原包围的村庄里，我大把抛洒着无忧的时光，肆无忌惮地在村庄外的荒地上跑着、跳着、笑着。每动一下，灰尘会跟着一起扬起，弥漫在空中，又慢慢地散去。天黑了，躺在院子里的木床上，看着天上的星星，微小，明亮，纯净。我看着看着就睡着了。第二天醒来，世界又呈现出忙碌的景象：父母在晨光中的葡萄地开始了一天的劳作；早起的鸡、鸭、狗和不知名的虫子，各自张罗平凡的生活。我揉着惺忪的眼睛，打开磨得发白的旧书包，摸着那几本可怜的课本。上课时间临近，我却要走很远的路才能到学校。

我想，为什么自己会比那些鸡、鸭、狗、虫更辛苦，要走很远的路去学校。在学校，除了学习陌生的方块字之外，偶尔还会被问长大要干什么。长大能干什么？那是个黑洞，我不知道。那你现在最想干什么？长大。长大后最想干什么？离开这里。老师夸我有志气。更多的同学会回答，长大帮爸妈分担劳动，帮他们去埋葡萄藤、摘棉花。这个诚实的答案，被老师批评为“没出息”，而我那个虚无的答案，得到的表扬是“有理想”。自此，离开村庄，便成为我整个少年时代不懈的追求。离开，是人这辈子最初和最终的宿命。从被孕育的那一刻起，我们就做着离开的准备。我们离开母亲温暖的子宫，离开温情的怀抱，再离开洁净的青春，离开家，离开村庄。最终，我们又无法真正地离开。就像我们千方百计、竭尽全力地讨好生活，并冠之以不虚度此生之名，争分夺秒地与现实生活抗争，最终却很少对自己的生活满意过。

时光在一场又一场的日常生活的对抗中流逝，没有一丝的留恋或者告诫，悄悄地走了，不让人发觉。当生命历程开始分节分章地被少年、青年、中年无情划分时，让人陡生惊慌之意：时间都到哪儿去了？从库尼夏通往尤库日买里的乡村小道，我一步跨越了时光的界限，从童年步入中年。在洒满阳光的乡村小道上，每一步的迈出，都有着似曾相识的熟识感。那条被少年时光铺就的乡村小路，沿着岁月之河一直紧随着我，并倾心浇灌着我所经历的挫折和磨难，让它们长成我生命里一朵温暖的棉，无论我流落何方，只要心灵需要，那朵棉就会温暖地出现。

初冬，在尤库日买里的乡村小道上行走，仿佛在与过去的自己对话。随处可见的桑树和榆树，几人都抱不过来。想去算计它们的年龄，二十年，五十年，上百年……答案都是正确的。那些树在尤库日买里的时光比我的长，当然会有一小截时光与我的重叠着，若干年后，树的年轮里有着我的一轮岁月。

这些树的来源大多无据可查，它们以什么方式来到了这里，始终是个谜。荒原上的事物，都在进行一场宿命般的等待，等待着一阵风、一场雪、一阵雨，等待一支笔、一个镜头或者一个愿意驻足与之对视的人。树的一生也在完成一场等待。它们在家门口，在葡萄园的边儿，在一个路口等待着。它们不需要弄清自己从哪里来，要到哪里去，只是缓慢地生长，缓慢地老去。不像那些被人工种植的树，从幼年开始，被修剪成固定的模样，挤挤挨挨地栽在一片荒凉的空地上，等待着被需要它们的人挖走。树根带着自己熟悉的泥土的味道，被运到陌生的地方，再在新的泥土中缓慢地生长。当你穿越不同的城市，树不再成为唯一的标识，它们看起来极为相似。城市里，一棵树的长成是和城市发展的速度相匹配的。而一棵树在村庄里的成长，是舒缓漫长的。

一个村庄有了某某村之名，就会有一棵古树与之相对应。一棵古桑树矗立在八十岁的买买提老人家的院子中间，一百五十年的光景在树的身上经过。树干的中心有些空了，几乎把树分成了两棵，但并没影响树干上新枝叶的生长。这棵树不再只是一棵树了，而是买买提老人人生的一部分。他颤巍巍地扶着树走了一圈，用干皱的手用力地拍拍树干，古树给予了回应。老人自言自语着进了屋子，仿佛完成了某种仪式。八十岁的买买提和一百五十岁的古桑树，谁是谁的前世，谁又是谁的今生？他们互相诠释着逝者如斯的时间哲理。

每一扇门都是村庄盛开的花朵。尤库日买里的人也会在自己的门前栽种一两种花，跟随着花开花落识别四季的更替，菊花，鸡冠花，荷兰菊，红蓼……在尤库日买里，花与树不一样。花是暂时的，树是长久的；花是瞬间的，树是永恒的。阿伊努尔家门前去年种的是菊花和鸡冠花，今年换成了荷兰菊和红蓼，有些花她连名字都不知道，只要有了花种就种下去，就一定会开花，明年再换其他的花来种。花已枯败，种子埋进了土里，等待春天的来临。古老的桑树随着风的造访，一阵落叶满天飞舞。落叶也是有名字的，它从树上落下，在谁家门前，就是谁家的树叶。刚放学的孩童穿梭在古桑树间，调皮地追着飞舞的落叶，踢一脚，再捡起刚落下的桑叶，"哧溜"一声挤进门里。

是先有门还是先有大桑树，弄清楚这个问题，需要很长的时间。

二

这个初冬的早晨我只做了两件事：一件事是追着一条小河走了好几公里，另一件事是追着小河里的鸭子去往流水深远处的尤库日买里。

小河其实是一渠坎儿井水。吐鲁番的冬天万物凋零，见到一渠流动的水，整个世界瞬间复活了。落叶、枯枝、沉睡于大地之上的植物，正在做一个长长的梦。气温越来越低，它们的睡眠越来越沉，甚至比大地的冰冻更深，比寒冷的冬天更为久远。植物在无声的世界里各显其能，按照自身生命的指令寻找适宜的深度和温度，悄然集聚着力量，等待第二年春天从枯枝败叶里涌出新绿。

坎儿井水从尤库日买里村正中流过。外力说，他在这坎儿井边住了四十五年，他到这个地方的时候，就已有了这条坎儿井。坎儿井的源头在汉墩乡的某处，想找寻这渠水的源头，就必须走与水流一样远的路，甚至更远。我无法寻到这渠水的源头，还有一个原因——我只是无数密集的时光点中的一个，没有足够的时间与水同行，我与它的对视仅限于这个初冬的早晨。我只是一个匆匆过客，没有更多的理由在此停留。我继续破解着大地上的秘密。在这冰冻的世界里，水是怎样与寒冷抗衡，不屈不挠地流向远方。我的思考深入不到大地深处。我只有蹲下来，伸出手用指尖去触摸在零下十几摄氏度的空间中流动的水，一股温暖的细腻传遍全身。“这么冷的天，水如此温热？”“我带着大地的体温。”环顾四周，空无一人，我童心大发，开始与这渠水嬉戏。我整只手伸进水里，把水撩起来抛在空中，泛起白花的水从空中率性地落下，将水面砸出更多水花。水流更加欢快了。我捧起水向上游洒去，一捧比一捧洒得更远。我的干扰，只是让水流打了个漩儿，临时改变了一下方向，随即便又一路欢歌着奔赴远方。清晨的阳光洒在清澈的水面发出亮闪闪的光芒，我的一些隐秘也随即被这微弱的光芒所质疑。我能像这渠水一样澄清和明亮吗？当我打破这渠水的宁静时，一些幽暗的思想在萌发；当我捧起水洒向远方获得快感时，伴随着幽怨、嫉妒、破坏……或者更多的自我。而水只记得流向远方，阳光只记得给予温暖。我释怀地放下了一切，回归到孩童的天真。孩童们会为一片小水汪而放弃整个世界，不论那水是清澈的还是混浊的。或用手去摸，或用脚踩出水花，或蹲下来探究变幻的水纹，直到大人催促再催促，才恋恋不舍地离去。孩童与水浑然天成的亲密感，无论从哲学还是社会学去探讨，答案都是一致的。

简易的桥是坎儿井水渠上的另一道风景。渠边除了那些干枯的杂草和树叶，就是一个又一个与这渠水相生相伴的木桥。木桥的搭建简单随意，为了跨过水渠，居民们随意捡起地上散落的木棍，搭在水渠两边，从左面到右面，又从右面到左面。一户人家就可以搭建一座桥。这桥没有更多的意义，又有着无限的意义。从桥的形状和牢固的程度，可以判断出搭桥者处于哪个年龄阶段。一块平整的板子牢固地镶嵌在渠的两边，这可能是一位上了年岁的人搭建的，因为他走过很多座桥，知道稳固是桥的根本。一根圆木棍歪七扭八地搭在渠两边，这大概是个顽皮的孩子要感受摇摇晃晃带来的快感。偶尔有几只很深的大脚印踩在水渠两边，那定是一位热血的青年男子，直接从渠这边跨到那边，减省了很多程序，却丰富了大地的想象。

村庄里生长的事物都是有规律的。比如几棵古桑树旁一定生长着几棵老榆树，桑树、榆树的枝条互相交缠着，大有剪不断理还乱的意蕴。庭院里的核桃树一般是两棵以上并排生长着的。这里的羊从不啃树皮，只会倚在树干上蹭几下痒痒，互相"咩咩"地畅谈。那几只正在畅聊的鸭子，两两一对，像小情侣似的，边走边回头看看我，"嘎嘎"地叫着，在静谧的村庄里彰显着主人的身份。

顺着水流的方向继续前行，遇见一小片白杨林。白杨树笔直地站立在坎儿井渠的两侧，高耸入云的树梢直抵湛蓝的天空。白杨树只在乎高处的事情，而不屑于桑榆之间的纠缠。几只无名的鸟雀，从这枝头飞到那枝头，又从那枝头飞回到这枝头，它们的嬉闹只给大地投下几抹黑影，又瞬间消失。"天空有鸟飞过，不留一丝痕迹。"泰戈尔的诗句，蕴含着智慧，从来没有远离过天空和大地。

无论周围的世界怎么喧闹，这渠水始终安静地流着，像一位稳重端庄的淑女缓步前行。我默默地跟随这渠水走出了村庄。当我向着更远处行走时，被旷远的寂静阻挡了。远处的火焰山散发着清冷的气韵。山藏在沉沉的雾霭里，少了几分坚硬，多了几分柔和。我穿行于寂静辽阔的原野，正在过冬的葡萄墩好奇地打量着我，那些被土深深包裹的葡萄藤，用最敏锐的听觉聆听着水和我的经过。“寂兮寥兮，独立而不改，周行而不殆”，好像老子就站在不远处，与这个繁复的世界同在。此时，南怀瑾先生与我为伴，耳机里传来先生的教导：“庄子说人的欲望就是水，人的欲望一旦放纵开来，就像决堤的水，你很难控制住。人每天都被许多欲望引诱着，你不停地去建立堤坝，让那些欲望之水得以安全地储存。我们一生都在做这一件事，也还做得不够好……”

我无法像这渠水随性前行，只能在哲人的劝诫里往回走。当我再次遇到那四只鸭子、六只鸡时，鸭子依然在水里游着，根本不在意我行走的方向。它们在水里一会儿顺着水游，一会儿逆着水游。鸡不一样，带队的一只大斗鸡，伸着几乎没有羽毛的脖子“咯咯”地叫着，趾高气扬地向我抗议，像一个久经沙场的英雄维护雄性的权威。它带领着它的队伍随即改变方向，与我同行，像是要与我展开一场比赛。它身后的几只公鸡和母鸡，忠诚地跟随着。那支鸡的队伍一路高歌，率先冲进了白杨林中。在这个初冬的清晨，它们不屑与清冷孤单的我同行。

三

在尤库日买里经历这场雪纯属意外。十五公里以外的县城没有下雪，二十公里外的鲁克沁也没有下雪。雪只落在了尤库日买里。对于吐鲁番这样干旱的地方，人们整个冬天就在等一场雪。若能等到，这个冬天就是完整的。若没有等到，就接着等，直等到杏花、梨花开了，还在念叨：这个冬天连一场雪都没下，春天就到了。未能到达的那场雪很快被柔嫩的花瓣代替。人们穿梭在杏林或者洁白的梨花中间，吟诵着“梨花千树雪，杨叶万条烟”的诗句。

在吐鲁番大地上，从冬天到春天就是一朵花的距离。此时，我对着这场雪说这些是多余的，甚至有些矫情。在尤库日买里，一场雪就是一场雪，没有人去赋予它更多的文学或者哲学寓意。它就是单纯的一场能给这个沉闷的小村庄带来快乐和生机的雪。

中午一过，天空灰蒙蒙的，阴霾把天空压得很低。乡村小道两边的古树冷静地观望着地面上的一地骚动。狗、猫、鸡、鸭早早归了圈窝，路上的行人越来越少。夜晚比平日早来了两个小时，这对冬闲的人们来说没有多少影响。冬天的尤库日买里散发着慵懒的气味。每家大门都是敞开的，你可以随意地出入。借一把扫帚，拿一把铁锹、坎土曼，用完了，再放回去。你可以跟主人打个招呼，说我刚才用了一下扫把、铁锹；也可以不专门去说，哪天想起来了就说一下。有时候，自己可能会忘记曾经借过别人家的东西。忘记就忘记了，主人家永远不会知道自己的东西曾被别人用过，又送还回来。这些藏匿于时间深处的隐秘，丰盈着村庄的另一种气质。这种气质，更贴合于灵魂的寻找和回归。

在无法明晰傍晚和夜晚的界限时，雪从厚重的天空洒落下来。雪花匆忙又不失优雅，以整齐划一的节奏，赶着与大地上的事物进行一场约会。静止的房屋、树、马路，正在奔跑的汽车、吃草的羊群、闭目养神的牛、仰望天空的孩童，哪个是雪花的倾心对象？无论我怎样缜密地观察，也找不准这个微小事物行进的方向。放眼天空，飘飘洒洒地飞舞才是它的本真。

雪继续下着。地面已经泛白了，天色愈来愈暗。与我共同经历这场雪的，是一位美丽、善良的维吾尔族姑娘。她有着白皙的皮肤，沉静、清澈、安然的眼睛。我喜欢看女人的眼睛。一双善良纯净的眼睛是绵柔的锦缎，散发着柔和的气韵，你渴望走近她、读懂她。眼睛是心灵的窗户，而心灵是一座熔炉。当所有的生活经历让一颗纯净的心灵去提炼，有了足够的真诚就有了足够的善良，有了足够的善良就有了足够的宽容，最终汇聚成一汪纯净的水，滋润着世间万物。眼睛收纳万物，把它们交给心灵。心灵为万物赋予灵魂，再返还给我们的眼睛。眼睛检索着我们心灵的善与恶。我和玛依拉对望了一眼，什么也没说。我们只用清澈的目光紧紧追随着每片雪花的影子。

天空越来越暗，雪花飘落的速度越来越快，视线越来越模糊。而另外一个世界突然匆忙起来，那些藏匿的声音也慢慢地醒来。“当我把眼睛沉入你的眼睛 / 我瞥见幽深的黎明”，叙利亚诗人阿多尼斯在他孤独的花园里醒来，植入到了这个僻静孤独的雪夜。“我想：雪花为什么要翩飞呢？多么没有意义！忽然我又想：我不也是和雪花一般没有意义吗？坐在椅子里，两手空着，什么也不做；口张着，可是什么也不吃。我十分和一架完全停止了的机器相像。”萧红在古老商市街的一个旅店，裹着旧毯子，蜷坐在椅子里，百无聊赖又满怀期待地甜蜜地等待着她的三郎。“在南方的深冬遇到了这本书。读萧红，浓烈的情感能让苦难的生活溢满温暖。”这是我读完书后留下的笔记。这位富于才情的女子，一生都在寻找爱的归宿，最终还是被命运辜负。人们一遍遍读着她的文字，哀怜她的遭遇，享受着文字里散发的温暖，寻找着爱的救赎。雪花的意义在这个女子痴情的等待中多了几分温暖的甜蜜。那一刻，我与萧红的眼神相遇。我再注视眼前的玛依拉，平日里沉默寡言、波澜不惊的她，见到漫天飞舞的雪花，眼睛里闪烁出明亮温暖的光芒，整个人都变得轻巧起来。

村庄的雪夜安静如水，任何一个微小的声音都会打破这份宁静。我和玛依拉手挽手走在漆黑的乡村小路上。宁静的世界里，只有簌簌的落雪声。玛依拉说，那是雪花走路的声音。多么美好的表达。唯美的句子一定是从唯美的心灵出发。我和玛依拉继续往前走，像天空中飘摇的两朵雪花，漫无目的地在黑夜里随性穿行。路上没有路灯，只有一家小商店门前亮着一盏简易的灯。小店已关门，幽寂的乡间小道上，这盏灯孤零零地亮着，仿佛在等待着什么。我们朝着这盏灯靠近，并在这里停留。雪花在昏黄的灯光之下闪闪发亮，玛依拉兴奋地追逐着飘飞的雪花。片片雪花落在玛依拉俊美的脸上，融成水珠，而后消没，只有暗黄的灯光停留在脸庞上。我们张开双臂，抬起头仰望天空。无边的黑夜荡涤着焦灼的心灵，目光所及处，只能看到指向天空的双臂。玛依拉长久地保持着这个姿势，像是告别，又像是重生。我悄然走出灯影外，远观雪夜里这一灯、一人、一影被飘飘忽忽的雪包围着。

让一场青春在一个雪夜回归，并不是一件很复杂的事。雪下得越来越大，踩在脚底下的雪发出“咯吱咯吱”的声音。这声音也让我找回一个久远的自己。刚从学校毕业的我，被分配到农村的一所学校当老师，在一场雪里，我学会了用诗歌的语言掩藏或表达自己。那首小诗的诗句已记不起来，只记得写了被一场大雪洗涤了的世界，和被一场大雪洗涤了的忧伤。雪掩盖了那所学校的破旧，给校园穿上了洁白的衣裳。踩在厚厚的雪上，脚下发出的“咯吱咯吱”的声响，是梦想飞翔的韵律。大概就是这个意思。那首诗最终被本地的一家报纸刊登。受那场雪的启迪，变成铅字的小诗确定了蛮荒青春时代的梦想，并让我重新去发现生活的美好。我开始融入那所简陋的学校，安心地与曾经教过我的老师们共事，在三尺讲台上耕耘演绎我的青春。那一双双好奇的眼睛，是我认知世界最初的模样。流着鼻涕将一枚泛黄的杏子递给你，用脏脏的小手抚摸你柔软的头发。他们哭与你有关，饿与你有关，放学找不到父母还与你有关；作业写不完了找你，男生打架了找你，女生发卡丢了也找你……我与孩子们在这些琐碎的日常生活中，一起慢慢消解岁月的冗长。那个雪天的记忆逐渐模糊。而今天，在尤库日买里的雪天里，我的记忆如实回归。

我和玛依拉无声地继续行走在这场雪中。我们都在回想自己与雪、与寂然的乡村之夜有关的记忆。玛依拉开始讲述她凄美忧伤的故事。在最美好的年华里，一位远在京城军营里的男生，关注着西北边陲小城里这位美丽的女孩，每周一个电话，只问：“你还好吗？”每次假期的相遇，都需要预设很多个场景。结果，他们越走越远。多年以后，彼此仍有着无限的怀恋。在爱情的列车上，会有很多人与你相遇，甚至陪伴你走过一段很长的路程。可是，和你去往同一个终点的那个人，往往不是我们故事里的主人公。这些道理，我无法对一个维吾尔族姑娘说得更透彻。我只能给她讲着在这洁白雪花里滋生的爱情故事。“盈盈的，沾住了她的衣襟，/贴近她柔波似的心胸——/消溶，消溶，消溶——/溶入了她柔波似的心胸！”富有才情的诗人徐志摩，在近百年以前的这个季节，爱上了一位女子，借雪花的温柔，抒唱他对爱与美的追求。从雪花开始的爱情故事，一直在无数个雪夜里流传。玛依拉似懂非懂，如水的眼睛里，一股幽深的清泉泛起了微漾的涟漪。她忧伤地说，她与他没有经历过这样一场雪。而那如雪花般轻巧而美好的青春爱情，早已融入纷飞的雪花。“我最喜欢下雪了。”玛依拉轻声自言自语。

继续绕着村庄的外围行走，偶尔能遇到三五成群的影子，“咯吱咯吱”的脚步声与“哧哧”的窃笑声，让即将沉睡的乡村保持几分醒意。我和玛依拉不知不觉又绕回那个小商店的那盏孤灯下。灯还是那样亮着，此前凌乱的脚印早已被白雪覆盖。

整个世界只剩下洁白的雪花与静谧的黑夜。庞大的黑，细小的白，移动的雪，岿然不动的万物。白和黑、大和小、静和动，我、玛依拉和尤库日买里，完成了这个雪夜最初的对立和辩证。

叙 述 者

榆

山有枢，隰有榆。

——《诗经·国风·唐风·山有枢》

在这里，不在别处。在时间与真相的结合处，总会有一位叙述者隐藏于某件事物中。它藏匿黑暗的潮湿处，等待着影像的重现。

少年时代那棵树，是挂着一口老钟的歪脖子榆树。榆树长在泛着白碱的操场中间，树干有盆口粗，树龄至少有三十年。它比我或我的父辈们更早地站立在这里。

刚入秋的校园，有了这样几棵榆树，内容丰富起来。男生们练习爬树的本领，女生们围着树干叽叽喳喳说些小秘密，组成一个美妙的世界。榆树枝条粗壮，因长时间缺水，树叶稀疏、泛白，粗粝、朴实而亲切。长在校园里的榆树被流逝的光阴浇灌着，像学校墙外的无边无际的荒漠沙砾，无限放长童年的记忆。

那口大钟，在生命的章节里属于开篇，无论在哪里，安静地回归时，就是入口。被磨得光滑的铁钟像个大的倒挂的铁喇叭，紧箍在粗壮的枝干上。吊在中间的铁链子，是某种责任的象征，所有时间的节点都在敲钟人手里掌控。他用力地甩着那条链子，让链子尽力地去撞击大钟，发出“当当当”的声音。整座校园在这个声音中沸腾起来，也在这个声音中安静下去。

敲钟人是位名叫吾斯曼的维吾尔族老人。个头不高，经常穿着一件袷袢，那半长不短的白色长褂，早已变成了土黄的颜色。老人留着长长的白胡须，满脸皱纹，看不清他日常的喜怒哀乐。岁月深刻在那些皱纹里，藏着别人读不到的艰辛。

敲钟是他生活的全部。时间久了，我们从老人敲钟的声音里，能分辨出他的心情。他有时拿着一块石头敲，发出的声音清脆清亮。钟声一响，我们如一群刚出羊圈的小羊从教室里撒欢而出，奔向操场，开始踢毽子、抓石子、打沙包、疯跑……这时候，老人总是微笑着说“阿斯达、阿斯达”（“阿斯达”，维吾尔语，“慢一点儿”之意），捋着白胡子，慈爱地享受着这个尘土飞扬的课间。有时他用他的拐棍敲，声音有些沉闷，但依然响亮。他用力地挥舞手里的拐棍，夹杂混沌不清的语言驱散贪玩的孩子们。“恰岗，巴郎！”（“恰岗，巴郎”，维吾尔语，“快点儿，孩子”之意）他指了指教室。看见他走向那口大钟，我们互相催促：“快点儿，马上敲钟上课啦，下课再玩吧……”“当当当”的声音在空旷的操场上回荡，跳皮筋、踢毽子的我们快速“收工”，奔向教室。

那口大钟发出的声音，成为少年时代校园里最动听的语言，单调，但充满诱惑力。就这样，在简陋的校园里，一节课连着一节课，一天连着一天，一年连着一年，如不断变长的课文和算术题，每一节课的钟声都有着不一样的内容。听久了，不再像是钟声，而是少年蛮荒时代通向某个伟大理想的节点。在一声“当”和另一声“当”中间，在那棵老榆树的阴凉下，少年时代在此终结。

挂在老榆树上的大钟换成一个铁轮子的时候，吾斯曼老人也被换了，原因是那口钟的失踪。有人说他的孙子偷了钟，把钟卖掉，拿着钱偷偷离家出走了。

老人的儿子常年不在家，一年回来不了几回。儿子是收养的，邻居都说老人收养了一个不孝之子。老人的孙子也是收养的，是个残疾人。小时候生病打青霉素，针剂过量，因此成了哑巴。老人对孙子疼爱有加。孙子也很乖巧懂事，在校园里经常可以看到他给老人洗脚按摩。在各个教室的门口，我们经常看到他晃悠着的脑袋，羞涩、好奇、羡慕写满了他那双明亮的大眼睛。这是我第一次学会从一个人的眼睛里读懂他内心的世界。

校长找了老人谈话，一些邻居开始用异样的眼光看他。老人无从解释，只是一个劲儿地摆手说“亚克、亚克”（“亚克”，维吾尔语，“不是”之意），但没有人信他。在一个烈日炎炎的中午，趁着没人，他悄悄走到那棵老榆树下，轻轻摩挲着老榆树粗糙的树干，像是告别，又像是在倾诉。穿着一袭泛黄白色袷袢的老人站在老榆树下满怀虔诚地仰望着，安静简朴的校园操场成为底色，这是一幅怎样的画面啊。后来，真正“偷”钟的人查到了，是村里一个半大的孩子和别人打赌，如果他有足够大的力气把钟从树上搬下来，就算他赢。铁钟在两个顽劣的孩童的嬉闹中被搬了下来，藏到了操场的垃圾堆里。钟被找到后，学校领导找到吾斯曼老人，向他说明了事情的经过，并致以真诚的道歉。老人紧皱的眉头瞬间舒展开来，被岁月压得有些弯的腰也挺直了。当晚，他带着家人搬离了学校。

老人逐渐被我们遗忘，而那棵榆树至今还在不紧不慢地生长着。在越发粗粝的树皮中，总有一处潮湿的印记，是敲钟老人被误解的忧伤和我那个不懂得忧伤的少年时代。

桑

隰桑有阿，其叶有难。

——《诗经·小雅·隰桑》

在某种经验中，当你开始伤物悲秋又无以表达的时候，你就会去寻找一些与生活相关的媒介，或在前人既定的生活经验里寻找某些美好的愿望。你所找寻的对抗、纠结、痛苦、幸福这些碎片不停地更换着，就形成了哲学家们所总结的人生的不完整性。

当我倚着一棵古老的桑树看日落的时候，我似乎看到了荒漠尽头天那边的神话——山神与日神亲密相爱，月神与星神窃窃私语。除了空旷和荒芜之外，我的脑子里开始幻想一些小秘密。秘密是需要隐藏的，而在空旷的荒原之上，所有的秘密只能隐藏于紧贴地面生长的植物或者那些粗壮的桑树下面。斑驳的草荫或树荫之下，大小不一的杂乱脚印被踩进蓬松的沙土里，只有有所寻找的人才会发现这些秘密。粗粝的树皮上，刻着几个模糊不清的维吾尔文字母，字母与字母相互缠绕，已深深长进树皮之内的时光里。一定有一个很长的故事，但故事的主人公又在哪里？从这些问题开始，一个世界多彩起来。

在荒原无遮无挡的青春中，我得了严重的自闭症，经常惊恐地拖着正在发育的身体远远地避开忙碌的人群。我用各种各样的方法压制那开始不断膨胀的身体，穿肥大再肥大的衣服，尽量把腰弯了再弯地走路。村头那棵古桑树，则是我最好的去处。每当遇到无法想明白的事情，我就一个人悄悄地躲在树底下聆听荒漠里的风声、树上的虫鸣，或者看着烈日下那些忙碌的人们。我看着一枚枚青色的桑葚在阳光之下逐渐变得或白润或红润。隔一段时间，它们开始招来麻雀。麻雀们叽叽喳喳地围着不是很粗壮的桑树欢快地叫着，不几天，地上便散落了几枚熟透的桑葚。仰头看那些已经成熟了的桑葚，宛若一个个出落成人的姑娘，水润剔透。这些紫色的、白色的，还有黑色的桑葚，隐秘地藏在一片片肥硕的桑叶之下。仰视之余，忍不住伸出手臂摘一枚放入嘴里，一股甘甜清冽的味道沁人心脾。斑驳的阳光洒在那些青涩幽暗的心事之上，蔚蓝的天空空旷得如我脚下的这片土地。几朵浮云悠闲地飘浮着，一棵生长着甜蜜味道的桑树兀立在天与地之间。云是天空中的树，汲取大地的湿润装饰着天空；树是大地上的云，收集着大地上所有的灵气。当我再也压制不住那自由生长的身体的时候，身体那些曾经羞涩、惊恐的内容瞬间变得骄傲起来，我竟然可以挺着胸昂首阔步甚至自豪地穿行在小村庄的各条小巷里。

L出事之后，我又一次穿上了肥大的衣服。我带着某种对“女人”这个名词的打量，质疑这与生俱来的忧伤和不堪一击的青春。

邻居家的女儿L比我稍长两岁，读完初中就在家务农。L有着姣好的面容，传神的美目，小巧丰腴的身材，一副初长成人的少女模样，着实好看。我们几个小一点儿的女孩，放学之后都喜欢找她玩，喜欢看她戴不同款式颜色的发卡和项链、手链等首饰。确切说，我们还是第一次见到女人用的这么精致的东西。甚至她各式各样的胸衣，也是我们欣赏的内容。

她给我们讲村子外面的世界。在离我们所居住的村子三十多公里的县城，那里的夜晚路上有灯，路面坚硬又干净，不像我们村子的路，一脚踩下就是半脚泥土；路上的行人和车辆川流不息，就像白天一样。我们几个小姐妹就想象着L所描述的景象，像学过的课文里的北京长安街那样，有灯光，有熙熙攘攘的行人，路很长很长，走不到尽头。而L，像个美丽的灰姑娘，在我们想象无法触及的地方遇到了她的王子……这个时候，她的妈妈进来打断L，对我们说："早点儿回家吧，孩子们，明天你们还要上学呢，不像我家这闺女，不争气，不好好读书！"L的妈妈，一脸的失落和无奈。但我们还是喜欢并欣赏L成熟的美丽。

没过多久，大人们说，L跟一个木匠走了。不久，木匠又把L送了回来。送回来的L，小腹凸起，满脸黑斑。这对于宁静、安详又闭塞的小村庄来说，是一件异类的事情。在村人眼里，L犯了女人的大忌，成了不检点又不干净的女人。不干净，是一个模糊的概念，我的理解是一块洁白的手绢不小心沾上了一点儿灰尘或者蹭上了油渍，是可以用洗衣粉或者其他的洗涤剂洗干净的。而大人们说，这不一样，女孩子的干净是唯一性的，被破坏了，就是一辈子的事。对于戈壁边缘的小村庄来说，这是件非常可怕的事情，几乎打破了整个村庄的宁静。有女孩子的人家便生了恐惧和担忧，并把这种恐惧和担忧完全转嫁到了自家孩子的身上：不准穿紧身的衣服，不准和不认识的男人说话，不准再到L家去……

L的家人连夜把她带到城里住了一段时间。回来之后，她很少出门，也没有女孩子再到她家去玩。没过多久，她家门前的那棵桑树被砍掉了。后来才听大人们说，那棵桑树不吉利。古人说："前不栽桑，后不栽柳。"她家开始不信这个邪，自己的闺女做出那样的事后，才信了。据L的家人说，树墩上的年轮一圈又一圈，一定是一棵古树。

L家的桑树被砍掉了，但L的事依然在小村庄一年又一年地被讲述着，只是提及的次数越来越少。

每年五六月的时候，小村的人们都会围着一棵又一棵的桑树吃桑葚，他们依旧在分享着美好的光阴。在村子外的我偶尔回去，看到各家各户门前已变得粗壮的桑树，不禁再问起L的近况，都说不知道。就像L家当年被砍的那棵古桑树，树根犹在，树干却早已不知所终。

桃

桃之夭夭，灼灼其华。

——《诗经·周南·桃夭》

春天，不适宜去记忆死亡。也是在春天，每一个事物又在经历一些疼痛，每一种的绚烂都与消失相关联，比如花开与花谢，比如曾经倚在这棵桃树下的娜。

许多朵桃花要开放之前，一些细长嫩绿的叶子簇拥在花苞的周围等待着，而等到花苞绽放之时，那些细小的叶子依然缓慢地生长，继续等待，直到桃花盛开，惹来一群群忙碌的蜜蜂缠绕。孩童们惹着蜜蜂又躲着蜜蜂的追赶，嬉笑着玩耍。桃花在不紧不慢地盛开，它似乎知道，春天就是属于它的季节，没有谁能在这片戈壁的争奇斗艳中赢得过它。它不紧不慢地绽放自己的妩媚，然后又悠然自若地飘落。满地粉白的花瓣很美，孩子们小心翼翼地捡起花瓣，或扬在风中，让花瓣随风而飞，或撒几瓣在自己头上，臭美一下。落在地上的花瓣几乎不会过夜，或被早起的羊们吃掉，或被风送到另外的地方。而落了花瓣的桃树，开始趁着天黑狠劲儿地生长，那修长的叶脉也如女孩婀娜的身姿，一天一个样儿，慢慢地伸展着理想。

村里的人很少在意花落，他们扛着铁锹踩着软软的泥土，向着村外的田地走去。新的一年就这样在一棵棵树的影子里开始了。

我和娜歪头瞅着桃花的盛开，再低头抢地上散落的花瓣，把花瓣一瓣一瓣地拼成我们心目中的花朵。这是太阳花，这是月亮花，这是星星花……在近乎蛮荒的小村里，除了地上的泥土和树上的花之外，我们只知道这些了。然后，我们又找来许多个废旧的碗碗盘盘，用泥土和花瓣做成各种各样的什物。我们玩“过家家”游戏。我当新娘，娜当新郎；或者我当孩子，娜当妈妈。又假演妈妈病了孩子照顾的场景。娜就斜躺在一截矮墙的下面，把和着泥土的花瓣撒在身上，说自己死了，要用花把自己埋葬了。这时候娜的妈妈看到了，不愿意了，大声地呵斥着娜。从五湖四海聚集于小村的人们，有着五花八门的忌讳，最常说的就是女孩子家一定要管好自己的嘴巴，“丫头片子嘴毒着呢！”言下之意，女孩子说出的话都会应验。

娜的妈妈赶快把我的妈妈叫了过来，说要破解这个不吉利的话。两个大人争起来，一个说这样，一个说那样。妈妈的老家是江苏，在南方，而娜的妈妈的老家是甘肃，在北方。每个地方的风俗不一样，但是她们都有一个共同的“敌人”——“丫头片子嘴毒”。最后两人商定，在刚才娜侧身躺下的地方堆上干葡萄枝和葡萄叶子碎末，用火把晦气熏跑。干葡萄枝和葡萄叶子碎末按照刚才娜躺下的形状堆放，然后被点着。一股青烟慢慢升上天空，过一会儿就消散不见了。荒僻的小村，蛮荒的岁月，空白的哲理。从此以后，我总是被妈妈训诫：“小丫头片子家，不要乱讲话，乱讲话，就会被乌鸦抓走！”说完这话的时候，总会有一群黑乌鸦“呱呱”地从头顶飞过。

那次“过家家”事件之后，我记住了村庄上空乌鸦“呱呱”的叫声，以及那叫声给予我的警诫：一定不能想到死或者不好的事情，不然会不吉利。而关于死，是那样神秘而久远，像无尽的黑夜，越是努力想看清楚，越看不清楚。在这种纠结中，我们慢慢地长大。

逐渐长大的娜，没有比小时候漂亮多少，依然是黝黑的皮肤，小小的眼睛，高高的鼻梁，小巧的个头。她是家里唯一一个女孩，上面有个哥哥，下面有个弟弟。她在这个小村里享受着“公主”般的生活待遇：父母疼爱，兄弟谦让，口袋里永远装着村小食品店里有的各种各样的零食。她偶尔会分享给我一些，我总是无限感激又无限向往地羡慕她的世界。她以无限的优越感在小伙伴中间幸福地享受着属于她的美好。但她这样的优越性没有多久就消失殆尽了。我们都进入了学校，进入了另外一个世界，那个世界除了黄土和荒原之外，还有比桃花更美好的事物。可娜的学习成绩一塌糊涂，经常捧着满是叉叉的试卷回家。她的父母偶尔会声嘶力竭地训斥，不再像小时候那样宠溺她，但娜的优越感依然如故，依然是口袋里各色零食不断。渐渐地，左邻右舍不时传出谁家少了几块钱。钱数不多，大人们都以为是自己丢了，或者怀疑是自家的孩子拿了，嘴上说说就过去了。终于有一次，娜被一位阿姨堵在了家里，而娜竟然没有一点儿惧色，很平静地离开了。在小村子里这样的事情就像一根不小心扎进手里的刺，很小，但是碰到它就会很疼。大家开始防着娜，不喜欢自己的孩子和她玩，不愿意邀请她到家里做客，但从没有人告诉娜的妈妈这是为什么。天天奔波于田垄之间的娜的父母，依然时常向邻居们夸赞娜的乖巧，除了学习差一点儿之外，绝对是个好女孩。邻居们也都附和着。

后来，我们各自为学业奔波。娜上了一所卫生学校，毕业后在私营医院干了几年就回到了村子里。是因为病才回村里的，娜得了好几种病。她依然是父母宠爱有加的孩子。她的家人从来不透露娜的病情，偶尔会带着娜到医院去看看。

娜仅仅二十年的生命历程是在一杯驴奶里结束的。据说，娜被疾病吞噬的小小身体，瘦得只剩下一把骨头了。娜的父亲抱着她从医院走回了家。

娜是在晚上走的，全家人悲痛的哭声震痛了整个村庄。村庄沉浸在悲伤里。娜的父母拒绝了所有人的帮忙，第二天就把娜下葬了。

这是一朵刚刚长成的水润的桃花。这朵花不小心走错了地方，从此再没找到适合她生命生长的土壤。这朵花不得不凋谢了，没有谁能阻挡得了，就像没有谁能阻挡花开一样。

每次我从外面回到家，娜的妈妈总是第一个到我家来，和我小心翼翼地说上几句话，然后借故离开。

我依然会时常想起这个叫娜的女孩，想起她倚着桃树笑的姿态，和她同我抢撒落在地上的花瓣时的快乐时光……

椿

上古有大椿者，以八千岁为春，八千岁为秋。

——《庄子·逍遥游》

这座老宅彻底地空了。它的空为这个小村庄又增添了几分忧郁的气质。这气质是一种味道，只有踩着曾经的时间的光影，你才能感受得到。

老宅和这个村庄同岁。村庄在这片荒原落脚的时候，老宅也刚刚诞生。能证明老宅的事物，也就是这几棵椿树了。

老宅的诞生跟落脚荒原的村庄一样，跟随着人们最初对土地的认知：驻足停留，寻找水源，垦田植树，搭棚建屋，结婚生子……于是，一个村庄在某一个时间的节点就长成了。接着，是一些老人回归泥土。村子里的人们，在谈论起某个老人的时候，会用平缓的语调说，他或她是哪一年走的，因为什么走的，走的时候神情怎么样，平静得就像一阵秋风来了，高大挺拔的椿树上飘然落下一片黄叶，无声而又真实地存在。

老宅位居村子中间，被高大的椿树包围着。据说，村子里开始栽植椿树，是跟老宅的女主人学的。人们发现在这个满目荒凉之地栽种椿树，容易活，生长快，不需要修剪，能抗拒每年那几场昏黄的沙尘暴。大概有了这些高大挺拔的树，村人们才有了安全感。

这些椿树随意地长着，以它们的内心感知着四季。四月到了，头年的成串的干瘪的椿树果实还挂在枝头，细嫩的椿树新叶已硬是挤着长出来了，一阵风吹过，树影摇曳，干褐的黄和嫩白的绿相互映衬，村庄的春天从衰败的椿树翅果里慢慢醒来。

也就在春天的时候，才能更好地分辨村庄里的各色各样的树。杏树、桃树用娇艳的花来报春；桑树沉稳些，躲在粗糙枝干里的嫩叶迟迟不肯出来，等到杏花、桃花、梨花都谢了，桑树叶子才不紧不慢地长全；椿树就更不用说了，它始终以老者的脚步姗姗与春天相会，坚挺笔直的树干，顶着几枝树杈，树杈顶端会长出新枝，来年新枝又成了树杈，树杈上又长出新枝，就像村庄里不断繁衍又不断离开的人们。只是椿树不停地生长着，而村庄里的人们走了却再也没有回来。

老宅的女主人为什么钟情于椿树，无人知晓。最初，老宅的女主人和她的丈夫拖着八个孩子，从四川流落到了这里。一家一户分宅基地，盖新房，人多就是优势，可以多分地，有劳力盖大房子。她家的孩子基本都成人了，干起农活来又快又好，招来村里好多人家的羡慕。但是，生活依然不容易，在刚被改良的戈壁荒滩上种庄稼，用汗水兑换果实，过程漫长而艰辛。这是一个时代与生活的较量，父辈们欣喜地守着自己的地亩块，用年轻坚实的脚步一步一步地丈量着：一步大概一米，一块地六十步长，二十步宽，大概是一亩几分地。不用皮尺测量，也不用公式计算，在田间地头自成一家。紧接着，不了了之的争吵和纠纷频繁出现：他家的埂子打得宽了，占了下家的地；你家的埂子打得不够直，占了我家的地……四季更替，在灰白的土地上，葡萄、高粱、小麦、棉花，以及叫不出名字的青草蔓延，覆盖着属于村庄的那些岁月。

老宅里的八个孩子也像地里的庄稼一样不停地成长着。那宽大简陋的宅院里时常传出打骂和啼哭声，尖厉高亢的四川方言我们几乎听不懂。邻人们都摇头叹息——这家子人又吵架了。然而，第二天早上太阳升起之时，老宅里又开始了“嘁里哐当”的打水做饭声。大的给小的穿衣梳头，哥哥弟弟姐姐叫得亲切而又欢快……

老宅那几棵椿树有碗口粗了的时候，住在老宅里面的大女儿出嫁了。大女儿是个美人坯子，瘦削高挑的个头，白皙的脸庞，温婉而又略显木讷。嫁女儿的场面，欢快里总隐藏着一丝不舍和怅惘。这是人生第一次真正的远行。平日里不善言辞的老宅女主人，撒糖果、递烟，忙里忙外地招呼着客人。她不停地上香，祈愿女儿一定要比自己过得幸福。香插在香炉里，她布满皱纹却依然白皙的脸庞上有一种光辉在熠熠闪亮，仿佛预见了女儿以后的幸福生活。女儿穿着她亲手缝制的红色衣褂端坐在炕上，等待那个将与她相依为伴陪她远行的男人来接她。离别时刻来临，老宅的女主人内心又开始翻腾。她从屋外的椿树上小心翼翼地折下一根椿树枝条，用红绳缠起来，很神圣地交到女儿的手中，泪水禁不住地掉了下来。坐在接亲自行车后面的新娘，抱着母亲赠予的椿树枝，像抱紧了属于自己的幸福，一路向东……

没过多久，新嫁的女儿回娘家住了。在老宅的一棵椿树下，又盖起了一间新房。女儿生下一双儿女，老宅里的争吵声越来越频繁，笑声也越来越大。老宅的女主人对女儿的事闭口不谈。在村庄里，当事人越是闭口不谈的事越有探究价值。茶余饭后，村人们三五成群操着各自的方言，相互打听议论着老宅里的故事，遇到老宅的女主人从他们身边经过，便会围上去关切地询问：吃饭了没？那一块地翻耕了吗？葡萄开花了，今年的葡萄挂果情况咋样？……老宅的女主人从不回避，总是淡然地回应着，偶尔也攀谈几句。这时，她那寡言少语的丈夫会从后面跟上来说：“淑华，回家做饭！”随后，挂满岁月印痕的大门便“吱呀”一声顺势关上了。浓密的椿树枝叶已经覆盖了老宅的整个院子，一缕炊烟轻轻地从树叶间袅袅上升，慢慢消失在村庄的上空。

紧关的木门，封闭了老宅一家人所有的秘密。一个初夏的午后，一阵撕心裂肺的哭声让整个村庄沉浸在悲伤中——老宅里的大女儿突然病逝，倒在厕所里再也没有起来。得了什么病，至今也没人知道。村子里来吊唁的人同情地安慰着老宅女主人，她只是无助地喃喃自语：“为什么会是这样……”为什么会是这样？没有人能给她答案。

接着，老宅女主人的丈夫、大儿子也先后离世，充满悲情色彩的老宅日显破旧，那几棵茂盛的椿树却越发高大挺拔，生机盎然。

老宅的女主人一生经历过四个家庭，每个被称为她丈夫的那个男人都没能陪她走到最后。她共生养了八个孩子，其中两个孩子早逝。我无法想象每一次灾难降临在老宅女主人身上的时候，她是怎样去度过每分每秒的。再大的悲痛都会在时间的长河里破茧成蝶，成为生活另一个的希望。这是生活给予她的力量吗？老宅女主人可能不需要这些生活的哲学，只是认真虔诚地过着属于她的每一个时日。这就是这个村庄的内容，它承载着许多个卑微、真实而又鲜活的生活哲学。

起初，年近七十的老宅女主人执意不愿搬离这里。她每天一个人打扫院落，生火做饭……平静的生活不起一点儿波澜。每天，几缕青烟准时从茂密的椿树叶的空隙间慢慢升起，飘散。

老宅最终是空了，那几棵椿树将会永远地存在吗？

所有的秘密都是有根源的

黑夜里的眼睛

我正在读《树的秘密生活》。书上说，我们对生命体了解越多，我们与之发生的关系就越深入。我们对一件事物的了解越多，就会发现自己越渺小。

对秘密最早的认知，源于黑夜。当天空最后一抹亮色褪去，世界瞬间变得静谧，所有的事物被一种颜色统治着，天地归一。黑夜是滋生秘密的温床。

儿时，家住在一座高高的王爷台旁。王爷台是由黄黏土夯砌而成。低矮阴暗的窑洞和高高在上的王爷台，制造了一个极为不平衡的世界。王爷台真实的高度近二十米，但在我看来却高得可触到天空。王爷台与我家低矮的窑洞并排站立着，我每天都会倚着低矮的窑洞门框仰望它。

高高的王爷台上有许多扇小窗，我经常透过那些小窗去寻找天空。从小窗里看到的天空很小，偶尔会有一两片白云进入到小窗里面。如纱的白云披在小窗中间，轻柔而曼妙，一眨眼的工夫，白云又会飘到另外一扇小窗里面。我追逐着一片又一片的白云，直至它们消散在天空中。明净如洗的天空、缥缈如纱的白云、敦实的黄黏土，几乎侵占了我对未知岁月所有自由而美好的想象。当夜幕降临，天空的颜色越来越浓重，那承载无限美好想象的小窗，又会衍生成无限深邃的黑洞，我把它看成无数双眼睛，那些装满神秘和黑暗的眼睛里，收藏了我童年时期对世界认知所存的恐惧。

从我家到奶奶家最多二十步的距离。每次晚上出门前，我都要仰头看看那眼睛般的黑洞，然后闭上眼睛一口气冲到奶奶家门口，摸到那扇木门才敢睁眼，然后回望一眼黑夜中的王爷台，向它宣告一场属于我自己的胜利。打开那扇粗糙陈旧的木门，奶奶在昏黄的煤油灯下，或在切一盘刚煮好的驴肉，或在缝补一件衣裳，或在扎一朵纸花，暗黄的灯光映照着鬓发斑白的奶奶，那布满皱纹的脸随着跳动的煤油灯火苗一颤一颤的，与奶奶娇小的身影相互映衬，像一幅静美的油画。我会赖在奶奶家里，直到睡着，奶奶再把我抱回我家的土炕上。有时候我也会泰然自若地走完这二十步。有奶奶牵着我的手，我就不会去看那高高在上的王爷台。我觉得奶奶比那些黑洞更高大，她长满老茧的手就是最有力的武器，她蹒跚的脚步具有着驱魔的神力。牵着奶奶的手，我能暂时忘记对黑洞的恐惧。仰头看绚烂的夜空，星星一闪一闪的，我会指着天空对奶奶说："看，星星！"奶奶会温暖地回应："嗯，星星。"

多美丽的星星，在深邃浩渺的天空中散发着光芒，那微小的光芒，是无数双眼睛，在黑夜里洞悉世间的一切，包括我，和我所惧怕的王爷台上的那些黑洞。恐惧也长着一双锋利的眼睛，它精准地收集你心中的欲望，无法到达，渴望到达，而又惧怕到达。

每当我受到惊吓的时候，奶奶就会解开她的偏襟大褂，让我的头埋在她的胸间，把我紧紧搂在怀里。我就像走进了温暖的花丛中。我想到妈妈，还有我自己，我们都从这馨香的世界走出，以后也会创造这弥香的世界。有了这样的世界，黑夜所有的黑不会走得很远。

“你到底怕什么?”父亲问。我说:“黑夜里有许多只眼睛。”“黑天就是黑天，哪有什么眼睛！”翻地浇水干了一天农活的父亲明显不耐烦了。我害怕他知道我最怕什么后，会以我最怕的方式来惩罚犯错的我。比如说，“再哭，就把你扔到王爷台上面去！”我的哭声会戛然而止，尽最大的力气憋着，然后悄悄地望向王爷台上那些小窗，仿佛里面又多了几个怪物。

白天，它们就是几个被时光磨损了的小窗，麻雀会经常在那儿聚集。它们欢快地啄来啄去，不时地垂下尾巴向下一蹲，“嗖”的一声又飞到了另一扇窗里。麻雀叽叽喳喳地叫着，仿佛在解释，那里除了阳光、风和它们之外，再没有其他的东西。我仰起头来，看不清楚麻雀的模样，只能感受到强烈的阳光刺眼。我不得不捂住眼睛，从手指缝里去看那群高谈阔论的麻雀，但我看到的还是那如眼睛般的黑洞。

为了治我的“恐黑症”，父亲开始付诸行动。他选择了一个漆黑不见五指的夜晚。他提着马灯在前面走，让我跟在后面，不让我抓他的衣襟或者手。刚一出窑洞低矮的门，世界就开始还原，黑夜像厚厚的棉被一下子把我紧紧地蒙住，我看不到奶奶，也看不到天上的星星。更可怕的是仿佛有无数黑影此刻一齐向我的身后聚集，我跟在父亲的灯影后面，不敢放声大哭，只能哆嗦地哼唧。父亲听到声音，提着马灯转过身来，灯光一亮，那些黑影瞬间全无。我固执地认为它们都藏到另外一个黑房间里了。我继续寻找着，最终找到了奶奶的屋子里，闪着火苗的煤油灯和奶奶无奈又怜爱的眼神，把这个世界瞬间照亮了。她正在等待着我的到来。父亲把我往奶奶怀里一塞，嘴里嘟哝着："这孩子！"气哼哼地回窑洞去了。我惊恐地望着奶奶，问："那些黑夜的怪物最终会藏到哪里？"为了让我早点儿睡觉，奶奶随手一指，说那些黑怪都被她赶到大路旁的树顶上了。

我对王爷台上那些黑洞的恐惧成功地转移到了窑洞前面的那棵大树上。那是一棵高大的白杨树，树皮被羊、驴或马一截一截地啃过，露出白白的树干。还有孩童在树干上刻的一些图案。那些胡乱刻画的痕迹随着岁月的流逝，都以最初的姿态长进了树干里。这棵白杨树高过长方形弓着背的窑洞很多，是最接近王爷台黑洞秘密的直接通道。自此，我时常在树底下，看着那高高的树梢和蓝蓝的天空发呆，时光在对一棵树的畅想中无声地流逝。

这棵高大的白杨树靠着一面土墙生长，它高大挺拔的身躯是孩童们的乐园。树在中间，一群满身泥土的孩子围着它转圈圈，不停地转着、笑着、闹着。玩够了，就靠在树干上开始恶作剧。男孩子会拿起小刀，在干裂的树皮上横一下竖一下地划，觉得不过瘾时，干脆揭掉一块树皮。被揭掉树皮的地方裸露出白白的树干，用手摸一下，湿漉漉、滑腻腻的。一块又一块的疤长在高大的白杨树上。树越长越高，疤痕越来越大、越来越模糊，就像我与它共同经历的时光，我们越长越大，有关那段时光的记忆却越来越依稀朦胧。

白杨树靠着的那堵墙，除了每年掉几块泥坯，多出几个洞，其他的没什么变化。在有月光的夜晚，高大的白杨树与低矮的土墙互相簇拥着。

这堵千疮百孔的土墙，是用黄黏土夯成的。刚从江苏来到这里的父母亲，依着这堵墙搭建了个简易的棚子就成了一个家。这棚子像一粒飘行的种子，强行落在这片土地上，带着我们一家人生活的渴望，生根发芽。

住进棚屋不久，邻居开始帮我家建造房子。先选一块平整的地，打地基。挖出的黏土，掺以一定比例的沙子或石子，按照尺寸预先围好木制夹板槽，然后将和好的泥铲入槽内，用夯把泥夯实。一夯接着一夯，混着水和沙子的泥土在夯起夯落间渐渐紧实，直到夯落到泥上不再留下坑迹。再经过太阳暴晒，墙体就算建好，可以在土墙上砌窑洞了。

窑洞顶的形状是拱形的。拱形的窑洞顶用土块按照一定的弧度垒砌出来。从江南水乡来到这里的父亲，对垒看似简单的拱形顶无从下手。曾经的青砖绿瓦在他手里能自由地转换，但面对黄黏土，他却束手无策。热心的卡子叔叔，浓黑的眉毛下面藏着双会说话的眼睛，黑红的脸上总挂着善意的微笑。他打着手势，拍拍父亲的肩膀，再拍拍自己的胸膛，裤管一卷爬到了墙上。他用手示意着，让父亲传土块，他负责垒。土块从父亲的手里沿着一条抛物线传到卡子叔叔手里，再涂上泥坯贴到墙上。一天的时间，近三米长的窑洞顶被垒好了。晚上，母亲为他们准备了几个小菜，一瓶白酒，一盏煤油灯。父亲和卡子叔叔两个语言不通的男人，酒是他们交流的媒介。父亲举起酒杯说“喝”，卡子叔叔也举起酒杯说“霍些”（“霍些”，维吾尔语，“干杯”之意）。那晚，灯影摇曳，星空明亮。

白杨树和土墙，我和王爷台上的小窗，低矮的窑洞和高高的王爷台，在岁月的长河中，谁是谁的记忆。

“不得了啦，不得了啦！”小伙伴热扎克告诉我，“今天村里来了好多警车，拉走了好多人，都是死人！”一听到死人，我立刻想到黑夜里跟在我身后的那些黑影。我紧张起来，但还是忍不住好奇跟在后面去看。

一个村民挖王爷台脚下的黏土用来打土块，结果挖到了一口井。他就接着挖，先是挖出了几粒铜纽扣，接着挖出了几具风干了的尸体，据说穿在身上的衣服还是完好的。我站在很远的地方看着，看到很多人在地上寻找，他们都在帮助那些躺着的人寻找过去。热扎克找到了一粒铜纽扣，兴奋地拿过来和我分享。我先是有点儿怕，但还是忍不住去摸了一下。那粒埋在地下许多年的铜纽扣锈迹斑斑，它曾忠实地跟随着它的主人直至生命的完结。而现在，它的另一段生命历程开始了——成为热扎克的玩物，然后被这个淘气的男孩随手扔在地上，又一次融进这苍茫的大地。我仔细地端详着这粒铜纽扣，用手捏了一下，它像一颗小石子一样坚硬，那应该是时光的硬度，就像奶奶时常会故作轻松地说：“我这把老骨头，硬朗着呢！”我又使劲儿地捏了几下铜纽扣，仿佛要把我多年对王爷台上那几个黑洞的恐惧捏碎。人们七嘴八舌地议论起王爷台。有人说这是块风水宝地，地底下埋藏了很多宝物；也有人说这里阴气很重……众人散去，刚被掏挖过的枯井孤零零地仰望着高耸的王爷台，挖出的新土湿漉漉地撒了一地，像是枯井里的秘密被撒了一地，每一粒泥土都会有时间经过。抬头看看王爷台上的那些小洞，我不再心生恐惧了。

从我走出对黑夜的恐惧的那一刻起，我的童年时光已结束。

纸花里的奶奶

奶奶家在我家的对面。白天，父母去地里干农活，奶奶会去村子里转转，捡一些破烂，到附近的废品收购站卖些钱贴补家用。我儿时的玩具几乎都是奶奶捡来的，那些残缺不全的玩具，经她清洗修补之后，像新的一样。奶奶是一个魔术师，用饱经风霜的手在那盏暗黄的煤油灯下，完成了一个又一个不算迷幻的魔术。

听大伯说，爷爷家以前是地主。爷爷是个纨绔子弟，奶奶无法忍受爷爷的游手好闲，就带着大伯从江苏来到了新疆。爷爷是极好面子的，绝对不能让他知道奶奶在新疆还做着捡破烂的事情。但勤劳朴实的奶奶还是会偷偷攒些钱，让维吾尔族邻居卡子叔叔悄悄把钱邮寄给爷爷。爷爷以为奶奶在新疆生活得很富足，总说要来新疆看看，奶奶却很少说要回江苏。她总是有意无意地说："哪里黄土不埋人啊！"一个女人对苦难的认知永远是真实的，而一个男人对苦难的想象多是浪漫的。奶奶最终没有回去，而爷爷也没有到新疆来过。在我的记忆中，没有关于爷爷的印象，但我还是会经常想起爷爷。无论苦难有多深重，无论距离有多遥远，那条血脉相连的路，绝对是重叠的。

我八岁的时候，奶奶学会了平生第一门手艺——扎纸花。是跟邻居帕拉汗大妈学的。帕拉汗大妈是个热情开朗的维吾尔族女人，一件碎花裙子裹着她那发福的身体，一条又黑又长的大辫子，用丝绸带随意绑一个蝴蝶结，走起路来一甩一甩的。她非常爱花，哪怕要到远在一里外的水井挑水浇花，也要在院子里种满花。她家房前屋后种满了蜀葵花和菊花，邻居们都亲切地叫她“古丽大妈”。

帕拉汗大妈的男人是村子里的能人，宰羊、种地样样拿手。她觉得自己是世上最幸福的女人。她那能干的丈夫只有一点不好——喝醉酒就要酒疯。他一耍酒疯帕拉汗大妈就要遭殃，脸上、胳膊上会留下青一块紫一块的痕迹。但这并不影响帕拉汗大妈的幸福感，她依然会摇摆着身姿串门、说笑，教奶奶扎纸花。

奶奶用捡破烂赚来的几块钱买了几卷皱纹纸。那些花花绿绿的皱纹纸摸上去很柔软，我总是喜欢用手摸了又摸，偶尔还会偷偷地用脸去蹭一下。柔软的纸蹭在脸上，痒痒的，像是春天刚开的桃花或榆钱。我想，这些皱纹纸要是能给我做几件衣裳，那一定很好看。我把想法说给了奶奶，奶奶吓得脸色发白，连忙朝着王爷台那几扇小窗的方向吐了几口唾沫，“呸！呸！小妮子嘴毒，不能说不吉利的话！”

帕拉汗大妈甩了一下粗黑的大辫子，开始教奶奶扎纸花。她用那双戴着大蓝宝石戒指的肥嘟嘟的手，把一张红色的皱纹纸左叠右折，拿起剪刀左拐剪一下右拐剪一下，然后拉一拉拽一拽，一朵大红牡丹花的雏形就出来了。再用黄色的皱纹纸拧几个花蕊夹在花中间，用铁丝把纸花根扎紧，一朵盛放的牡丹纸花就完成了。帕拉汗大妈在教奶奶扎花时，各自说着各自的语言——奶奶一口江苏话，帕拉汗大妈一口维吾尔语。就这样，一朵又一朵皱纹纸花在两个女人手中开放，她们的笑容也随之绽放。那是我见过的奶奶最美的时刻。

被剪碎的皱纹纸有三角形的、菱形的，还有更多形状不规则的。碎纸屑撒了一地，像随意点出的一幅图画，很好看。我蹲下来，把五颜六色的碎纸屑一片一片捡起来，放到奶奶捡来的一个圆盘里。我想等我有一天能爬上王爷台了，把这些花花绿绿的碎纸屑撒到那眼睛似的黑洞里，这样晚上再出门，我就不害怕了。当然，这是个秘密，我连奶奶也没说。

奶奶学会扎纸花后，接着又教会了我的父母。他们在忙完地里的农活后，一家人就在一起扎纸花，偶尔还会哼起小调。我一句也没听明白。奶奶说那是老歌，但我想也许是奶奶自创的，是奶奶年轻美丽的时候唱的歌，是刻入她生命印记的歌，那样的歌声我只听过几回。晚上扎花，白天卖花，奶奶的脸上时常闪烁出幸福的光芒。那大概也是奶奶这一生中最幸福的秘密。

爱花的帕拉汗大妈和沉醉于扎纸花的奶奶，女人如花花似梦，这是我长成女人后才明白的。

奶奶随着我们先后搬了三次家。最后一次搬家，奶奶终于有了属于自己的宅基地。奶奶去生产队领红色土地证那天，专门穿上了她那件暗红色的偏襟棉袄，用心把自己的头发打了一个漂亮的发髻。她捧着红色的小本子，手是颤抖的，仿佛所有的担忧瞬间落了地。她把红色小木子用一块红色手帕小心翼翼地包起来。

即将离开这个世界的时候，奶奶看着那个红色的小本子露出心满意足的微笑。那是她给予自己的一个最完美的礼物。她可以安心地躺在属于自己的土地上了。于这里，她只是一个远道而来的女人，追求一块属于自己的土地，而颠沛流离，是她的宿命。

若干年后，我竟然和奶奶一样，离开带有我出生时温度的故土而选择了迁徙。为什么如此决绝，至今我也没找到一个合情合理的解释。我离开了故土，却无时无刻不想着要回去。奶奶从江南水乡到了西北大漠，我从边陲小城来到荆楚之地，是命运的轮回还是迁移的宿命？但有一点却是相同的，我和奶奶的离开不是为了我们自己，而是为了生活或者其他。生命中总会有这样一场博弈，剔除自己想要的那部分生活，是你应该去做的。

世上所有的秘密都是有根源的。比如，奶奶为什么从来没想念过她的故乡，为什么我说要穿皱纹纸做的衣服触动了奶奶的禁忌，为什么帕拉汗大妈忍受她丈夫的暴力还能幸福地生活着。又比如，挖出铜纽扣的这块土地，若干年前就是一座古城，一代又一代人在此像我奶奶和我一样地生活着。有一位名叫班勇的人，也是从万里之遥的关内来到关外，一经停留就是三十年，还留下了流传千古的史书《西域记》。而那座被我一直视为黑暗秘密基地的王爷台，是清政府赐予为维护祖国统一作出过贡献的吐鲁番郡王额敏和卓的郡王府邸。

奶奶去世后葬在了一块葡萄地的中间，那从平地上鼓起的土包是奶奶的另一个家。大伯知道奶奶喜欢花，就在奶奶的坟边撒了几粒蜀葵花籽。从此，每年春暖花开时，奶奶的家就被各色蜀葵花围绕着。那一株株亭亭玉立的蜀葵花，在荒原的春天里最早盛开。那大朵大朵火红色的花，很像奶奶曾经扎的牡丹纸花。

爱吃土的夏尔

我知道邻居夏尔的秘密。

夏尔长得好看，白皮肤，高鼻梁，用大人们的话说，天生一副美人坯子。经常受到夸奖的夏尔，走起路来昂首挺胸的，俊美的脸上总是藏着几分傲气。虽然我们都穿大人衣服改成的衣裳，但她穿着就是好看。尤其在她拥有那顶女式军帽之后，夏尔的孤傲又增加了几分。那顶军帽镶着一颗闪亮的红色五角星。夏尔编着两个麻花辫戴上那顶帽子，就像宣传画中那些美丽的女孩子。夏尔是至高无上的。无论是玩跳皮筋还是打沙包，谁要是想摸一下那颗五角星，玩家都得让她当中间派。如果夏尔想让谁帮她拿帽子，拿帽子的伙伴会兴奋半天。谁要是不小心碰了一下帽子，就向夏尔告状说：“你看，她想抢你的帽子，弄脏了我可不管！”我们心里不服气，却又想戴那顶帽子。我们想尽办法拿自己喜欢的物品去交换，有时是一块水果糖，有时是一块泡泡糖。王爷台脚下荒芜的土地上，每个女孩子都给自己许下了一个愿望：等长大了，我也要拥有一顶有着红色五角星的军帽。夏尔心满意足地享受着那顶军帽给她带来的所有荣耀。

傲娇的夏尔竟然有个“爱好”——爱吃地上丢弃的烟头或者墙上的土块。我发现她这个秘密时，夏尔正躲在厕所里用她漂亮纤细的手小心翼翼地从墙上抠下土块。只见她用手指把刚抠下来的土块捏来捏去，像我平常捏糖果那样，想迅速地将它塞进嘴里，但又舍不得。夏尔专注地端详着她手里的那块“土块糖”，反复翻转了几次，然后心满意足地把“上块糖”放进嘴里津津有味地咀嚼着，泥土的痕迹粘在她红润的嘴唇上，清晰可见。夏尔可能吃得太投入了，根本没有发现我的存在。“嗨！”我发出了声音。夏尔猛然抬起头，眼里闪过一丝惊慌。她迅速转过身去，用袖子擦了一下嘴，再转过身来像没事人一样若无其事地说：“小毛今天约我们一起去打沙包。”我愣愣地看她，她的眼神躲闪着。她问道：“你都看见了？”我说：“看见了！你为什么会吃土块？”她平静地说：“我也不知道，就是喜欢吃。”我问：“啥味道？”她说：“好吃！”我问：“像吃糖果一样吗？”她说：“是！”然后满足地舔舔嘴唇。“可以为我保密吗？以后我俩一起玩。”她说。“可以！”我慌忙答道。我又问：“你妈妈知道你吃土块吗？”她说：“不知道，所以你要为我保密。”

我说：“一定！”好像不帮助她守住秘密，我的秘密也会被别人发现一样。我不禁想到王爷台上的黑洞，那是属于我的秘密，是苦涩的、无边无际的，而夏尔的秘密是唾手可得的。那些土块和我们日常的食物是相背离的，因为夏尔的某种意识或者身体的某种元素的缺失，这种背离感直接进入到身体中去，扰乱了夏尔生活的场。

因为知道夏尔吃土的秘密，我可以与夏尔形影不离了。夏尔有什么好吃的，都会分一些给我。在一起玩游戏的时候，我还能戴那顶军帽。我所享受的这些特殊待遇，引来小伙伴们的猜疑和忌妒。每当这个时候，夏尔都会用她那双美丽的眼睛提醒我，请我保密。在与夏尔眼神相对时，我仿佛看见那些土块被夏尔的牙齿嚼碎，泥土通过食道进入胃，扩散到身体里面，那些细小的异物侵入到夏尔的每个细胞，让她挣扎、拒绝，最终束手就擒，继续制造着她爱吃土的秘密。

夏尔爱吃土的秘密最终还是被人们知道了，并不是我说出去的。一次夏尔想吃土的“瘾”上来了，在邻居吾斯曼大叔家的门墩上抠下土块准备吃时，被他们家人发现了。吾斯曼大叔把夏尔带回她家，用手势吃力地给她妈妈描述夏尔吃土的事时，夏尔一直低着头，手里不停地捏着那块还没送到嘴里的“土块糖”。夏尔被她妈妈拉进窑洞，把门一关。夏尔平生第一次遭她妈妈的打。只听见她妈妈歇斯底里地质问：“你为什么要吃土啊？为什么……”没有听到夏尔的回答。那关上门的窑洞瞬间变成了一双黑夜的眼睛，它的目光集聚到了夏尔的身上。

当别人都知道这个秘密时，我有种无比轻松的愉悦感。我卸掉了一副精神的重担。

那个不大的村庄，仅有的十几户人家，都来关切地问夏尔的妈妈到底是怎么回事。有人说她生了个傻闺女，有人说夏尔中邪了，有人说她家风水不对。大字不识一个的夏尔妈妈，抱着夏尔哭了起来。夏尔的秘密一夜之间被放大无数倍，最终赶跑了夏尔的所有优越感。她变得沉默寡言。她的妈妈会把她关在屋子里不让她出门。但夏尔吃土却越来越厉害，家里的墙壁上、土炕上，只要能用手抠下土块的地方，夏尔都不会放过。再次见到夏尔，她白皙的脸蛋变得蜡黄，黯然无光，见到人就会躲起来。

一天，有个穿白大褂的医生随医疗队来到了村上，说是从县上专门下农村来义诊的。我们都要到医生那里做身体检查。夏尔的妈妈迫不及待地把夏尔带到医生那里，连说带哭地请求着。医生听完夏尔妈妈的叙述，把夏尔叫到跟前，眼睛、嘴巴里里外外用一个小手电筒照了一遍，并从夏尔的胳膊上抽了一管血，说要拿到医院去化验。医生温和地对夏尔说："别紧张，会治好的，小毛病。"夏尔的头慢慢抬起来，十分信任又感激地看着医生。

后来，夏尔吃土的病被那个下乡义诊的医生治好了。医疗队临走时，夏尔的妈妈给医生送了一篮子鸡蛋表示感谢。医生没有收，说："留给孩子吃吧，这孩子营养不良才会这样。"

吃土依然是夏尔人生中最大的秘密。因为我知道她的秘密，长大后的我们鲜有交集。我们曾经在同一个教室里读书，成年后在同一所学校教书，但夏尔时刻疏离着我，仿佛我是黑夜里的那双眼睛，只要看到我就会回到少年时的那段岁月，她的秘密就会呈现。

那张美丽的脸庞

玲的秘密最初是被她那张美丽的脸庞透露的。

玲个头不高，身材丰腴，一双深邃富有灵性的眼睛，与那张黝黑的脸庞相互搭配起来，很是耐看。出落成人的玲对美的认知是真实的、张扬的。在那个隐藏多于显露的年代里，她像是荒原上一朵傲娇盛开的花儿，穿梭于这个在荒原上刚建好的村子的巷子里。她经常会穿着一件粉色的的确良衬衣，配一条黑色的一步裙。修身的粉色衬衣，勾画出她身体优美的曲线，丰满的胸藏在粉色的衬衣下面，像盛开的桃花，随着春风摆动，那紧包着臀部的一步黑色裙子，富有节奏地与玲完成着一场青春的张扬。我们几个女孩见到玲，都作出一副不屑一顾的样子从她身边匆匆而过，走不远，又禁不住回头看她妖娆的背影，忍不住地赞叹一声："真好看！"村子里的大人们都说玲是个"丑丫头"，女娃娃要知道羞。刚刚建好的村庄到处是荒芜的土地，中间建有几十座房屋，简洁又单一。父母们说，女孩子要隐藏，要保守，不能像这刚建好的房子，无遮无挡，要保住女孩子最珍贵的东西，不能让别人看到，更不能引起别人议论。但藏在身体里的真实，是无法躲过目光的。

玲依然昂首挺胸地穿梭在刚刚建好的村子中。

父辈们无法看清这荒芜大地之中隐藏着的汹涌澎湃的春天。远处的几丛骆驼刺坚守着它干黄的本色，随着春风摇曳，近处新翻的土地还掺杂着冰碴。村庄边几块正在改良的地，刚刚撒上高粱的种子。种高粱比较容易改良土地，把生土长成熟土，不结穗的高粱秆还能喂驴。刚打好的机井，柴油泵日夜地响着，从地底下抽出来的水，白花花地从碗口粗的皮管子里奔涌而出。水欢快地流淌着，孩童们欢快地嬉戏，一渠灵动的水向着荒原的深处流去。玲家没男孩子，挑水的任务就落到了她的身上。依然穿着讲究的玲，挑着满满的两桶水，一手抓住一头扁担的绳，一晃一晃地走在巷子中间。水桶很重，压得玲娇小的身体一颤一颤的，水随着她走路的节奏洒在地上，印成花朵样，或者瞬间被泥土吸干。

玲不喜欢挑水，我们女孩子都不喜欢。挑水很累，挺不起身板。挑水时，玲那美丽水灵的眼睛不再笑了，脸上五官都会凑到一起，皱眉、咬牙，肩膀被压得红肿。挑水时，玲觉得自己是丑的。为了不让自己丑，她就用一个桶提水，提一会儿歇一会儿。不一会儿，院子里就传来她妈妈的谩骂声，骂她偷懒，说她作怪。玲依然我行我素。直到有一天，玲的身边有了帮她挑水的人。挑水的人个头不高，有一副宽厚的肩膀，扁担担在宽厚的肩膀上，一颤一颤的，还不时地发出“吱吱呀呀”的响声。玲欢快地走在他的身旁，像只快乐的小鸟。

那个有着宽厚肩膀的男人是一个木匠，是玲的父亲从邻村请来的，人看着还算老实，就是底细不清楚。玲越来越漂亮了，齐肩的长发散发着青春的气息，小巧的耳环若隐若现地藏于秀发下，涂了口红的嘴巴更加娇媚，如荒野里的红色蜀葵花，肆意地盛放。

木匠要走了，玲也要跟着走。父母死活不同意。玲的反抗最终无效，伤心地送走了木匠。从此，那条小巷里，少见了玲美丽的身影。

再次见到玲时，是玲偷偷到县城找木匠未果回村的路上。玲仿佛变了一个人，显得非常疲惫，原本精致俊美的脸上长了不少的黑斑，丰满的身材更圆润了，只是那双深邃的眼睛里多了一些惶恐。她走在那条小巷里时，不再有昂首挺胸的骄傲，而是低头掩面的闪躲。我们都觉得玲变化挺大，但又不知道她哪里有什么不一样。

玲的秘密是被大人们看出来的。玲回到村里后，就成了人们茶余饭后的话题。“那家的闺女怀孕了，说是木匠的孩子。多可惜啊，才十八岁的姑娘……”之后，玲就成为教育我们这些女孩子的反面教材。大人让我们远离玲，禁止再和她一起玩，并且一遍又一遍地嘱咐着，女孩子家一定要自重，要保护好自己。“自重”和“保护好自己”这些词对我们来说很隐秘。每当大人们说这些时，我总会想起玲脸上的那几块黑斑。黑斑很顽固，长在皮层下面，无论玲用多少粉都遮不住。母亲说：“女人肚子里有了孩子之后，就会长斑。”我说：“长斑真丑。”母亲说：“不生孩子的女人才丑！”说到这里，母亲抬眼严厉地看着我说：“女娃娃家，脸比命还重要，知道不？”我想着玲的脸和她肚子里那张看不见的脸。

玲的秘密被公开后，玲生命里的那块黑斑就成了永恒，也在我的记忆里顽强地生长成了一块伤疤，那块伤疤会时常警示处于青春年华的我。

玲又消失了一段时间，听说是到县里的医院做手术了。再一次见到玲时，她脸上的黑斑明显地淡了许多，但目光却多了些许哀愁。见到我们，她总低着头匆匆而过。

那年春天，一场沙尘暴席卷而来。刚搬进新村庄的人们躲在满屋尘土里，听任屋外狂风肆虐。田地里刚发芽的庄稼被连根拔起，刚撒播进泥土的种子被沙尘掩埋，刚搭建好的凉棚被风吹翻。沙尘暴过去了，天空飘着浮尘，大地一片狼藉，村子里的人们陆续走出家门，到田地里查看被沙尘暴侵袭的庄稼，该补苗的补苗，该翻种的翻种。

玲也遭遇了一场青春的沙尘暴。

玲最终远嫁了。出嫁时，婆家没给彩礼。据说婆家很穷。那个男人勤劳老实，能娶到这样一个漂亮的媳妇，他觉得是上天的恩赐，很知足。

再也没见过远嫁后的玲。我几乎忘记了玲那张美丽的脸庞，却对那脸庞上的黑斑记忆犹新。那大概是我对女人与生命内核之间秘密的最初感知。

多年后我的脸上也开始长出那样的黑斑，却被宠溺地哄着说怀孕的女人是最美的。我想到了玲的那张美丽的脸庞，我感知到了她当年那“最美的”的疼痛。

我深刻地记忆着那场春天的沙尘暴，也记忆着玲。这片荒原先是种上麦子，麦子熟了，秋季又种上高粱。麦子和高粱卖不出钱，但可以改良土壤，让生土变成熟土。麦田再改种棉花，棉田最终又栽上了葡萄。那片葡萄田越来越大，葡萄树也越长越粗。长得太粗的葡萄树要砍掉老枝，砍掉老枝的葡萄树要歇一年才能结出葡萄。砍掉的老葡萄藤和新长出的葡萄藤，在季节的轮回中交替着。越来越浓密的葡萄叶覆盖了村庄周围的土地，也掩藏着这里曾经的秘密。

秘密是可以长大的吧，长大了的秘密叫岁月。

果　园

一

金秋十月，天空湛蓝，苹果挂满枝头。红彤彤的果子抱着树枝，亲密无间地相拥，让人看了心中涌动一股暖意。几根纤细的树枝撑起几个大苹果，摇曳在蔚蓝的天空之下，像表演又像在书写。一树的红苹果让阿克苏的天空和大地变成了果园。那天，我在手机备忘录里写下："果园开始移动 / 许多枝条弯下腰来 / 带着母性的垂首 / 给予大地最虔诚的谢意。"

汉江边的古驿桃园。桃园不大，半青半红的桃子若隐若现于树叶间。桃树与人齐高，自然就与人亲近了许多。这些具有女性审美特征的桃子在正午阳光的暴晒下，散发出成熟的味道。我摘下一个又大又红的桃子，擦掉绒毛，坐在树底下吃起来。由于我的闯入，正在园子里撒欢的鸡鸭们，"咯咯""嘎嘎"地抗议着迅速返回到铁丝编制的笼子里。过一会儿，见我只顾吃桃子，再无其他动静，才放松警惕，又一路"咯咯""嘎嘎"地继续快乐游园。我与它们共处桃树下，我看树上的桃子，它们在树下找虫子。

我所描述的两座果园，在地理位置上相距近万里，但这一刻，它们是重合的。它们仿佛是我失散多年又相遇的友人，指引我去往心灵的一个秘境。苹果触及我对生命诚意的感动，桃子给予我有关家园的启示。此刻，我幡然醒悟，多年找寻得以安放和归属的灵魂之地，除了地理概念上的家园和事物外，还有我需要储存记忆的具象媒介。

在漂泊异乡的那段日子，品尝过超市里各种各样的水果，唯独对全国各地品相多样的葡萄保持了一年的沉默。一年里，我没吃过一粒葡萄，直到有一天在超市里看到标注“吐鲁番青提葡萄”的摊位，瞬间有了他乡遇故知的温暖。已失去水分的葡萄枝艰难地与果粒连接着，它要保持异乡水果最后的价值。被重新命名的葡萄就像我被重新开始的生活——我努力地适应拥挤的人群和潮湿的空气，装模作样地压制所有的新奇，而到夜深人静的时候，又独自伤感。我摘取一粒葡萄放入口中，那甘甜的果味瞬间瓦解了所有味觉的建构。一粒葡萄就建造了一座果园。我心怀侥幸地践行“走出半生归来仍是少年”的出走哲学，踏上另一片陌生的土地，并安家立命。而我在归来时，却有着“梦里也知身是客”的伤感。

我常描述的所居住的家园，多以荒原来归属。北有“赤焰烧虏云，炎氛蒸塞空”的火焰山，南有“今夜不知何处宿，平沙万里绝人烟”的库木塔格沙漠。在寸草不生的山与沙漠之间，戈壁、荒野全方位地包围绿地，微小的绿像树叶一片一片插空生长。偶然间，高于地面再审视自己生存的这片土地，那点状的绿撒在无边的荒芜中，无论离视线有多远，都可以感受生命的律动。无与有的碰撞，生与死的对抗，只要有荒原的经历都会形成一个属于自己的定义。绿是生命的眼睛，是大地的心脏，是希望，是力量，是美好……想把世间溢美之词都赠予它。应词语而生的暖意把微小的自我与绿色融为一体，生命与生命的叠加，让绿色绵延不断，这也是人类和大自然最初的理想。

有人说荒野戈壁带有一定的隐秘性，它所生长的事物通常蕴藏着独特的生命内核。它不像南方的大地，被绿色所覆盖，永远处在一种含混不清的状态。那么多的绿色植物，争先恐后地生长，有着细微差别的植物们互相缠绕和牵连，人们习惯了不去区分和命名。而在新疆，所见的事物粗粝、辽阔，大多呈现与生命无关的景象，而那些空无的辽阔激发人们无限的想象。

在荒野戈壁生长的植物有着自己绝密的武器。骆驼刺、红柳、野西瓜、杏、桃、葡萄、桑树、石榴、无花果……这些带着西北荒原身份的植物，它们有的用根系与大漠讲和，有的用味道来标明身份。骆驼刺根可以深入到地下几十米，即便在黄沙漫漫的库木塔格沙漠里也能欣欣向荣地生长，并把广阔无边的沙漠比下去，人们在赞叹它生命力强盛之余，才去探究它背后无边的沙漠。近百个品种的葡萄在荒原上建立一个又一个自己的家园，它们统一从荒原出发到达任何一个地方，只要用味觉来分辨，那入口脆甜的果味直接宣告着它的来处。西部荒漠边缘的大地，气候干旱少雨，早晚温差大，以盐碱和沙地为主，才能生长出独一无二的无核白葡萄。这同时也是对从荒原走出的人的评价和定义。就像我到了一座陌生的城市，在一个饭局上说了几句话，端了几杯酒，就暴露了身份：我是北方人，我来自新疆一个盛产葡萄的地方。

少年时期，我在一棵桑树和一棵杏树下长大，那是我人生最初的果园。那棵桑树从我有记忆时就存在，我喜欢靠着粗壮的树干等待父母干完农活归来。奶奶为了让我坐着舒服，专门用土块垒了个“小板凳”，并铺上块毡子。我像个老人一样坐在土块凳子上，靠着老桑树望着天空，几只麻雀叽叽喳喳在树枝间飞来飞去，偶尔有几颗桑葚掉在我的眼前。我捡起来，捧在手心，跑着去送给在院子里做针线活的奶奶。奶奶抬眼接过桑葚，吹一吹土，自己吃一颗，送到我嘴里一颗。奶奶怜爱地对我说：“我孙女真懂事，比养只小狗强多了。”奶奶在院子里永远做着针线活，纳鞋底，做鞋帮，缝补衣服。她拉几针线后就会将针尖在头发上蹭两下。我看看奶奶，再看看天空，有麻雀继续飞到桑树上，熟透的桑葚继续掉落。

我见证了另一棵瘦弱的杏树的成长。杏树栽在离桑树不远的地方。根据桑树能成活，年轻的父亲判断这块地下面可能有地下水流过。据说，奶奶带着大伯和父亲刚来到这里选址建房子时，就是以这棵老桑树为指引。人类之初，树成为人们的心理依靠，人多是出于生命与生命相遇时的信任。那棵杏树从邻居卡德尔叔叔家移栽而来。因他家院子里两棵杏树相距太近，要移除一棵，以留下足够的空间让另一棵长大结果。卡德尔叔叔用生硬的汉语说：“它，树，二四年了长了。”他短促有力的倒装句，瞬间拉近了地域距离。他用手势、表情和简单的汉语告诉父亲，这棵杏树是从荒野之地移栽来的。先把杏树栽活，第一年养根，第二年与李广杏嫁接。父亲得到这棵杏树，如获至宝。

杏树移栽来的第一个春天就开花了，粉白的杏花缀满杏树纤细的枝头，蜜蜂一群接着一群赶赴而来。四五月份杏子成熟的季节，我和小伙伴时刻关注着树上的杏子。太熟的杏子会掉到地上，被早起的麻雀或者蚂蚁捷足先登。我们懊恼地发誓，一定不让杏子再从树上掉下来。土块、小板凳、人梯……所有爬高的工具都用上了。为了一颗杏子，我们几个小伙伴空前团结。终于拽到一个挂满黄杏子的树枝，趴在人梯最上面的男生大声数着“一、二、三……”，然后神色凝重地说：“刚好五颗，一人一颗！”五个小伙伴灰扑扑地脸对脸吃起了酸酸甜甜的杏子。几只麻雀在更高的树梢叽叽喳喳讨论，仿佛在向我们示威，要和我们分享这成熟的果实。到后来才知道，麻雀一般不吃挂在树上的果实，它们只吃掉在地上的。

杏树成了村庄的宠儿。其实也不叫村庄，就是从外地流落到此的几家外乡人，按照自己的需要建造属于自己的房子。建好了房子，每家都要栽一棵两棵的果树。日子久了，人越来越多，建的房子越来越多，果树也越来越多了。之后，这个自然形成的村庄里，桑树、杏树、枣树、梨树、无花果树、石榴树应有尽有。至于为什么一定要栽果树，栽树的人大多是不知道的。

我的奶奶已经离开我近三十年了，她最终在一片葡萄地里安了永久的家。我的父亲练就了一口流利的维吾尔语，成了当地为数不多的“老翻译”。最初盖的老房子早已不知去向，就连自然而然形成的村庄也不见了影踪。我曾与它们那么亲密无间。我打翻饭碗，偷偷将碗洗干净，获得了母亲的赞扬；因弄丢一条纱巾而忍受了一天的饿，最终还是被母亲训斥，我怀“恨”在心；因羡慕邻居玲有个哥哥，我便因为一件小事而抱着桑树耍赖，让母亲给我变个哥哥出来……这些被时光淘洗之后的事件，也长成了树，在我的生命之河中常青。

当我再回到这里，不再是寻找，而是探究。那一排老桑树错落有致地排列着，每一棵老桑树上都结满了桑葚，伸手摘几颗，用嘴吹一吹，送进嘴里，桑葚甘甜如旧。这些桑树都有了自己的“身份证”：“古树名：桑树，树龄二百八十年……”我已分不清哪一棵老桑树曾经与我有关，它们的相貌越来越像，树干越来越粗，有的树干中间空了，也丝毫不影响枝叶的繁茂和桑果的甘甜。房屋大多靠着古桑树而建，院门半掩半开，院子里停着不同型号的小汽车、三轮车、摩托车、卡车。

如今，大门两旁的桑树不再是孩子们的根据地，而是白发老人的领地了。他们身下垫块毡子，独自安静地靠着一棵老桑树的树干坐着，仰望头顶的桑树枝叶。几只麻雀在桑树间飞来飞去，几颗熟透的桑葚掉落，老人们不再看地上的桑葚，只关注头顶叽叽喳喳的麻雀。或者他们无须在意什么了，仰望已成了他们的一种习惯。

二

这几年，我一直计划赶赴一场梨花的盛会，满树洁白的梨花绽放在空中，清澈透明的蓝天为底色，昂头沉醉赏花，哪个不是少年时？其实，我来到这里不是为了看梨花，而是为看一个人。也不完全是为看一个人。这片梨园里的人，我已经完全不认识了。

我们见面互相礼貌地笑笑。门卫说：“你好！找谁？”我笑着说：“你好！我就进来看看。”门卫开始推测，说：“你和 ×× 挺像的，是他家的亲戚吧。”我含混地笑着说：“是。”那个谁是谁，我并不去打听和确认。自从离开这里之后，这个人是谁，我自己也记不太清楚了。我只记得在这片梨园的一棵梨树下，一个少年拿着一本薄薄的书给我讲一个故事，他用青春期变声嘶哑的声音读：“这脆薄的杯儿，你不断地把它倒空，又不断地以新生命来充满……”在荒芜的青春里，第一次听到如此美妙的句子。像梨花一样美好的词句，他一句接着一句地读着。荒漠的三月，野风四起，我忘记了看树端的梨花，专心听着如梨花般的诗句。那天，我说："读得真好！"他说："是诗人写得好。"我才知道，世间有一个名词叫"诗人"，他可以把万里之遥我没见过的美好事物，输送到一个穷乡僻壤的果园里。我仿佛看见那本书里也开满了如我眼前一样洁白的花朵。我摒弃女孩子懵懂年龄的一切羞涩，向那个少年借了书。我如获至宝，将诗一字一句抄在了日记本上。我每写一个字，就像有一朵梨花飘落，把它们留在了这个叫"青春"的日记本中。"摘下这朵花来，拿了去吧，不要迟延！我怕它会萎谢了，掉在尘土里。"当我抄到这个句子的时候，那个少年匆匆来问我要书，说书是他大哥的，大哥在兰州读大学，要把这本书带走。他也要跟着他的大哥去兰州读书了。

至今，这本书也未被我抄完整。这本书的名字叫《吉檀迦利》，也叫"我的青春"。

离开梨园以后，我买了很多种版本和译本的《吉檀迦利》，却再也没有读出那个春日梨花满园的诗意。

这次，我选择了秋天来到梨园。正是梨子成熟的季节。这里的梨子不需要秋收，由梨园看管人员来负责，或由单位义务劳动，大家放下手里的工作，来到园子里，边帮忙采摘，边品尝梨子，算是劳逸结合，活动筋骨。在果园劳动的快乐大抵就是这些，就如梭罗守着他的瓦尔登湖，一年四季，并没有一个明确的生活目标，他只是喜欢那里，被那里的自然环境所吸引，时常让自己与大自然的景物互换身份，为俗世开辟了一片诗意理想的栖息之地。

梨子还没有完全成熟，挂满枝头的梨子沉甸甸的，它们在等待最后几天阳光的抚慰，然后安心地走下枝头，把水润的甜蜜输送到一个又一个温暖的掌心。任何时候，人与水果的相处之道都是愉悦的，它大多出现在茶余饭后的慢时光中，出现在为了身体里的某种维生素的被需要中。在我为这满树的梨子赋予诗意时，看园人兜了一兜梨子过来，让我拿几个尝尝。我毫不客气地挑了几个。在这片土地上，面对赠予的水果你永远不要拒绝，那是劳动成果的分享，是对这片土地最大的敬意。

三

盛夏时节，我误入了古城的无花果园。这座果园所在之地，就是我的出生地。果园被杂乱树枝扎成的栅栏围住，一扇彩门隐藏在高大的古桑树下，从外面乍一看，以为是户人家，但其实是座果园。

果园的主人是个八零后，一身混合汗渍和泥土的分不出颜色的衣服，自来卷的头发上落满了杂草和灰尘，看上去比实际年龄大了很多。他正在清理园子里的杂物和垃圾，一把叉子在他手里灵活地起落，一阵阵尘土落在他的身上。

我和他打了三次招呼，他才回应我。他停下手里的活，用胳膊擦了一把汗，有点儿拘谨地看着我。我说："我想进园子里看看。"他点点头。我推门而入，像赴一场宴会。果园不大，一半是石榴树，一半是无花果树。他说园子里的无花果树的树龄比他年龄还要大，他记事起就有了这片果园。他还指了指园子外面的那堵城墙，说这曾是王的房子。再指了指脚下的土地，说这曾是王的果园。城墙是汉代的城墙，他所指的房子是清代鲁克沁郡王府的遗址。

这是我第一次近距离认识无花果树。有着近四十年树龄的无花果树，并没有多高大粗壮的树干，盘根错节的树根显示着它的沧桑年岁，光滑笔直的树干上结着绿色的果子。无花果树的叶子和果按照自己的节奏生长，各不相干。

小镇鲁克沁是吐鲁番无花果的主要生产地，我作为与其共同生长又近同龄者，竟然第一次与它们相识。我有点儿自责，那么多的时间，都被无关紧要的得与失消耗了。

正当我往园子深处走去的时候，一个十岁左右的小男孩满头大汗地从一棵高大的无花果树里钻出来，面带愠色，以为我是偷闯进来的不速之客。我指了指门，告诉他，我是从大门进来的。小男孩脸色迅速缓和下来，放下他用衣服兜着的几个鸡蛋。

他是这个园子的小主人，每天负责在园子里收鸡鸭下的蛋。他完成任务后，顺手抄起一根棍子在果园里耍起来，一会儿戳一下看园子的狗，狗“汪汪”回敬他两声，一会儿又转头去撵觅食的鸡，鸡连飞带跳地躲进浓密的无花果树下，一会儿又拿起胶皮管子喷洒无花果树，园子里瞬间呈现出鸡飞狗跳的热闹景象。小男孩玩够了，走到我跟前问：“你看好了没有？”我说：“看好了。”跟着他往园子外走，他边走边说：“你要给我五十块钱。”看着顽皮小男孩一本正经的样子，我笑着问：“为什么要给你钱呢？”他说：“你看了我家的果园。”我说：“我也是这里的人。”他说：“你不是。”我说：“我是。”我们就这样争辩着走出了果园。灰尘与汗水混合在一起，一张花猫脸在我面前瞬间生成。我说我没钱，下次给可以吗？他说可以。“请你吃雪糕吧。”我说。让他带我去找商店。小男孩早已把这里的情况摸得很清，说这里没雪糕。我不信。我沿着古城的小巷子转悠，顺便找小商店。小男孩一直在不远处跟着我。他好像忘记了看园子的五十块钱，只挂念着我许愿给他买雪糕的事了。

终于在巷子深处发现了一家小商店，我朝小男孩招招手，示意他过来。他一溜烟跑到我跟前，身后的尘土被轻轻扬起。多熟悉的画面，我曾这样奔向我父母的身边，我的孩子也曾这样奔向我。我和小男孩走进小商店。一问，果真没雪糕，只有冰镇的饮料。我给小男孩买了瓶可乐。小男孩推辞不要，眼神里却满是渴望。店主用维吾尔语调侃他，大概意思是：来都来了，人家买了，你就拿上吧。他半推半就地接过那瓶可乐，给我做了个鬼脸，转身一溜烟消失在了巷子里。

盛夏的古城小巷空无一人，从院落里伸出墙外的果树枝，树梢一动不动，世界仿佛静止了。才想起来，应该问下小男孩，无花果什么时候成熟，我要买一些邮寄给远在他乡读书的女儿，告诉她，她曾与这些无花果在同一片土地上长大。

葡萄园里的恩典

一

在吐鲁番生活的人们，包括和我有同样成长经历的农村孩子，大都享受着葡萄的恩典。我们都有一个属于自己的葡萄家园。

在无忧无虑的童年时光中，我们撒欢荒野，围着刚刚栽种的小小葡萄苗，唱着“葡萄藤，爬得高，爬到架上吹泡泡，吹了一串又一串，串串都是甜葡萄……”，并做出吃到甜葡萄的陶醉样儿。小伙伴一个效仿一个，仿佛正享受着一顿葡萄大餐。其实我们面前是一望无际的荒野戈壁，刚刚栽种的葡萄小苗在燥热的风中颤颤巍巍地摇晃着，仿佛被我们无忧无虑的快乐所感染。我们把童年的快乐也种植于此，以至于无论何时回到这里，都能觅到人生之初的安静、美好。这些葡萄苗是在我们离开之后才真正生长起来的，可我又觉得它没长多少。那么多的时间蓄藏在这些葡萄苗上，可它的枝条仅用三四年就生长成了一株成年的葡萄树啊。一晃近四十年了，它每年容光焕发地发芽、长叶、开花、吐穗、挂果，主人们在它生长的每一个时令倾注汗水和希望。秋季，这些葡萄树会奉献出一筐又一筐的青翠欲滴的果实，为主人带来丰厚的收益，最终又和其他的葡萄一起远走他乡。葡萄的一生就这样在一截沉静一截喧闹里度过。而人到中年的我混迹于人间平凡无奇地过日子，建造着一个完全属于自己人生的葡萄园，工作、学习、读书、写字、快乐、忧伤、思念、冥想。我去过许多城市，经历着许多繁华，却未曾失落。在异乡，欢乐时会想起那片葡萄园里的欢乐，忧伤时也会想起它的忧伤。无论走到哪里，那片葡萄园一直都在，而葡萄园里的葡萄，如战士般坚守着自己的使命，坚定地生长在荒野戈壁，汲取大自然的惠泽，保持它甘甜的本质。

从一株葡萄藤的缠绕开始，最终到达葡萄的晶莹。当生活的片段被一件实物串起，这就是人生的一个段落。一粒散落的葡萄，最终还是要回归土地。在滔滔的时代潮流中，我们每个人都是历史和时代的一粒葡萄，过着属于自己更属于时代的小生活。

我所生活的吐鲁番小城是久负盛名的葡萄城。2012 年，吐鲁番市被中国农学会葡萄分会授予“中国葡萄圣城”的美誉。吐鲁番的葡萄品种很多，最著名的有无核白葡萄、马奶子葡萄和具有药用价值的琐琐葡萄，此外还有吐鲁番红葡萄、木纳格葡萄，以及从国外引进的火焰无核、无核鸡心、无核紫、全球红、玫瑰香等葡萄，堪称“葡萄博物馆”。最珍贵的是无核白葡萄，制干后，色泽碧绿鲜艳，品质上佳，为干果之珍品。它含有丰富的蛋白质、碳水化合物、脂肪、膳食纤维、葡萄糖、维生素 B 群、维生素 C、胡萝卜素、氨基酸、胆碱、钙、镁、磷、钾、铁、硒等多种营养成分，是滋补佳品。

吐鲁番的葡萄被尊奉为“水果之神”。小城里的人们享受着“水果之神”的恩典，走在通往富裕幸福生活的“绿色通道”上。

每每提笔写到家乡、家乡的葡萄园，我的感恩之情溢满心间，我的灵魂也是充盈的。“活在这珍贵的人间/人类和植物一样幸福。”

二

党的十一届三中全会召开之后，改革开放像一股春风吹醒了神州大地，也吹拂在每个人的脸上。在充满变革的时代里，人们只需全力投入。奔往幸福美好生活的路上，每个人都是时代的经历者、参与者、推动者，也是受益者。我家的葡萄园就是在这样的时代变革中诞生的。

那是一个春天，村里的大喇叭播报着新闻——中央一号文件发布了，农村要实行家庭联产承包责任制，土地可以承包到个人了。人们兴奋地口口相传。奶奶好奇地问大伯和父亲：“你们这么高兴，广播里都说了些啥？”父亲解释道：“我们家将要有属于自己的宅基地和葡萄地了。”奶奶开心得坐不住了，绕着我家那间破旧的窑洞转了几圈。她轰赶围过来的鸡说：“光吃食不下蛋，去自己找吃的去！”那几只老母鸡“咯咯”地跑开了，她又拿起扫帚扫院子。我搬出凳子坐在门口晒太阳，奶奶的喜悦感染着周围的一切。

年幼的我无法体会奶奶从旧社会一步一步带着自己的孩子努力生活到新社会的感受。奶奶生育了七个孩子，只养活了五个。当她再次面临生存的危机时，毅然带着大伯和父亲奔赴新疆，开启了我们一家人的新生活。

一天下午，村长挨家挨户敲门通知召开紧急会议，村里近二十户人家加之邻村的十几户人家一并来我们村开会。所有参会人员早早地来到了那间叫“马号大院”的屋子里，整齐有序地或蹲或坐着，有一种隆重的仪式感。村干部读着层层转发下来的文件，人们认真地听，生怕漏掉一个字，即便听不懂也盯着村干部手里的红头文件。村干部边宣读文件边以自己的理解给参会人员解读。其实所谓的分地，就是在戈壁滩上开荒种田。这是对未知的挑战，但人们的脸上露出一切皆有可能的坚毅神情。

要分的地与当时住的家之间有近五公里距离。那个年代，村里的交通工具就是毛驴车。每家每户都会有一辆毛驴车，它承载着一家人的出行和耕种任务。我记得那个早晨，天蒙蒙亮，人们点着煤油灯起灶，做一顿早饭，再带一顿午饭。吃过早饭，一家一辆毛驴车，载着全家老小，浩浩荡荡地向西边的荒地出发了。

那一大片荒地经过几天的平整，被细致地分割成大小不等的地块。一分地、一分六地、一分八地、二分地……这些按人头分得的地，慢慢被人们叫成了地块的名字，一直延续到今天。即便现在回到村子，遇到一个陌生人扛着铁锹，你问他去哪块葡萄地浇水了，他会顺口回答：“大北头的一分八那块地……”这一块又一块有了自己名字的葡萄地，默默记述着与它共同经历变迁的时代。

地块划分后，就开始打井。荒地上打的第一口井是柴油机井。从地面下挖十几米就能出水，将预先定制的水泵下到有水处，用柴油机带动把地底下的水抽上来。当柴油机“嘭嘭嘭”的声音在空旷的荒原上响起，白花花的水从软软的皮管子里喷薄而出时，全村人都围着这口水井沸腾了，仿佛这口井才是人们生活的源头。那晚，家家户户的人都提着一盏马灯在地里等着浇水。那几块刚插下葡萄枝子的葡萄地，像个嗷嗷待哺的婴儿，等待大地母亲给予甘甜的乳汁。被剪成一截截的葡萄枝在荒原上建立着属于自己的家园。第一年长成的葡萄苗要连根拔起，埋在土里或储藏在地窖里保暖保湿，等着来年春天再移栽到地里。

栽葡萄，要先开挖葡萄沟。一条沟与一条沟之间要留三至四米的间距，方便葡萄拖秧长藤，也方便葡萄成熟后采摘。对于我的父母甚至是村干部们来说，种植葡萄是件新鲜事，怎么管理葡萄园，他们没有更多的理论知识和种植经验。他们如守候自己的孩子一样，浇水、除草、打头、掰芽。葡萄苗茁壮地成长，经过三四年时间长成一株成年的葡萄树。在这个过程中，每年要掐掉许多不成熟的果实，才能使葡萄树真正地进入盛果期。

泛着白碱的戈壁荒野是适合种植葡萄的。二〇〇三年四月，新疆鄯善县洋海古墓中出土了一根保存完好的葡萄藤。这根古葡萄藤深褐色，扁的藤略有弯曲，长一百一十五厘米，最大直径二点三厘米，藤上有五个芽节。专家认为，这根葡萄藤的年代在春秋战国时期。这是迄今为止新疆种植葡萄最早的实物见证。吐鲁番大地是葡萄最古老的家园，但依附于土地而生的父辈并没有去探究这些，而是紧跟着时代的步伐，坚定着明天生活会更美好的信念，在葡萄种植、葡萄园管理上不断探索、总结属于自己的经验，用勤劳的双手种植出了属于自己的葡萄果实。

为方便管理初具规模的葡萄园，村子进行整体搬迁，搬到了葡萄园的旁边。每户以抽签方式分宅基地。四根线绳，四个桩子，一个家的大概位置就确定了。盖房子，得靠自己出力气完成。打土块，买椽子、檩子，编草席子，筹备好这些材料后，就开始砌墙。一般都是以家庭为单位进行施工，找一个砌墙的大工，递土块、铲泥的活都是自家人干。孩子们也是参与者，干着力所能及的活。不到半个月，新房子盖好了，崭新的平房在戈壁滩上错落有致地排开。刚扦插到地里的葡萄枝，与它们的主人开启了一场新的征程。

这是我们第三次搬家。用奶奶的话说："这次搬家是安家。"我们家终于有了属于自己的田地。走过半个多世纪的奶奶拥有了属于自己的土地，还是长势喜人的葡萄园，她觉得自己是世界上最幸福的人。她对大伯和父亲说："我们有了属于自己的葡萄园了，日子真是越过越好了。"遗憾的是，奶奶没等到那一年葡萄丰收，就因肺癌而撒手人寰。临终，她说要把她埋在她最喜欢的那块葡萄地里。那块葡萄地成了奶奶永远的家园，她看着我的父母年复一年地在葡萄园里春种秋收。如今父母的年岁早已超过了奶奶，那块葡萄地依然遵循着一年挂果多一年挂果少的生长规律。

最初，对于葡萄园的管理没有系统的技术指导，只能靠父母自己摸索。我经常在半夜听到父母讨论葡萄修剪、施肥的事情。"葡萄今年结得挺多，但出现了烂粒了，还传染。""可能是葡萄叶子留得太密了，不通风。""明天去集中检查地里的葡萄串，看看哪块地需要通风。"……我在那轻微又充满着愉悦、希望的说话声中睡着了。第二天放学回来，父母干完一天农活后忙着给我们做饭，他们继续说着葡萄地里的事。我们每天的生活都与葡萄有着千丝万缕的关联。

时代在进步，社会在发展，葡萄园也悄悄地发生着变化。变化首先从葡萄棚架的搭建开始。先是简易的木头棚架，不稳，不耐用，遇到大风或者葡萄挂果较多，就会把葡萄棚架压塌。后来使用水泥桩子和铁丝搭建葡萄架，经久耐用。这些跟着时代进步的葡萄藤长得越来越规整，越来越漂亮。

行走在吐鲁番大地，辽远的荒漠时时会有一片绿色点缀其中，沿着绿色的指引行向深处时，奇迹般的葡萄园铺展开来，那如地毯般的绿时而宽时而窄地镶嵌在荒野戈壁上，引领着你的视觉，撞击着你的心灵。如此贫瘠干旱之地竟能生长出香甜可口的几百个品种的葡萄来，除了感叹大自然造物的神奇，我心底油然而生感激之情：感激这一片又一片的葡萄园为荒芜的戈壁呈现出生命的绿；感激这一粒粒饱满的葡萄抚慰着辛勤劳作的人们。生活里的万般滋味，最终以一味沁心的甜而停留。

村里人说，给葡萄藤搭架就像给葡萄地穿衣服。你给它穿一件便宜的衣服，它就给你长出便宜的葡萄来；你给它穿上贵的衣服，它就给你长出贵的葡萄来。言下之意，葡萄架子搭得好坏，会直接影响到葡萄的产量和成色。葡萄架承载着葡萄最初的生长和最终的收获，为了增加葡萄产量，葡萄棚架的改造势在必行。如今行走在吐鲁番小城，绿茵茵的葡萄藤蔓爬在高大规整的葡萄架子上，一排排精致的路灯立于田间，阡陌交错的小道上人们悠闲地散步、观景，北二巷、南八巷……这些洋气的名字挂在葡萄架上，我仿佛行走在别处，而不是行走在与自己共同成长的那块“土气”的葡萄地了。

我所描述的是吐鲁番湘吐葡萄公园的一隅。这个以葡萄为主题的精致典雅的公园，是吐鲁番市援疆对口省市湖南省援建的。有一天，我带着年近古稀的父母漫步在灯影摇曳的葡萄架下，父母不禁感叹：这时代变化得可真快啊，葡萄地也能跟城市一样有路灯了！

三

七八月份，葡萄园里的每一个细胞都活跃起来。厚厚的葡萄叶子下，一串串晶莹剔透的葡萄垂挂着，人们猫着腰在葡萄架下行走，单膝跪地双手托举着葡萄，像是对大地行礼。天空在上，葡萄藤在下；葡萄藤在上，葡萄串在下；葡萄串在上，人在下；人的双膝在上，大地在下。葡萄、人、大地，互行着最高贵而朴素的礼。

我曾经用很多种比喻来描述葡萄的采摘季：葡萄园是待产的孕妇、端坐的淑女、养育我的母亲……我还为其赋小诗一首："八月，一串葡萄 / 深呼吸 / 语言在娇小的体内膨胀 / 绿占据了整个大地 / 浓密的叶子 / 掩盖，逐渐凸起的 / 腹部。这是生命的恩典 / 葡萄。您这小小的母亲 / 向大地行着最后的礼节……"

这是我在城市钢筋与水泥的禁锢之下，对葡萄园、对生活诗性的想象。倘若还原当年葡萄采摘的现场，所有的诗意将化为乌有。下面的文字是多年前记录的一个片段。

二〇〇六年七月 × 日十二点十五分。依附于火焰山脚下的一望无垠的绿色帷帐——葡萄地。一群弯腰躬背大汗淋淋的农民，几辆外地的厢式冷藏车。吐鲁番气象局报：最高温度四十五摄氏度，最低温度三十摄氏度……

"大叔，您的葡萄好啊，粒大，串美！"一个光着膀子的外地年轻人说。

"呵呵，是呀，小伙子，尝尝吧，甜哩！"

"老人家，多大年龄啦，这么热您能受得了吗？"

“我快七十啦，在这样的天气里生活四十年啦！”

城里来的年轻人无语，惊奇地看着这位年近七十的大叔。

“热，真热！”诚说。

“你还能受得了吗？”诚问。

“还行。喝点儿水吧！要不，今天咱们不摘了。”玉说。

“那哪行！这几天很关键，挺挺就过去了。”诚说。

“一公斤两块钱，一箱子八公斤，我领了一千个，这三天要是能全装完，不就一下子……”

“嘿嘿，是呀。”

二十五六岁的诚和玉，去年刚结婚。他们都是中专毕业生，在城里曾经找到工作，干得不舒心，干脆回家种地。别人都笑话他们。诚对玉说：“没事，咱的知识也能用到土地上。”小两口真诚地接过父亲那把被磨得发亮的坎土曼，认真地侍弄起十几亩葡萄地。

一手忙着抹汗，另一只手继续干。铺好保鲜纸，把摘下来的葡萄串里的烂葡萄拣掉，把儿对把儿，或头对头，规规整整地放进红色葡萄箱里，盖上盖，上封条。人堆里不时发出“热，真热！像下火一样”的感叹，但没人停下手里的活，偶尔还有几声爽朗的笑声。

——二〇〇六年七月随记

无论是少年时期的亲身经历，还是成年后在别处的挂念，这个

季节是葡萄园的盛典。酷热的天气里，人们匍匐在翠绿的葡萄架下，大汗淋漓、小心翼翼地采摘着晶莹剔透的葡萄。他们双手轻轻托起挂在葡萄藤蔓上的葡萄串，仔细观察葡萄串与藤蔓连接处的走向，考虑从哪个方向下剪刀才能完整地把葡萄串剪下来，不使葡萄串掉粒，保持串型的完整、完美，然后用双手托住葡萄串整齐地放入葡萄筐内，最终把自己种的葡萄“远嫁”他乡。这就是卖鲜食葡萄的盛景。

这样的盛景在仅有四十户人家的小村庄上演了近三十年。葡萄在近三十年里随着时代发展的步伐，一点儿一点儿走远。从吐鲁番出发，乌鲁木齐、北京、上海、广东，韩国、日本、美国……那小小的葡萄带着吐鲁番大地最鲜美的甘、最火热的甜、最朴素的信念，越走越远。

我家的葡萄园，供出了五个大学生。每年开学季，我们都会眼巴巴地等着地里的葡萄丰收，等着拿卖了鲜葡萄或者葡萄干之后的钱去交学费。一年年，我们在对葡萄的企盼中度过美好的时光——孩子们在对葡萄快些成熟的企盼中长大，父母理想的生活在企盼中越来越近。

三妹从云南园林大学园林专业毕业，在昆明打拼几年后回到吐鲁番种起了葡萄。她不再像父母那样按部就班地种植葡萄，而是利用我家的葡萄园办起了柳中葡萄合作社，并给葡萄园起了一个洋气的名字“柳中葡萄庄园”，主要销售她自己种植的原生态无核白鲜食葡萄，并注册了自己的商标“火之焰”。我家最小的也是最漂亮的妹妹给她的葡萄园当模特代言。同时，她和当地的一些年轻人联合起来做起了电商，在网上卖鲜食葡萄。她还尝试种植有机葡萄、富硒葡萄等。她在柳中庄园微信公众号中写道：“葡萄之路，是条原生态葡萄的梦想之路。儿时的记忆里，父辈种植的无核白甜得醉人。而今，接手洒满父辈汗水的土地，我要在这片无核白葡萄园和我的故乡再找回儿时的记忆……”

葡萄园在三妹经营了几年之后转包给了别人。葡萄长势依然是一年比一年好，品种也不断增加，火焰无核、无核紫、巨峰……越来越多的新名词和新品种出现在“柳中葡萄庄园”的广告页面上。

名不见经传的小镇鲁克沁因为鲜食葡萄而享有盛名。每年七八月份，小镇的人就会多出很多，大多是来收购鲜食葡萄或者哈密瓜的。只要问“哪里的葡萄最先成熟”，答案只有一个——新疆鄯善县鲁克沁镇的鲜食葡萄，不仅最早熟，并且品质优良。葡萄成了小镇的主题，小镇成为我们一家人的主题。年事已高的父母在儿女们的强烈建议下，在县城买了楼房。住在宽敞明亮的新房子里，他们最喜欢看的节目就是《新闻联播》，看着看着就会讨论起乡下的葡萄园来，并念叨着该给葡萄疏果了、该给葡萄打头了……

葡萄园，丰盈着父母的一生。

四

“天行健，君子以自强不息；地势坤，君子以厚德载物。”以这两句话来描述生长在荒野戈壁上的葡萄恰到好处。

在吐鲁番，关于葡萄有如此丰富的细节触手可及，葡萄干、葡萄酒、葡萄干抓饭、带有葡萄纹路的花帽、记载当地葡萄的志书、葡萄旅游文化节、葡萄长廊、葡萄大王捐建的司马义·库尔班中学、葡萄酒庄、“楼兰干红”与G20峰会……这些有关葡萄的名词，是从葡萄园里走出来的。它们跟随着时代发展的步伐越走越远，从我国最低海拔走到国际峰会，无论走到哪里它都带着火焰山的炽热，带着坎儿井水清澈的甘甜。如我一样在葡萄园长大的孩子，无论走到哪里，归乡的路只有一条，那是对那片葡萄园殷殷的挂念和期盼。我在这种出发与归途中寻找到葡萄和葡萄园、葡萄园和我、我和我的祖国的关系。

“我的祖国和我 / 像海和浪花一朵 / 浪是海的赤子 / 海是那浪的依托……”熟悉的歌声传来，清香的泥土气息扑面而来，这就是我最深情、最温柔的表白。

坎儿井叙事

坎儿井，是水的一个姿态。

一场雨的到来，大地上形成了无数条小水流，水和泥土浑浊地随意流去，就成了一条河流。雨水干了，河流就消失了。一条河流的形成和消失即在瞬间完成。在这瞬间的过程里，一些湿润的梦想弄醒人们眼里的渴望，潮湿地包围着一块干涸的土地。

一场雨的到来，在家乡的小镇，就是这样瞬间完成。

雨不停地下，热气不断地上升，地面依然是干的，雨只是轻轻地来过。

小镇的人们怡然自乐地穿梭在葡萄园的绿波里，忙碌在道道瓜沟间，任汗水在身体的每个毛孔自由流淌，而后像一场雨，挥洒在六月的热浪里。

水，是小镇最亲密的情人。她畅游在几百年的历史里，和小镇真切地相恋；她拈起一份挚诚的爱，和这片黄土地长久地相依偎。在烈日炎炎的夏日，小镇总是含情脉脉地看着——散开在荒野戈壁上一字排开，或错落相拥，或相互隔开，却又是经脉相连的一口口井，藏匿着他最亲密的情人。这些井的名字，就叫“坎儿井”。

坎儿井不是井，她是条河，是新疆吐鲁番特有的地下河。

她是在火焰山这片褐色的岩土上，没被时间烘干的一条生命的河。她藏身于火热的地表之下，无声地喂养着大漠孤烟、长河落日的孤寂，她凭着一份水的柔媚，流软了戈壁，润绿了荒滩。

每当驻足小镇田间地头，凝思脚下这片厚实火热的土地，能看到厚厚的黄碱土下，一泓泓清泉汇集成了一条条起伏的河；能听见那布满褐色岩土的火焰山下，有水在歌唱，扬着生命的激流，从热浪里飘逸而出。

时常把水比作唐诗宋词里那些稍带忧郁、富于才情的女子。水使那些女子的才情不留痕迹地张扬，而来自泥土之下的坎儿井，正以温情与冰凉把我溢满了激情的思绪流放到远方。

几百年前，生活在吐鲁番这片热土上的人们，望着烈日下赭红色的火焰山凝神静思：这山的山顶光秃秃的，山脚下怎会生出杂草来？刀耕火种的人们拿起手里的工具，一下一下挖起了山脚。这一挖就挖出了历史的壮举。一双双粗糙的大手，在酥油灯的照亮下，穿越时空的黑暗，挖出了与万里长城和京杭大运河齐名的坎儿井。

而辛勤劳作的人们并不知道这些。当地下暗渠把藏在黄土地下的白花花的水引出地表，自流灌溉到田地里的时候，那一棵棵饱受干旱的禾苗贪婪地吸吮着清凉的井水。人们欣喜若狂，奔走相告——终于寻找到了生命的源泉！

是的，他们挖出了一个崭新的历史，挖醒了这片沉睡的黄土地。

坎儿井由暗渠、明渠、竖井和涝坝四部分组成。暗渠是坎儿井的主体，即地下水河道，掏挖时工程十分艰巨。每条暗渠大约长三千米到五千米，暗渠的出水口叫“龙口”，和地面的明渠相连接。水由明渠注入涝坝，然后引入渠道灌溉农田。竖井是运出井下泥沙的通道，也是通风送气口。竖井井口呈长方形，长一百厘米左右，宽七十厘米左右。竖井之间根脉相连，一条坎儿井，竖井少则十多个，多则上百个。一堆堆黄土围着一个个井口，像一个个侍卫庄严地遍布在西部浩瀚的荒野戈壁之上。我费了好大的功夫才弄明白，坎儿井究竟是怎样把自己的甘甜输送到沙漠的每个角落，而后使这片荒漠成为小镇或小城。绿与人相恋，人与绿相依，因为有了涓涓流动的水，本是荒凉的戈壁，无端地生出几分柔美来。

水与水是相通的，河流与河流也是相通的。在茫茫戈壁，立于坎儿井之上的我，瞬间觉得自己像个泛舟碧绿荷叶间采莲的江南女子。

坎儿井不是简单的河，她是一条条生生不息的生命之河。

一条条河流在荒野戈壁的荒凉底下静静地流着，人们在时间的地面匆忙地行走，马蹄沾满草的飞屑和花的馥郁，一串串葡萄在绿荫下留下甜美的记忆；一棵古桑演绎了一场生离死别的爱情；一条河流淌着，无数条支流向四处延伸，而后一代一代的人站立着，一片一片的绿洲站立着。

于是，人，河流，绿洲，在历史的荒漠里交融，以各自的生命相互温暖。

挖一条坎儿井大概需要一年时间。一条坎儿井可以养活一个村庄的人。

根据当地的水文地质条件，挖坎儿井要先在潜水位开挖，引出地下潜流。为了节省土方量，也就是节省人力，要在没有衬砌的条件下保持土层的自然拱形，窄沟式断面仅能容纳一人侧身前进和弯腰操作。所有的坎儿井的开挖，都是一个人在地面下挥镐破土，低着头弯着腰，把一筐一筐沉重的土挂到一根绳子上，然后由地面上的人用辘轳一圈一圈绞上来。无论严寒还是酷暑，掏挖坎儿井的工程都在继续。农闲时间，全村的男人都是劳力，都主动去掏挖坎儿井，女人则送饭送水。

据说很久以前，一个叫尼亚孜的年轻人带领村里人掏挖坎儿井，挖了一年多也没能挖出水。许多人气馁了，但这个年轻人执着地要继续挖下去，不然整个村庄将面临断水的危险。他日夜冥思苦想问题出在了哪里。一天，他年轻貌美的妻子阿依先木汗去给他送饭，看到一只火红的狐狸在一片空地上转悠。她被那美丽光滑的毛皮所吸引，不自觉地追向那只狐狸，不想却撞到了一棵老桑树上。在一片殷红的血迹中，那只红狐狸突然间消失了，而阿依先木汗却再也没有醒来。尼亚孜伤心欲绝，大哭一场。第二天，他依旧拿起工具下井挖水，白花花的水竟然扑面而来。他兴奋地扑到水里大喊，整个村庄沸腾了！后来人们说，那只美丽的狐狸是神灵所幻化。为了感谢神灵，人们就把这条坎儿井叫作“土勒开坎儿井”（“土勒开”，维吾尔语，“狐狸”之意）。

一条坎儿井就是一个悲喜交加的故事。一条条坎儿井养育着一个个有故事的小镇。

坎儿井的水始终以一种恒久不变的姿态流淌着，水里有着雪山的清冽，有着隔世的纯净，也有着掏挖坎儿井人汗水中浓烈的盐分。

一条河流把粗劣的外表袒露在外，把无尽的柔美和无穷的想象深深地隐藏。这就是善和美的相容吧。即如从四面八方聚集于此的小镇的人们，语言各异，肤色却相同。

我的生命就是在这样血性的河流里结成，而后在河流的故事里成长。我亲眼看到这里的男人们从泥土的背面深入河流，又从河流陷入泥土；女人们用如水的温柔，掠过男人古铜色的宽厚脊梁，而后小镇的另一轮故事又开始衍生。

坎儿井不是井，她是一本书，记载着泛黄的历史。

陕西关中在汉代就有挖掘地下窨井技术的创造，称“井渠法”。张骞通西域后，因塞外乏水且沙土较松易崩，屯田戍守的汉军就将“井渠法”传授给了当地百姓。后经各族人民的辛勤劳作，逐渐趋于完善，发展为适合新疆自然环境条件的坎儿井。清末因坚决禁烟而贬谪新疆的林则徐在吐鲁番时，对坎儿井大为赞赏。清道光二十五年（一八四五年），林则徐赴天山以南履勘垦地，途经吐鲁番县城，在当天日记中写道：“见沿途多土坑，询其名，曰‘卡井’，能引水横流者，由南而北，渐引渐高，水从土中穿穴而行，诚不可思议之事……”坎儿井的清泉浇灌滋润着这片火洲，使戈壁变成绿洲良田。

坎儿井在历史的长河里边走边吟，辉煌的热闹伴随着永远的寂寞。她不像帝王留下的王宫遗址总带点儿血腥的味道，不像凝重的陵墓会让你产生巨大的痛感。她是一代又一代人汗水和泪水的凝聚，一代又一代辛勤劳作的人们智慧的结晶，于万里荒漠之中，于如浪般的火洲之上，筑成了一座无言的丰碑。

苦的过程也许有着最甜的结果。因为有着这股流动的清凉，哈密瓜早已美名远扬，无核白葡萄甜醉人心，而生活在这里的人们可以抗旱耐高温。每每想到那些收获季节的农人热得无处可藏时能得一壶清凉可口的坎儿井水解暑消热，冥冥之中感觉这坎儿井的水，是有神性的。

这个世界本来就是如此和谐吧。当大自然鬼斧神工地造就了一座火焰山横亘在这片热土上时，在它的周围，坎儿井带着对清爽的敬畏和仰望天际的感激，穿越荒野戈壁，造出一片生命的绿荫。

此时，我不再流连因为一场雨而幻想出的许多条瞬间干涸的河流，亦不再向往江南采莲女那就地而生的小小的池塘，我脚下这泓清泉，将感动和容纳我未知岁月里的所有。

等待一场雪

为这漫天飞舞的雪花下定义，觉得自己狭隘了。这场雪是属于宇宙的，属于天空和大地的。但在这无尽苍茫的大雪中，它的确是有姓和名的。它落在谁的笔下，就有了谁的性情。“忽如一夜春风来，千树万树梨花开。”这是岑参的，豁达豪放。“孤舟蓑笠翁，独钓寒江雪。”这是柳宗元的，孤独清冷。“窗含西岭千秋雪，门泊东吴万里船。”这是杜甫的，旷远开阔。“晚来天欲雪，能饮一杯无。”这是白居易的，是可以落到任何人心里的雪，读它时，它就化作眼前一杯冒着热气的醇酒，等待友人来对饮，也等待一场雪的到来。

在素有“阳光之城”之称的小城鄯善，雪是等来的。期盼一场雪的到来，成为小城人冬天共同的愿望。当所有的树木叶子落尽，显露各自的真容，白杨树、青杨树、小叶白蜡……它们回到了自身的本源，仅凭树干无法区分它们的身份，也无须区分了，它们在这条路上一长就是十几年或者更长的时间，早已长成一家人了。走在树林下，阳光穿过枝条洒在身上，自然就会生成暖意，斜睨着天空，不由得想，已经快十二月了，要能下场雪就好了。雪好像听到了，每年的十二月，就有几场雪光顾小城，了却盼雪人的心愿，也对冬天进行完美的总结。

雪大多是从夜里下起来的。小小的雪花趁着万物在酣眠之际蹑手蹑脚地来了。“是谁敲着窗户沙沙沙，/是我，是我，我是小雪花……”熟稔于心的儿歌，瞬间汇集到笔下，藏在儿歌里的岁月也回到眼前。记得大概上一年级的时候，学会了这首儿歌，遇到下雪天，我就会给母亲一遍一遍地唱。在简陋的窑洞里，我和母亲盘腿坐在炕上，正在燃烧的炉火随着我和母亲互动的节奏“噗噗”燃烧着。那时，以为雪花会和我一起长大。我不断地长大而雪花却没有多少变化。之后，每年都会下几场雪，有时候在校园里，有时候会在上下班的路上，见到飘的雪花，我的心情瞬间愉悦起来，偶尔会冲动地为雪写一篇日记。今年，我为雪写了一首小诗：

雪落到了一壶烫好的老酒里
暖意从一滴酒的内部扩散
我希望你或者城南的沙山
都能感受这浓厚的情谊
多美的雪花啊
阳光在一页纸上升起又消散
至此，我打开纸页就下一场雪
纸的白和雪的白
哪个更接近世界的底色……

小小的雪花带着我的喜悦和温暖，驻足于我平凡的生命里。还记得，我在秋天开始的时候谈了场恋爱，到冬天时就结束了。那天，那个白净的男孩对我说："我们分手吧！"那天，正好遇到了一场雪。于是，这么多年来，我一直在祭奠那场雪。在那场雪中，时间、地点、人物早已模糊不清了，只记得纷纷扬扬的雪花胡乱飞舞，我如雪花一样在清冷的路灯下跌跌撞撞，黯然地回到了出租屋，抱着枕头大哭了一场。雪不知道什么时候停了。第二天，我又满血复活地站在了讲台上。现在，再想起那场雪，却有着不一样的温暖。

在我初为人母时，再逢雪天，我又有了新的内容。一个新的小生命与我的身体一起生长，她打乱了我身体里原有的秩序，并不断地进行重组。贪睡，贪吃，身体臃肿，都是我平日里最忌讳的事，我都真实地去经历。女孩子的宫殿瓦解，女人的村庄建立。有一周的时间，我吃的任何一点点食物都会被翻江倒海地吐出来。最后，这个局面却被两碗小米粥完成了重组。那段时间，我因公事到西安出差。旅途的劳顿和孕期的反应，使我整个人疲惫至极，我拖着沉重的步伐走在异乡的街头，一股香喷喷的米香飘了过来，让我虚空几天的胃一下子有了暖意。我快步走到那个早餐店前，要了两碗小米粥。当小米粥进入胃里时，一股温暖的力量溢满全身，肚子里的小生命接纳了异乡的粮食，我理解为她是对我初为人母的粗糙和莽撞的原谅。至此，我连续吃了一周的小米粥，成为我饮食历史上最难忘的口味。

因为那个小生命的入驻，我学会了俯下身子与一切事物对话，见到任何事物都觉得新奇和可爱，仿佛重新生长了一遍，同时又像圣母一样爱着全世界。在一个大雪纷飞的夜晚，我摸着逐渐隆起的小腹说："下雪啦，宝贝儿，这是你人生的第一场雪啊。"肚子里的小人儿动了一下，不知是用手还是脚捣了我的肚皮，看着滚圆的肚子上被挑起的肚皮，我兴奋地喊着："她听到了，听到了！"多神奇的生命啊，一切在未知中形成，仅凭一根脐带就能生长十个月。那是怎样的一个世界，以羊水为家，以胎盘为粮食，以周为单位来计算年龄。在我与那个小人儿单独相处的十个月里，她一定窥探了我许多个秘密。比如，一遇到下雪天，我就会想起很多很遥远的事情来。在这个小生命成了我的女儿之后，我也在一个雪夜教她唱我曾经唱过的儿歌。我和三岁的女儿盘腿坐在地毯上，边拍手边唱："是谁敲着窗户沙沙沙，/是我，是我，我是小雪花……"她把小脸贴在玻璃窗上，大声喊道："我看到你啦，小雪花！"雪花簌簌敲打玻璃的声音，像是对她的回应。如今，她到南方一个不会下雪的城市读书了，还能记起那几个雪夜吗？

天空雾蒙蒙的，路上的行人配合着雪花的节奏不紧不慢地走着。下雪了，孩子们是最开心的。他们肆无忌惮地奔跑着，年轻的父母在后面小心翼翼地追着喊道："小心点！小心点！"孩子勇往直前奔跑的气势，把我带回了雪野撒欢的童年。我们也曾以同样的姿态，奔跑在白茫茫的雪地里，打滚，爬行，摔跤，嬉闹。昂起头，让雪落在额头、脸颊、鼻尖，微小的冰凉与稚嫩的皮肤摩擦，酥酥的痒，逗得我们笑了起来。有小伙伴竟然伸出舌头，等待雪花的降落，说要一口把雪花吃掉。雪花真的落在了他的舌头上，他像吃糖果那样在嘴里吸溜着，惹得我们不停地泛口水。在我们欢快的笑声里，一天的时光就过完了。没有孩童们的嬉闹声，雪野就更安静了，村庄、大地和雪夜一起睡着了。

任何一场在黑夜里奔赴大地的雪，都带有神所赋予的旨意，让你铭记或者忘记。蛰伏于大地之下的生灵，需要倾听高于地面的声音。于是，雪就来了。雪花踩着轻盈的步伐一步一步走来，不紧不慢地与大地交流。它把时间分成等份，毫无保留地洒向大地，慰藉伤痛，也为美好护航。羊圈里刚出生的小羊“咩咩咩”地叫了几声，老羊“咩咩咩”地回应，狗吠声从远处的村庄里传来，鸟窝里的鸟儿收紧了翅膀，几只老鼠正在算计目的地。在这个世界上，物与物之间的感应更灵敏，它们通常占领各自的轨道规范地前行，哪怕在万物归元的雪夜。这些自然的物主，比我更早地领略了一场雪的意义。

雪来到小城，大多是落在城南的库木塔格沙漠上。库木塔格是一座山的名字。库木塔格沙漠就是有沙山的沙漠。雪落到了山上，雪就有了名字，人们叫它库木塔格的雪。库木塔格沙漠像一个睡美人，横亘在小城南部近千年了。它是小城最忠实的守护者，不然那么多年过去了，小城里的绿树越来越多，而沙漠的睡姿一直没变，从东到西，像一条黄色的飘带连接艾丁湖和火焰山。专家学者从气象学、地质学、环境学等学科来探究，为什么这么多年了，小城和沙漠之间依然保持着恒定的关系，沙不进绿不退。一拨一拨专家来了又走了，小城安然无恙地按照自己的方式休养生息。最终专家们得出结论：这是自然界的一个奇观，沙漠和绿洲和谐相处。百年小城还被评为了全国园林城市。人回答不了的问题就交给大自然来解释吧，人只要做好自己的本分就行，比如多栽树，少排放汽车尾气等小事。

库木塔格沙漠护佑小城里的每个人，它以沙的微小和执着，雕琢小城人的性格和习性，又以开阔和辽远锻造小城人的心胸。它成了小城人心灵的家。无论小城人走到哪里，都会怀念这一望无际、毫无生机的沙漠。在每个小城人的记忆里，都存着与自己有关的一两个满嘴含沙子的片段。那细细的沙子，灌满了嘴巴和鼻子，你连蹦带跳“呸呸呸”地吐着沙子，用手、胳膊、袖子一遍一遍地擦，舌头搅着牙齿，用牙齿试着轻轻咬合，几粒沙子挺立于两颗牙齿之间，一股微小酸麻的感觉遍及全身的神经，还有一些沙子固执地留在嘴里，你只有不停地搜罗唾液清理它们。眼里揉不进沙子，嘴里一样含不住沙子。沙子汲取皮肤上微弱的水分，以细细的汗毛为屏障，全面侵占和改造你那张笑脸。此刻，沙子是个艺术家，按照它的创意随便改变你的形象。眉毛变成了沙子眉毛，无论男生还是女生，都长出了沙子胡子，脑门、脸颊、鼻尖……都被贴上不同形状的“沙画”。玩耍的小伙伴们，互相指着被沙子“虐”过的狼狈相哈哈大笑，接着抓起沙子互相追打起来，像在大海里戏水。半天的快乐时光过去了，看着浩远的沙漠，已经来了很多次，但每次都像第一次来。每次来，必定带走一些沙子，那些沙粒会藏在你的鼻孔里、鞋子里、衣角里，甚至是耳朵里、头发里、指甲盖里，无孔不入，无处不藏。

眼前的雪越下越大了，忙着赶路的雪花落到我脸上，凉冰冰的，并未让我有更多的感受。雪花在我的面颊上提前结束了它的行程。路上的车辆走得很慢，行人也放慢了脚步。一场雪让整个世界都慢了下来，只有飞舞的雪花忙碌着，它铤而走险地落在光秃秃的树枝上，并稳稳地站住了脚，一朵，两朵，更多的雪花挤挤挨挨地占领树枝，有的树枝已被它们压弯了腰。在雪花热情洋溢的装扮下，树们像披上了白色的袈裟，不分树种和身姿，仿佛完成了一场自我超度。不知谁欣喜地说了一句：“真美啊，咱们鄯善也有雾凇！”树重新诠释了雪的内涵，它来到干旱的小城，只为短暂地停留和改变，等到太阳出来，它就重归大地。雪景中，最抢眼的是山楂树，那些蜗居于枝条上的山楂果，被雪温柔地抚摸着，红的果，白的雪，相互映衬，着实娇艳。这场雪仿佛就是为了它们而来似的，所经过的人都要赠予它几句赞美之词。

雪花落在库木塔格沙漠，一夜间长成了一座山的模样。许多人来爬山了，更多的人是来看雪。来库木塔格看雪的人，大多装扮成雪人的模样，穿着厚厚的棉服，戴着鲜亮的围巾、帽子、手套，揣着一颗充满童趣的心。来库木塔格看雪的人是快乐、新奇、愉悦和纯净的，谁也无法揣着一颗抑郁之心来与一望无际的雪对话。天空变低了，沙漠变高了。若没有太阳及时出现，天空雾蒙蒙的，真的分不清天和地，一场雪就让色彩分明的库木塔格变得混沌起来。不再去仰视天空，就看脚底下的雪，踩在松软的雪上，脚底发出“嚓嚓嚓”的韵律。踩在雪上比踩在沙子上更柔软，一脚踩下去，软绵绵的，再一脚踩下去，踩出沙子来了，仿佛识别出一个事物的假象来，然后就放心大胆地阔步走进这雪的王国里。

因为一场雪的到来，把沙漠一张毫无生机的褐黄脸洗得白净，把看雪人的心灵也洗净了。绵延起伏的沙漠在雪花的安抚下世界被还原了。单一的白在人的心里顿生温暖，世界一下子平和了，一些真实的事物变得虚无，比如长居于心的贫、贱、地位、身份等烦恼，时刻困扰自己，它摸不着看不见，但又真实存在，它们也被这雪给覆盖了，让我顷刻间回到“人生而平等”的初元。“质本洁来还洁去”，顺口吟出一个句子来，不知道是在哪次读书时记住的。看库木塔格沙漠的雪，为心灵寻得一隅高地，向事物洁净的本质靠近。

被雪覆盖的沙漠，偶尔也会有一两只勇敢的鸟儿飞过。我判断，它们不是麻雀。麻雀属于居家型鸟儿，大多流连于屋檐、烟囱和树梢，它们不适宜这旷远冷寂的沙漠。那只黑鸟用力地扇动着翅膀，在空中盘旋，像是一架巡逻的直升机，一会儿俯冲，一会儿上升，在完成仅属于自己的一项军事演习。大概它明亮锐利的眼睛看到了荒漠之上被雪覆盖的许多生命在移动。它持续在空中飞翔和寻找，始终没有冲到雪地里去捕捉它的猎物，也可能它的猎物还没有出现。一些人开始向沙漠里走去，边走边看着身后，那深一脚浅一脚的脚印，整齐划一地跟在自己身后，没有旁人来打扰，仿佛自己是来到这个世界的第一人。被还原的世界不是死亡而是生机，一些早落的雪开始融化，不信，你扒开一小块雪，覆盖在雪底的沙子变得潮了，雪以另外一种形式和库木塔格沙漠讲和。在库木塔格沙漠边缘生长的骆驼刺、红柳正在某一处享受这场雪的抚慰，迎接不久将要到来的春天。

雪继续下着，走到单位门口，同事们已经做好了扫雪的准备。从江西来的大学生志愿者Z和刚参加工作的X，两个不善言谈的姑娘，一扫以往的矜持，互相做着鬼脸，率性地在雪地上作起了画，她们浑身洋溢着的青春气息，让这场雪也充满了活力。

那一刻，我想起了几年前的那场大雪。持续的降雪影响了小城人们的正常出行，积雪让交通几乎瘫痪，各单位分别划分卫生区清扫雪。我们手中的工具根本无法清扫厚厚的积雪，门卫力提甫不知道从哪里找来了一块旧门板——那块板子成为那天扫雪的功臣，男同事们五人一组推板子向前把雪堆起来，女同事在后面清扫遗漏的雪。一来一回，扫雪现场喊起了号子唱起了歌，同事们从紧张的工作氛围中解脱出来，回归自然。有人扫雪扫累了，直接坐到雪地上休息。这时候，力提甫过来开玩笑地说那位同事："你羊肉吃少了吧，力气就这么一点儿？看看我的！"他棉衣一脱，抄起板子，弓着腰，喊了声“走！”，仿佛是在驾驶一辆车。他推着板子来来回回好几趟，赢得了我们的一片掌声。热火朝天的扫雪场面和勇武的门卫力提甫，成为那个冬天温暖的记忆。而今，那栋办公楼已被拆除，一栋新的大楼正在建设，而力提甫也去了另外一个世界。得知他已不在这个世界的消息时，我不由得想起那场雪，想起那个我们共同度过的冬天。

城里的路灯还亮着，赶路的人们降低了车速。有人早起，在朋友圈里发了一条信息：“下雪了，寻尚未涉足之处，把思绪种在这里，任我自由地飞。”文字后面，是一张洁净的瑞雪图。这位早起的文艺友人，用心灵的飞翔迎来了一场等待已久的雪。

世界万物终究是有所属的。在这场雪里，那些我看到和没看到的事物，都在某个地方，用独有的方式与属于自己的那一片雪花对语。

第二辑

秀色可餐的城

库木塔格的维度

一处景物安然地站立在那里，静观世界的变幻。你来了，走了；你走了，又来了。世界一切都在变化着，一切又没有变。

我来过这里很多次，对它已熟悉得不能再熟悉了，但始终没找到一个完整的句子来表述它。这里某一粒沙曾沾有着我的某一种气息，而下次再来时，我却寻不到它。

这次是从正门进入的。门的形状是高大雄伟的骆驼造型，雕刻在驼峰最高处的"驼铃天下"四个字，俯视着所有进进出出的人们。驼峰四周几条绸带飘然，以意象的姿态高高扬起，让你仿佛聆听到远古时期叮叮当当的驼铃声。一队驼队正好经过这里，时间就此停留。

朝阳刚从东方升起，一股清凉的气韵迎面扑来，偌大的沙漠像是刚从睡梦中醒来，一阵微风轻拂，慢慢地掀开了褐黄色的沙毯。沙漠灵动起来了，睁开惺忪的睡眼打量着这一天美好的开始。抬眼远望，高低起伏的沙脊，一个连着一个，把你的视线拉远再拉远。清晨的柔光与细沙相互映衬，清清凉凉，一股惬意的气息不断向你靠近。你在看沙，沙也在看你。沙是有眼睛的，它的眼睛长在你的心灵里。敞开你所有的想象去凝练溢美之词吧，把属于美的定义毫无保留地给予这清晨的库木塔格沙漠。

经过一晚上风的光顾，整个沙漠恢复到最原始的姿态。你总可以看到一个全新的世界，没有任何生物涉足。细细的沙浪均匀有规则地分布着，稍稍凸起的沙脊像一件精雕细刻的工艺品，远远望去，像一条沙海里的美人鱼，安静地蛰伏着。在沙漠的背阴处，一阵风踏着沙浪前行，它要走到沙的尽头，走到沙的内心，走到一切的静中去。

寻一片平坦的沙地坐下来，你就成了这片沙的主人，摒弃一切世故，让自己如一粒沙的状态存在。或躺或坐，或跳或跃，或沉思或假寐……不远处，一对年轻人嬉闹着沿沙坡往下滚，然后再相互搀扶着努力爬上来，再滚下去，再爬上来，乐此不疲。玩够了，笑累了，手挽着手躺在沙漠上，看着天空纯净的蓝，感受着细沙柔软的精诚。

几个寻着清晨光线而来的摄影爱好者，以沙漠为底色，以清晨为背景，以身上所有的物件为道具，用手去托起太阳，举起纱巾抛向空中……摄影师不停地按下快门，转换角度，贪婪地想把沙漠朝霞的每一寸光线用不同的姿态留住。我与好友也被这清晨的沙漠所折服，慢慢地放下拘谨。我们平躺在沙子上，伸展着四肢，微蓝的天空覆盖了视线，凉阴阴的沙子麻酥酥地触及全身，世界在此沉醉。此刻，我们与沙漠融为一体。轻轻闭上双眼，世界在我们的身外。抛却羁绊回归一切吧，回归是人生至高的境界。回归内心的女人是柔软的，她虽然常被孤独、痛楚和绝望所包围，但最终都在努力地找回自己。玛格丽特·杜拉斯在她的酒精里回归，她说“饮酒让孤独发出声响”。乔治·桑在肖邦的圆舞曲里回归，倾其所有地去爱着，不图任何回报，那近似于母爱的爱情让肖邦在他的音乐世界里淋漓尽致地表达。弗吉尼亚·伍尔夫在与自己的抗争中回归，她伴随着一袋子石头投入了她家附近的一条河流，她在她生命的意识流里，草率地结束了自己的挣扎。艾米莉·狄金森在她诗歌的荒凉里回归，“如果我不曾见过太阳/或许我结束了俗世的旅程，还能忍受黑暗/可如今，太阳把我的寂寞/照耀得更加荒凉”。这一切和沙漠无关，和一个个孤独的灵魂有关。在一个宁静的早晨，我想起了她们的孤独，而世界并没有黑暗。

阳光越来越强烈，沙漠的温度不断升腾。

在库木塔格沙漠，中午最好的去处就是到山下看沙泉。下山，进入沙漠下面的林荫小道。林荫小道周围布满一眼眼泉，当地人亲切地称之为“沙泉”。这些小小的泉分别有着自己的名字和性格，勺泉、蝴蝶泉、响沙泉……这些泉在大地上长了这么多年，都有着自己的故事。这些故事大多与爱情有关，每个故事都如泉水本身，清洌甘甜，可以畅饮。

最为神奇的可数响沙泉了，会随着周围声响的大小来决定冒出泉水的多少。它通过声音的震动来感知自己的力量。那一眼汩汩的泉水，彰显着沙漠脚下生命的活力。然而，它却有着一个悲伤的故事：一对痴情恋人，为了爱情而甘愿变成泉。那泉眼是情人的眼睛，那泉水是情人的眼泪，听到了爱的呼唤，就会有更热烈的回应。响沙泉四周，丛林密集，仿佛都在为一份痴情而坚守。爱情是不分地域和朝代的，它只和一场青春有关。我和友人围着这眼小小的泉，从各个不同角度制造声响，让泉水回应。手拍疼了，脚跺累了，而后相视一笑——这是在做什么呢？

继续向东行进，有一片沙湖。湖水清澈，湖面平静，一些白色的拱形桥倒映在水中，完全是一幅江南水乡的画面。再抬眼远观，杂草后面的沙漠若隐若现，与平静的湖水相互映衬，凸显出一道奇观：沙漠与水相邻，在水和沙漠的连接处，一丛丛芦苇茂密旺盛地生长着。看到这里，可以想到大音希声、大象无形、上善若水等许多个哲学命题，这也是库木塔格沙漠的另一种生活的哲学。

几位垂钓者安然地坐在湖边。他们个个皮肤黝黑，气定神闲，仿佛过往事事和其无关，安静地等待着水里鱼的回归。在这里钓鱼，与鱼无关。在某种气场里，他们在制造一种际遇，鱼一旦上钩了，一场邂逅即刻消散，鱼被送人或放生，垂钓者的等待仍在继续。

沿着一条木栈道继续向东行进，又进入另外一个世界——一片湿地呈现在眼前。湿地依偎着沙漠而生，密密匝匝丛生的菖蒲高过头顶，刚刚长成的菖蒲果实随着一阵阵风轻摇着。我和友人穿行其中，撩起裙裾做出各种姿态与这些菖蒲附和，已步入中年的我们在这绿色的世界中放任自己的华年，让时间回流到如菖蒲般的青春岁月。友人说："我们拍照吧，此刻于将来的我们来说是最年轻的。"是的，与葱茏的菖蒲一起永远地年轻吧！

夕阳西下，整个沙漠跟随光线慢慢地移动。向西行进的光影越来越短，喧嚣逐渐隐去，黄昏之下的孤独在慢慢扩散。这个时候，你最好选一个与自己脾胃相投的山头爬上去，安静地等待世界的归隐。如果说，清晨的沙漠有几分女性沉静的内敛，那么黄昏的沙漠则有着男性苍茫的辽阔。几处被时间磨损的雕塑在夕照下富有了诗意。须发飘然的唐代才子岑参，面容肃然。他一生戎马于疆场，怀着到塞外建功立业的志向两度出塞，久佐戎幕，前后在边疆军队中生活了六年，鞍马风尘地征战沙场。“沙上见日出，沙上见日没。悔向万里来，功名是何物”，却不知哪粒沙里安放着岑参壮行的时光。大海道“常流沙，人行迷误，有泉井咸苦，无草。行旅负水担粮，履践沙石，往来困弊”，这又是历史光阴里的另一个沙漠，曾承载着一个历史的使命。一队驼铃悠然而过，一条“丝绸带”唤醒了一个世界。东方晓白，西天沉霞，接近了，再接近；而后，两种文明相互认真地打量和触摸。布匹、香料、纸张、土特产、乐器，它们在相互碰撞中擦出了文明的火花，挤兑成心灵的沟河。东方的古典和西方的浪漫，中原的秀柔和西域的粗犷，在文明的沙粒中无声地渗透和融合。

光线越来越柔和了，此刻的沙漠显现出几分文艺气息，舒展了晨光里的秀气，收敛了午后热浪中的霸气。此刻，可对着夕阳信手拈来“大漠孤烟直，长河落日圆”的古句，亦可调动自己的文艺气质，为此刻的心情留几行断句——“掌心里，一粒沙的世界和爱情 / 于我，已经足够”——同行友人的诗句。

晚霞的红越来越浓厚，沙漠里不多的行人慢慢往回走。我和友人对视了一眼，像互相询问：是不是该回去了？答案不约而同：再坐一会儿吧。像在等着心中那位壮行的战士凯旋，又像等着自己回家。

大漠雄关，一路依然向西。

太阳已完全归隐到沙漠的身后，不远处，县城的街灯亮了。

窗棂里的蒲昌村

“如果房屋是长在大地上的花朵，那么窗就是花蕊。”我在春天的一个早晨穿行于蒲昌村时写下了这个比喻。

自此，我迷恋上这些点缀在褐黄色的生土墙上的“花蕊”。

我喜欢这个温暖的比喻。就如女人如花的命题一样，包含了美丽、美好的赞美，也有着容颜易逝的忧伤，但这并不妨碍每个女人的命运。蒲昌村的窗也一样，承载了屋子主人的贫穷或富有，快乐或忧伤，却不妨碍我对它的赞赏和喜爱。

镶嵌在生土墙上的各式木窗是进入蒲昌村时光最直接的入口。木窗是仿古式的，有花格式、斜格式。这些古意盎然的木窗镶嵌在黄褐色的生土墙上，与一扇扇色彩艳丽的彩门相映衬，凸显蒲昌村独特的气韵，既有大漠西域的苍凉之感，又有江南古韵的内秀之神。在蒲昌村里穿行，总会想起在久远的年代你背诵过的一首古诗，你经历过的某段时光。“绿窗春梦轻”，“午窗残梦鸟相呼”，无论是北宋陈克轻梦倚窗的早晨，还是王安石浓睡乍醒的午后时光，你都似曾有过。

我最早对窗的渴望始于童年。那时，我们一家人住在一个黑暗的窑洞里。父母要忙地里的农活，经常把六岁的我锁在家里，遥望窑洞上的天窗是我独处时必做的最神圣的事情。厚重的窑洞顶端，中间开一个长方形的窗框，就叫“天窗”。那小小天窗里照进来的光就是我的整个世界。那道光束随时间不停地偏移，我每天都会追着光束嬉戏，我抓它、捧着它、亲吻它、咬它，有时候我会站在那束光的中心，让光全部洒在我的身上，然后伸出小手，遮住阳光看着如天空般的天窗，想着光束的那头究竟有些什么。那小小的天窗成就了我不算深远的想象空间，让我获得过无数次心满意足的梦境。有一天我在睡梦中哭了，“别怕，妈妈在……”，这个声音温暖了我的整个世界。而后，我的弟弟妹妹相继加入追光游戏中，窑洞黑暗的常态生活在继续。不知从何时起，我有着近乎病态的对窗的迷恋和依赖，无论是在教室上课，还是乘车、乘船、乘飞机，我都会临窗而坐，拿上票的第一反应不是看票的日期和车次，而是看这张票上的座位号，计算着是不是可以靠窗而坐。如果不是，上车后总会尽最大的努力把座位调到靠窗口，然后在旅途中享受不断前行的我与不断远去的风景的那种背离感。

蒲昌村有近百户人家，每户一扇窗，就有近百扇窗。近百扇窗里会有近百个故事，近百个故事里一定会有近百个女人。近百个女人里有近百个守候，近百个守候里有近百扇窗。她们的名字不尽相同，但是她们的生活轨迹和命运却大多相似。茨维塔耶娃在经历一生最不堪承受的苦痛时，选择在自己家里紧闭窗棂，带走自己的绝望和诗歌，而留下她幼小的儿子和爱人。“小莫尔……我狂热地爱你。你要明白，我再也无法生存下去了。”她为诗歌而生的人生，在很多年前是否对着那扇开合不定的心灵之窗，早已为自己生命的终结埋下了伏笔？“窗栏正如一个精致的十字形。/ 宁静。尽管不朽。/ 我想象它仿佛就是我 / 被安葬在天国中。”从俄罗斯大地到新疆偏僻的小城春天，在蒲昌村一扇刚被爬山虎染绿的木窗前，感受着一个女人在诗歌里最终的宿命，她贴着十字架的窗棂，会在这近百扇窗棂中吗？“商店为著快快地传播春天的感觉，橱窗里的花已经开了，草也绿了……”这是萧红文字中为数不多的温暖影像，这个始终站在苦难中歌唱的女子，某一个时刻心灵被橱窗里的绿所温暖，也温暖了一个寒冷的北方初春。“窗子以外的事，你看了多少也是枉然，大半你是不明白，也不会明白的。”林徽因，这位端坐窗前的民国奇女子，如果来到大漠深处的这座灵秀的小村庄，走在一扇扇精致的小窗前还会那样怅惘若思，想着窗子以外不明白的事吗？大概不会。几枝刚刚冒芽的爬山虎，绕着方格的镂空的木窗棂奋力地向上爬着，爬山虎绿的灵动与木窗的宁静，丰满着蒲昌村春天里的每一个章节。

蒲昌村，与库木塔格沙漠一路之隔。沙漠的褐黄是蒲昌村的底色，以生土为主建造的房屋，在沿袭当地维吾尔族建筑风格的同时，巧妙地糅合了中原汉文化之精髓。生土砌成的院墙，墙头以两两土块搭砌花墙，为平整的院墙增添了几分错落之感，各色各式的花门镶嵌其中，门两面匀砌有宽厚的门墩，是供村民们纳凉用的。游人走累了也可在此歇歇脚，这时，好客的维吾尔族老乡定会热情地把门打开，给你递上一杯解渴的薄荷茶。你无须推谢，直接享用即可。有的院墙外刻意地摆放几只木轮子，错落有致，与褐黄色的院墙相匹配，一股怀古之风油然而生；有的院墙外建几个如壁龛状的门，整齐地排列在院墙的两侧，像皇家园林的廊道，让你想象穿梭于廊道的古人们匆忙的身影。时间在那头，而你此刻在蒲昌村。院落外随意立起几株干枯的老桑树干，树干粗壮粗粝，它在为蒲昌村解说有关岁月的来龙去脉。依着院墙随意搭建的木棚子，挂着几个葫芦，与脚下的青红石板相间的小路相映成趣，在斑驳的树荫下显得幽静、古朴又不失时尚。最好是在晨光中来蒲昌村。八九点的光景，阳光正好，一股股清凉之风穿过小巷，偶尔会有三轮车“突突突”从你身边疾驰而过，一阵青草的味道唤醒你的嗅觉，有种回到家的感觉。转身再寻满载回忆的车，已不知进入了哪家门户。随意进入敞开门的人家，色彩斑斓的铁床已摆上简单的早餐。几碗浓茶，一盘“皮辣红”（用辣椒、西红柿、皮芽子拌的凉菜），几块馕，一家人盘腿而坐，面对不速之客毫不惊奇，如同见到老友。“来，来，朋友，吃饭！”你害羞地躲开。“来，来！”声音从窗口传出来，像美妙的晨曲。几个孩童闯入你的镜头，大眼睛，高鼻梁，歪头微笑着，对你做出胜利的手势。“咔嚓”一声，定格永恒，蒲昌村灿烂的笑脸被带到了海角天涯。

蒲昌村的春天在继续。几片叶子温顺地叠在一堵土墙上。叶子正在变绿，柔软的鹅黄轻轻点化在古朴的生土墙上，一幅创意画即刻生成。一簇嫩芽从一株苍老的树干里应运而生，一束强烈的阳光穿过，嫩芽的疏影映到老树干上，呈现一个光与影的世界。几株杏树、梨树、桃树依窗而栽，粉的杏花盛放，白的梨花随性而至，桃花内敛地显示着娇羞，把花朵含在花苞里等待风来。风至，花树轻摇，与木色的窗轻语。一位顶着花帽的古丽，甩着两根长辫子，笑靥如花地从树影的后面走出来。

几盏旧式马灯高悬，阿不力孜·肉孜的民俗历史博物馆门旁的蜀葵花已高过窗棂，在蒲昌村的春天里争奇斗艳地盛放。

烟火迪坎

迪坎，地理名词，维吾尔语“山洞”之意，连接艾丁湖畔到库木塔格沙漠。水、驼铃、骆驼刺、石头……是戈壁荒原上的灵光闪现，是沉寂千年又在眼前的景物。写着“绿洲”“绿洲”字样的风，跟随一缕缕炊烟，吹向大漠深处。

一

那年的夏天，我来到迪坎。

夏天的迪坎是大地随手涂抹的一件朴素的美术作品，在偌大的纸张上随意地圈圈点点，着墨重的是连成片的葡萄绿地，着墨较淡的是一排排间或排开的树木。树叶疏密不均，黄绿不匀。大片的戈壁是画面纯正的底色和背景，房屋参差不齐地穿插于底色和墨痕之间若隐若现，炊烟、羊群、孩童这些灵动的元素是画面上最有活力的内容，高高垛起的草堆是画面上最温暖的颜色。偶尔突兀地出现一辆或几辆精致的轿车或骑士般的越野车，不必惊异，大多是迪坎的过客——有的是慕名而来，有的是向迪坎以南的某个矿点行进。这些与原始淳朴的迪坎不相和谐的事和物，只能以过客的身份停留于迪坎一角，被迪坎收留。

对于迪坎，我有种拥抱又分离的亲切感。人们常说，留恋某一座城市，大多是留恋一个人。那么留恋一个淳朴的村庄，大多是这个村庄里有着你生活过的某个片段，或你在此经历了与灵魂契合的某个场景。这种留恋和不舍，你离它越久，思念的味道就越浓。某一日，禁不住去了，体内的血液在倒流，你神清目爽，读着古旧的村庄，像走进童年里那个荒芜又真实的梦境。行走在坑坑洼洼的马路上，偶尔有好客的维吾尔族老乡对你点头示好，远处一望无垠的戈壁沙漠，被赋予无数个神秘而又美好的传说。走进迪坎的乡间，前面是你即将探究的世界，身后是从馕坑里飘来的混着泥土和草根清香的味道，让人无比地熟悉和亲切。无论是谁，只要是行走于旅途中，都无法拒绝这份亲切的邀请，不自觉地追随而去，并想留下点儿什么。调准镜头的焦距，支起你的画板，放开你语言的堤岸任它倾泻。这时候，脚步是缓慢的，时间是缓慢的。慢，是一种亲近；慢，是一种进入；慢，是一种接纳。

托克特坎、裁缝坎、那瓦依坎、琼坎、帕喀尔坎……在迪坎，所有村子的名字几乎都和“坎”字有关，这些依赖着水而延续的名字，已经成为一粒种子，隐藏在时间里，成为迪坎最直接的入口。无论是谁，或何时再来迪坎，依然从这一道道坎儿井进入。

就这样，在一种时间的缓慢里进入迪坎。

二

从县城出发，沿着库木塔格沙漠一路向西行。车子像颗滚动的石子，以流水般的速度在马路上前行。一层层热浪，以水的波纹的模样在前方的路上漂浮，是这条路上的海市蜃楼。我想，在这一层层热浪后面一定藏着一个秘密，等待着人们去探访。就在这个时候，车上了一个小坡，抬眼再向车窗外看去，从荒漠戈壁里突兀地冒出来一大片的绿。有别于荒漠底色的黄绿色，在七月骄阳的照射下，傲然地立于无际的荒漠中。“难怪呢，要不是这些骆驼刺，这条路可能早被沙漠掩埋了。”车上一直沉默不语的同伴说。这一句简单的话，平复了燥热带来的躁动，仿佛一股清凉流淌于心间。

这是一个庞大的骆驼刺王国，一丛两丛、一片两片簇拥成一座王城或一座宫殿。所有的骆驼刺紧抱成团或相拥成簇，在它们密集的“领空”下聚集了一堆堆细密的沙，分不清骆驼刺是因沙而生，还是骆驼刺为俘获沙而战。被沙堆簇拥着的骆驼刺高高地居于沙堆之上，迎着沙漠里的热浪随风摆动，像个凯旋者。但这毕竟是荒漠戈壁，一阵风起，跟随风向扬起的沙土不顾一切地朝骆驼刺扑来，骆驼刺不动声色地迎接风的到来。它们随着风的方向摆动身姿，在风中与荒漠完成了一场交接。风，把沙留下，你可以继续走。一阵风又起，沙尘慢慢散去。风力要是再大一些，沙尘就越过骆驼刺，直接闯入对面的庄稼地。我曾目睹一对年轻的夫妇双膝跪在地头，捧着被一场狂风席卷的幼苗悲怆地痛泣，那近乎绝望的哭泣声让人揪心，一场狂风夺走了他们一年的希望。

一堆沙丘掩埋了一丛骆驼刺，骆驼刺又从沙丘的一侧探出头来开始另一轮的生长，紧接着又是一堆沙的形成。细小柔软的沙子簇拥在骆驼刺身下，温顺得像个刚刚被驯服的顽劣孩童。

六月底，是骆驼刺的盛花期，隐隐约约的黄绿色中间夹杂着一些红晕。远看，漫山遍野紫红色的花若隐若现地藏于戈壁大漠荒原，你不禁吟出“近看红色远却无”的诗句。近看，一朵朵小花散落在骆驼刺刺针间，像给骆驼刺戴上了小红帽，娇小嫣红的花朵从刺秆上生长出来，卵形的花瓣有序地排列。每一朵花都选择自己喜欢的时间开放。含苞待放时是粉红色的，娇艳妩媚。盛开的花朵呈紫红色，两瓣对开的花瓣排满了细细的刺针。即将凋谢的花朵呈紫色。骆驼刺花凋落之时，果实早已长成，盘踞在骆驼刺尖。我蹲下来，以最近的距离接近骆驼刺，肩负防风固沙使命的骆驼刺突然间变得温柔起来，不再彰显男性的英雄主义气概，摇身变为妩媚娇艳的女子。她们头顶美丽的花冠，在一阵风吹拂下，自由地释放着女性美的天性，频频向我致意。我仿佛行走在一个色彩绚丽的大花园里，又好像走进了《西游记》里的“女儿国”，“眉如翠羽，肌似羊脂。脸衬桃花瓣，鬟堆金凤丝”，哪一丛骆驼刺是她们的女王呢？骆驼刺丛下的沙堆，有许许多多形状各异的足迹。除了风之外，到骆驼刺王国做客的小动物们一定比我淡定许多。

我想去揭开这些秘密——这庞大的骆驼刺王国，是何时诞生于此的？它始终以一个昂扬向上的姿态生长，是谁赋予它使命和力量？漫漫黄沙与葱绿的骆驼刺相配，最终会演绎出怎样的故事？这里一定会有故事，只是不为我所知。经过风霜雪雨的洗礼，大地最终向这片荒漠赠予了礼物。可以了，可以从骆驼刺的果实里寻找答案了。在干涸的荒漠里开花结果的骆驼刺果实叫“刺蜜”，它从名字上就给予了这片荒漠一份甜蜜。

刺蜜，又称“刺糖”。据史料记载，自汉、晋刺蜜就作为西域土特产入贡，受到王公贵族的青睐，一直延续至清代。面对色如琥珀、晶莹剔透如沙粒的贡品，久居庙堂之上的清朝文武百官面面相觑。小心翼翼地品咂，微甜呈酸，爽口而留有余香，味道妙也，一个个不由得点头称许。再加探询，得知刺蜜具有医疗功效，除食用外，还可入药，主治“骨蒸发热痰嗽，暴痢下血，可止胃血除烦”。相对于司空见惯的甜瓜、葡萄干、虎皮、狼皮、山猫等贡品，唯有刺蜜让他们久念于怀。问及刺蜜采集过程，更觉不可思议。采摘时，在骆驼刺丛下铺一块干净的布单，轻轻晃动骆驼刺，刺蜜即会落在布单上。一株骆驼刺最多能收一百多克刺蜜。这一切真实而又玄妙，皇帝和大臣们啧啧称奇。这荒野之物，竟深得王公大臣赞许，前去进贡的鲁克沁王大受鼓舞，回去后便命臣民大量采集。遍及西部荒漠的骆驼刺很多，唯独迪坎镇托特坎村的骆驼刺才能结出纯度最高的刺蜜。

迪坎跟随着骆驼刺刺蜜进出王宫大殿，跟随着历史的河流一直流淌到我的面前。重新审视坚持以自己姿态生长的骆驼刺，我不仅仅是在享受一场视觉的盛宴。面对同样的生命和生长，骆驼刺从来不会向世界要些什么，只是自顾自地生长，其他的就交给大自然和时间来回答。不由得从心底涌起一股感动，让我对自然充满了敬意。

三

迪坎的玛瑙滩是去往南山矿区的必经之路，也是爱石者的理想之地。

对石头很有研究的同事说：“捡石头就像猴子掰苞谷，捡一块丢一块，边捡边丢，边丢边捡，最后剩下的就是和你有缘的。”我不太苟同他的观点，这是个与平常生活相悖的理论，但是陷入这个奇妙的石头世界，似乎只能遵循这个规则——总不能把整个石头世界全搬回那囿尺之室吧。方圆几十里地的玛瑙滩布满无数形态各异、大大小小的石头，密密麻麻地散落在我们视野里的各个角落。这是一个石头的世界，除了石头还是石头，再有的，就是从百里之外赶来捡石头的几个人。我虽不懂得石头，但很敬畏石头。石头和水是自然界中我最敬畏的两种物质，一个坚硬，一个柔软，却有一个共同的特点——博大而纯净。水生万物，而石收万物。世界上的生物只要你有足够的生命力隐藏于时间的深处，你最终都会归依于“石”而再与世界相遇。从一些动物化石可以推算出人类生活的全部内容，石是我们每一个人的起点，也是归宿。偌大的戈壁滩，我始终没捡到一块心仪的石头。同在捡石头的同事们说，这一块像人脸，那一块像脚印，还有像树的。好奇地跑过去看，觉得和我手里的并无多少差别，又不便多言，就附和着说：“真是的啊。”虽然没捡到像某一物的石头，但我没有多少失望。万物讲缘，何况石头这个开辟人类文明之始的灵物。我拿出事先准备好的纸袋，把经过我眼前的一个又一个圆润、颜色不一的小石头捡拾到袋子里。我要把它带回家，带着我捡拾它时的心情和气息。我将温柔地与它们相处，记住一份旷远宁静的心情，留恋冬日午后的一份宁静。

看石头太久眼睛酸胀，抬眼再看看天空，无边的蓝纯净得像一块柔软的纯色棉布，轻轻擦拭这个空无的冬日午后。放眼远望，根本找不到空间的边际，只能以看不到的地方为尽头了。深吸一口气，再大吼一声，一种回归自然的轻松漫及全身。敞开心扉与蓝天白云对话吧，并大声地宣告：这世界是我的！我是这个世界的！声音只能随着戈壁上自由行走的风传向四方。

转身看看已经走了很远的路程，再看看袋子里的石头，我们把迪坎已经捧进了手心。仔细地研究着这些名为“迪坎石头”的石头，我们每个人仿佛都在与它亲切地对话，在轻轻地为一位百岁老人拂去苍白鬓发间岁月的尘埃，然后在时间刻满印痕的褶皱里，寻找着一些生命的奇迹和奥秘。

迪坎乡党委书记听说我们来了，极为热情地要接待我们。几番推辞，终是没能推辞掉。他从十五公里以外的乡政府赶到玛瑙滩，并安排我们在迪坎乡政府的食堂就餐。一桌丰富的农家饭是乡政府的同志们亲手准备的，一来是周末，大家无法回去与家人团聚，只能在此互相慰藉；二来迎接我们这一行远道而来的客人。这样的用餐场面无须表述，每个人都回归到了自然人，真实，简单，快乐。最让我们几位女士青睐的是那两道咸菜——酸豇豆和萝卜干，满满的童年味道，闻着香，吃到嘴里耳边就会响起妈妈的唠叨。

在严冬的傍晚，围一炉火，品一碟久违的咸菜，被炉火映红了脸的男人们，个个似有“把酒话桑麻”“还来就菊花”的劲头儿。他们的家都不在这里，但迪坎给了他们一种家的感觉。此刻，没有人不被这个场景所感染。

终是要赶路，在再三挽留的热情里，继续深入夜色中。天黑，星明，怀揣严冬的一份热情，与迪坎惜别。

时隔多日，将这份经历如实记述时，笔下的迪坎已端坐于我的案头，它已成为我灵魂游走进入的那块充满灵性的石头了，虽随意丢弃于荒野，却有种无比亲切的质感。

四

一抹斜阳透过沙枣树林间隙照到一行人身上，人影在戈壁滩上成了一排移动的树，人与树相互欣赏夕阳下戈壁的唯美和宁静。

不远处，一辆古老破旧的毛驴车颠簸着从夕阳的余晖里驶出，像是古希腊神话里的某一个情节。乖巧听话的小毛驴，随着花白胡子的老人的吆喝声有节奏地前行，端坐在驴车上的老人，背对着夕阳，一车刚修剪下来的葡萄枝子散发着青涩的味道，把夕阳下的主题引领到乡村小道的尽头去。路的尽头是一片葡萄地，穿过葡萄地就到了村庄。坐落在葡萄地中间的村庄仅有几户人家。几间散落在葡萄园中的屋子，与葡萄树一样像是从土地里直接长出来的。无须去揣测它建成的时间和年代，迫不及待地想进去查看究竟。

这间屋子坐落在一大片葡萄地中间，略高于葱茏叠翠的葡萄架，被风雨打磨光滑的土墙记述着屋子的所有经历。你若用手去摸，没有灰尘沾到你的手上，浮于表面的尘埃早已随风而逝，留下时光的印痕。

我们冲着屋里喊：“有人在吗？”无人应声。

门虚掩着。这该是这扇门恒久的姿势了。

门是木制的，古旧，狭小，门槛很高。门框直接镶进就地而取的黄黏土垒砌而成的墙体里，成为一体。门以一种倾斜的姿态半开着，像一个故事的留白。

我们不断提高嗓门呼唤屋子的主人，除了“哗哗”的葡萄叶相互愉快地交谈外，一切都是静的。我们像是闯入者，打破了这葡萄园的宁静。正准备往回走，一个戴着花帽的老人从一棵葡萄树底下钻了出来。我们立于原地，相互一怔。老人家不懂汉语，我们不通维吾尔语。我急于表达来意，说：“我们是吐鲁番市文联的……”老人家听懂了“吐鲁番”三个字，脸上的疑惑瞬间散去。这时候，“阿达！”（“阿达”，维吾尔语，“父亲”之意）一个女孩清脆的声音传来，老人对着女孩说了几句话，一个亭亭玉立的维吾尔族姑娘从葡萄丛里走出来，齐耳短发，粉色T恤，牛仔中裤。女孩手里端着半盆刚淘洗好的米，闪着一双美丽的大眼睛，冲我们莞尔一笑：“你们是哪里的？怎么会找到这儿？有什么事吗？”她用流利的汉语发出一连串的疑问。我们一行人快速地围上前去，有的拍照，有的围着她问东问西。她大方地自我介绍：“我叫肉孜古丽，今年二十二岁，大学毕业后选择了回家乡。现在在离家五公里以外的迪坎小学当老师。我很喜欢当老师，也喜欢自己的家乡。”我可以想象得出，肉孜古丽每天带着一份美好的心情从青翠的葡萄架下出发，再迎着夕阳回归这片葡萄地，夜晚与葡萄藤一起入睡，第二天再和它们一起醒来。肉孜古丽身上透出的恬静，如同这天然生长的葡萄藤，她只关注水和阳光，剩下的就是自由地努力地生长。当我们与肉孜古丽你一言我一语地闲谈的时候，老宅的女主人回来了。我们在一家人热情的邀请下推开了那扇半掩的门。

每个人都怀着崇敬的心情跨过有半米高的门槛。阿春说：“长这么大还是第一次体验高门槛。”同行的人笑着说：“难道你有其他想法？”说笑间我们抬腿跨过门槛，低头进了屋子。这是一间储存旧物的屋子，布置很简陋，一盘土炕占据了屋子的大部分空间，一盏古老的油灯放在炕头的壁龛上，一下把人带到了时间的那一头。老人说，这是他爷爷挖坎儿井时用的定向油灯。油灯的捻子已燃尽，油污和灰尘沾满了灯台，那些细小的尘埃和污垢记载着老人家族血脉传承的每个细节。灯台旁边一个鼓着肚皮的陶罐也在展示藏于它身上的岁月印痕。土炕周围的墙面上长方形的龛洞已被岁月磨得光滑，上面放着许多旧物件，马灯、打馕用的擀面杖、馕扎……老人告诉我们这间屋子是他爷爷的爷爷开挖坎儿井时建造的，到现在已经有一百零八年的历史了。一百零八年，就在这间小屋里被我们经历着，所有人都恍然大悟了这间屋子与葱茏叠翠的葡萄园的来龙去脉。一缕阳光从老宅的天窗直射进来，把我们拉回到了现实。这时，向导白克力接到他妻子的电话，说抓饭已经做好了，让我们快回去吃，凉了就不好吃了。我们依依不舍地从一百零八年的时光里走出来。

听说我们要走，肉孜古丽从旁边的厨房里跑出来，原来她和妈妈正在为我们准备午餐。白克力向女主人做着解释，我去向肉孜古丽告别。肉孜古丽站在葡萄架下对着我们一直笑，那双水灵灵的眼睛似乎有问题要问。一位年长者到她跟前小声询问，她羞涩地低下了头。原来芳龄二十二岁的肉孜古丽也向往外面的世界，想到外面去闯一闯，然后再寻一个意中人。又一次被这位纯真直率的姑娘所感动，这如花般的年纪有着如花般的心事，也只有在大漠边缘长大的女子才会如此地率性。她生性是属于故园的，但她已知晓外面世界的繁华，并心生向往。我们只能带着肉孜古丽那份纯美的向往走出葡萄园，没有任何人能给予她一个肯定的答案。下次再来能给她带个如意郎君吗？我不禁向往起肉孜古丽的爱情故事了。被葡萄园包围和滋养着的肉孜古丽，请热情地等待吧。撷几句断行诗给你："当你走近 / 请你细听 / 那颤抖的叶 / 是我等待的热情……"

我从这道门进去，出来，再进去，再出来……想在这样一个午后的时间里经过这道门，把汇聚在这间屋里的一百零八年全部走完，也想把自己遗留在一百零八年的那一端，享受光与尘的交合。

一阵“呜呜”的电动三轮车声夹杂着“莱艾买塞！莱艾买塞！”（“艾买塞”，维吾尔语，“要不要”之意）的洪亮的叫卖声，在这仅有八户人家的村庄上空飘荡。

我们随着叫卖声离开，一百零八年的时光转瞬留在了我们身后。

向前继续行走，我们依旧在迪坎的时光中穿行。

七十五岁的曲力拜儿老人，从面相上看最多六十岁，瓜子脸，五官匀称，可以推断出她年轻时是一位美人坯子。到了迪坎村，你可以相信每一双眼里的善意，每一双手里的热情，每一句不同语言里的真诚。曲力拜儿大妈毫无距离感地拉着我的手。这就是一双妈妈的手，粗糙，有力，温暖。在村子里，能培养出一两个大学生，这个家就算是成功家庭了。曲力拜儿大妈的老伴儿离开她已经十五年了，她一个人把三个孩子养大成人。一个女儿正在天津师范大学读书。大概有了这个女儿为底气，老人家的自豪溢于言表。老人边跟我们的翻译交谈，边忙着给我们切瓜。她麻利地将一块方布铺到地上，甜瓜、西瓜一会儿就摆满了方布。我们也不推辞客气，自然而然地蹲在老人周围吃起瓜来，边吃边竖起大拇指，用仅会的一句维吾尔语对大妈说：“瓜，亚克西！”（“亚克西”，维吾尔语，“好”之意）越是这样说，老人越是热情，给这个递一块西瓜，给那个递一块甜瓜。然后，又忙着去动锅灶，意思是要留我们在这里吃饭。我们极力地推辞和道谢。老人妥协了，但执意让我们多坐会儿。她打开话匣子，讲述起她的故事。

老人说，她曾经救过一个来自乌鲁木齐的年轻人。那是一个夏天的中午，她正在葡萄地里拔草，一辆车突然在葡萄地边停下。她听到了声音，并没在意，但好一会儿不见有人下来，车也不动，觉得好奇怪，便上前去探个究竟。只见车没熄火，开车人趴在方向盘上。原来是一位到南山矿区的年轻人迷了路，又急又饿之下在车上晕过去了。老人先给年轻人喂了几口水，等他慢慢醒来后，把他带到家里吃饭，直到年轻人身体完全恢复了正常才让他离开。之后，这位年轻人每年都带上礼物来看老人，还要带她到乌鲁木齐去检查身体，但被老人拒绝了。老人平静地讲着自己做的善事，像在讲述别人的故事。当她说到自己还没去过乌鲁木齐呢时，不好意思地捂了一下脸。她说，等以后小女儿毕业了，就让小女儿带她到乌鲁木齐好好玩几天。不难想见，对于被大妈施救的年轻人而言，在生命最危急的时刻所受的无私馈赠，是他刻骨铭心的记忆。这份震痛生命的感动将温暖他的一生。

无独有偶，我曾经也在这里寻访过一对与曲力拜儿大妈有同样经历的母子。在一天歇工回家的路上，母子俩救起了一位外地来徒步探险的旅人。这位旅人经过无数次挣扎，以为自己再无生还可能时，因与这对母子的相遇而绝处逢生。他笃定地认为这块土地是他再生的因缘。之后，他资助了孩子的学业，并经常接母子俩到全国各地游玩。

一处老屋一个故事，一个偏僻的村庄是大地上的一截时光。在时光的丛林中行走，唯有爱和善良让人无所畏惧，让荒凉的戈壁也能生出几分柔情蜜意来。

抬头看看天空，瓦蓝纯净，摊开双臂，迎着烈阳，使劲儿吸取这充满泥土芳香和温暖的气息。

和曲力拜儿大妈轻轻拥抱后，又开始了热情的告别。我们已走远，老人还在用目光送别。再挥挥手，不舍离去，却要赶路。

老张不是迪坎人，却在迪坎安了家。老张不会说维吾尔语，但是他能听得明白。

老张身架干瘦，光着膀子，一条黑色布带缠在腰间。他坐在这间狭窄的屋子的中间。屋子只有几平方米，中间摆了张桌子，桌上放着几只茶碗。老张坐在桌边正中间，左边是他的老伴儿，右边是他的儿子和儿媳。一个刚满周岁的孩子光溜着身子在地上跑。一张靠墙放置的行军床上歪着几个老乡，光着脊背，正聚精会神地看着电视。里面还有一间屋子，随地堆放着餐巾纸、矿泉水和青菜。这就是老张一家人经营的“豫东快餐店”。名字带有中原色彩的牌匾，被迪坎的太阳晒得褪了色，多了几许怀旧和沧桑。

我们的到来没有惊动屋里人。歪在床上看电视的几个人只是回头斜视了下门口，只有老张叼着旱烟袋，以老板的身份打了声招呼。老张找小凳子请我们坐下，一同进屋的男士们卷起裤腿，顺手接过老张递过来的烟卷，和老张一块儿“吧嗒吧嗒”地抽起烟来。我稍微显得拘谨。我不大习惯夹在这满屋子光着膀子冒着汗臭味的男人们的中间，刚想退出来，老张的老伴儿似乎看透了我的心思，主动和我搭讪。她热情地说：“坐、坐！这里还有凳子。”她麻利地从床底下抽出个小凳子来递给我，自己顺手拿起一只黑色鞋帮子挤了挤床上歪着的男人，坐到床沿上，做起了针线活。老张边抽旱烟，边讲他和儿子来新疆打拼的故事。几年前，老张听从新疆回老家的同乡说国家实施西部大开发战略，新疆有很多挣钱机会，敢闯敢干的老张和几个伙计先后买了拉矿石的大货车，踌躇满志地带上儿子跟随着同乡来到了鄯善。一年适应气候环境，两年打拼，凭着吃苦耐劳的韧劲儿，虽然钱没挣多少，但家里的日子越过越宽裕。他现身说法，又动员亲戚凑份子买了两辆拉矿石的大货车，接着村里人学着老张家，几家亲戚凑份子也买了大货车，跟随着老张来到了鄯善。

从鄯善县城到南山矿区，去一天的路程，回来一天的路程，老张和儿子换着开车，累了就把车停在戈壁滩上歇一会儿。夏天喝晒得滚烫的水，冬天啃冻结成冰的冰块。遇到沙尘天气，一起拉矿石的伙计把车围成个圈，人凑到一起免得走散，忍着饿，挨着冻，等到天气好了再继续赶路。这样恶劣的气候并没有吓倒这些来自中原的汉子们。一天，老张突然想，不如让自己的媳妇过来，在去往南山矿区的路上开个小店，一来一家人可以团聚，二来可以让这些奔波在谋生路上的同道们有个歇脚的地方。这一提议得到了拉矿石兄弟们的一致赞成。他们选来选去，无意中看到一家刚落成的新宅，气派地立在这条被老张用目光丈量过、用汗水浇灌过的马路旁。老张找到房主，毫不犹豫地租下了新宅。

每当他从荒野的矿山上拉着几吨重的矿石，一路晃晃悠悠地从山里往山外走时，那从一扇扇窗里透出的灯火，曾经给予他多少希望、欣喜、温暖和向往呀。这路旁一扇扇敞开的窗里跳跃着的灯火，把这条路延伸着，把迪坎的一切延伸着。

老张的房东就是向导白克力。我想象着他们协商租房子时的情景：互相打着手势，伸着指头，画着圈，然后哈哈大笑，握手。时间久了，语言也就通了，你来我往，远亲不如近邻。从此，老张成了真正的迪坎人。

老张和他的“豫东快餐店”在迪坎无序的时间里悄然地存在着。

当太阳隐去之际，开设在废弃烽火台上的“豫东快餐店”又开始热闹了起来。为了招待好我们这几个喜欢听故事的人，老张专门驱车几十里到鲁克沁街上买我们想吃的猪耳朵、鸭肠子、腊肉……

好热闹的白克力把晚上睡觉的铺位铺在了离快餐店不远的一块空地上。

“这是我的地方！”

“不，这是我的地方！”

同行的三位年近不惑的男士竟然抢起了铺位，那是酒酣之后的少年回归。

他们在没有烟火的烽火台上豪饮和买醉，说粗话，唱情歌……

他们说，这一晚他们是将士，门前马路上轰隆隆的车声是战马的嘶鸣，他们在做一个毫无拘束的年轻美梦。

“谁说出塞曲的调子太悲凉 / 如果你不爱听 / 那是因为 / 歌中没有你的渴望……”这是席慕蓉写给青春的诗句，每一个字被反复诵读和记忆，它就成了青春。

烟火中的迪坎大地，因不曾年轻，故不会老去。

迪坎的隐语

一个村庄，就是一个独立的隐语。作为一个隐者，我被吸入其中，然后，说出村庄对我的诱惑。

无法想象一个四周被沙漠和戈壁包围的村庄，它所有生息的事物要经历一个怎样的抗争，才能按照自己生长的规则行进。在迪坎，我亲历一场视觉上的征战，翻阅沙漠与绿洲之间的细枝末节，也翻阅关于生命的点点滴滴。

进入迪坎，就进入了一个平和开阔的世界。这个世界色彩单一但不乏味，开阔的空无处彰显生命的强盛和繁华。苍茫的戈壁和葱郁的绿洲这两种简单的景象，在审美视野里频繁交替出现，一直延续到视线所要到达的目的地。苍茫无际的戈壁滩，野兔、刺猬、狐狸这些大多是在书里读到的名词，在这里都会遇见并与你擦肩而过，偶尔还会遇到一双充满灵性的眼眸顽皮地与你对视，又迅速地躲闪离开，犹如于人海中的某处相遇，激发你心中忽闪而过的神秘野性。接着，出现了绿地。那挂满葡萄果实或结满瓜纽的瓜田里，青青向上的绿色，蒸腾而上的湿热气息，迷蒙着初涉戈壁荒野的人们。

浓密的植物，隐忍不言的沙漠，闲言碎语般的戈壁，它们在烈阳下缠绵着，像在书写一个村庄千年的梦魇，我和它们一起，被揉搓，被分解，然后开始回归或者启程。

这是我所见过的最壮阔、最有气势的红柳地，渺无人烟的戈壁上突兀地长出这群健硕的沙漠“汉子”，苍劲的枝干坚挺地从戈壁上拔地而起，那已脱去叶子的红柳条仿佛摆脱了人们赋予它的防风固沙使命，在无垠的戈壁上独自地称起王来。

戈壁上的风是厉害的，不分季节，一言不合就会从四面聚集而来。无形无影的风毫无顾忌地与荒漠谈判，时而掀起带着泥土的沙砾示威。这时候，红柳出手了，甩着遒劲的枝条随旷野的风狂乱地舞蹈，风越吹越大，红柳始终以迎接的姿态，最终把风收为囊中之物。

依附于地面的干枯的骆驼刺静静地看着这一切。一色枯黄的枝蔓褪去尖锐的外表，褐黄色的荒野戈壁以枯黄的骆驼刺着色。戈壁的冬天，在冷色的枯黄里显得博大和沧桑。顺着形状不同的动物爪印，寻到干枯的骆驼刺丛，拨开那堆紧紧固在骆驼刺根部的沙，骆驼刺的根脱沙而出。那肆意生长的根须，纤细又充满筋骨，随意深入戈壁内部，吸附大地的水分。深入地底的根又斜出几十米，去借其他生物的水分。行走在荒漠，偶尔也会与一些生存在野外的“孑民”相遇，这时可以用语言对话了。远远跑来一只牧羊犬，对着一丛骆驼刺撒了一泡尿。你们坦然地互相对视。它解决完问题，头也不回地去追赶大部队。影影绰绰的一群羊像一个个省略号消失在视线里。一身黑色戎装的甲壳虫藏身于骆驼刺的阴凉和柔软的沙的庇护里，正在为自己打洞，像是在重修营地。在此，你还会听到

“嗖”的一声，不知名的小生物从眼前一晃而过，没来得及去发现，它已看尽风景直接飞奔到了另一个终点……这荒野的趣味，在辽阔的戈壁荒滩自成一派。在这里，和那些行动迅速的小生物们比起来，我的语言是拙劣的，我的行动是迟缓的，它们才是这个世界真正的主人。在这繁复的世界，我有种天外来客的异域感。

在旷远的戈壁，我与一个古老的村庄互相交换密语。

冬阳美好而温暖，明亮如洗的穹空，透明的阳光穿过一尘不染的蓝，均匀地洒向大地的每个角落。置身于这样的野外，对于水的想象遥远而缥缈。但事实是，脚下的这片荒漠携带迪坎以村庄的名义藏匿于戈壁之“海”。水是人间烟火之源。在与楼兰如此接近的村庄里，水，比水本身更为珍贵，热爱故土的楼兰先人们，离开水之后，所有的愿望交给了迪坎来续写。

迪坎的气质是内敛的。它外表粗陋原始，但却把精美细腻的内质统统地分解给了正在生长的万物。“你看不见你的真相，你所看见的只是你的影子。”诗人泰戈尔站在迪坎的中心，亲切地对我说出富有哲理的诗句之后，像一阵风一样消失在了他的诗意王国。

与楼兰血脉相连的迪坎，更像一位哲人，它对着消失的历史或者沉默的村庄，会给出这样的答案：迪坎的水很难寻到，但又是随处可寻。在记述迪坎的章节里，一位漂泊不定的牧人曾到这里放牧，风沙吹裂了他的嘴唇，而他拼尽全力为他的羊群寻找水源。就在他奄奄一息之时，遇到了巡视的王爷，看到朴实的爱护羊群的牧羊人，王爷觉得自己也应该像牧羊人爱他的羊群那样爱护他的子民，于是允准牧羊人在这里开凿坎儿井。从此，牧羊人在这里过上了定居生活。一眼清泉、一份理想和一颗执着向善的心，一个村庄的生命就此生成。接着格合浦坎、那瓦依坎、亚坎儿坎、库拉克坎、阿热坎、孜亚吾冬坎、裁缝坎、琼坎、西连坎，一处又一处以人名命名的坎儿井把迪坎的绿连接起来，把迪坎的灵性连接起来，而开凿坎儿井的人们早已不见踪影，我们只能在这一丛丛的绿里，遥看开挖坎儿井建造家园的人们汗流浃背的背影，那一道道隐藏于地底下的坎儿井水，穿行于干涸的地层下，进行一场水与水的隐秘交谈。这些交谈是令人狂喜和惊奇的。在离地面几十米的地下，一条条暗渠通过水与水的交谈缠结在一起，仿佛幽会的一对对情人；一架木辘轳“咯吱咯吱”的声响一传就是几个世纪，这响声，似人间的情话，护佑大地之下的生灵。

开挖坎儿井是一项宏大的工程，用最简朴的工具凿开大地坚硬的肌肤，坎土曼、十字镐，或者更为原始的石斧、石刀，进行着与荒原的一场深入的对话。拴在一头灰色毛驴脖颈上的缰绳，为毛驴开辟了另外一个战场，它们的任务是代替人把地底下装满淤泥的筐子拉出来。一筐筐淤泥从地底下被人们掏出，几个人和一头灰色的毛驴从日出到日落重复相同的劳作——拉着与井深度相同的绳子一步一步前行，再一步一步退回到原地。地底下的泥被掏捞出来，离水就更近了。坎儿井，一个接着一个，打通荒芜与生命之间的通道。坎儿井是荒漠戈壁上最动听的情话，在世纪轮回里坚守万物相爱的承诺。

从戈壁滩上取到的水，一般碱性大，有咸涩之感，长期饮用对人体健康很有害。而迪坎的水却不是这样。迪坎的水质软而甘甜，含有铁及其他对人体有益的矿物质。这些在迪坎大地底下相互流动的水，充分地为迪坎输送着向善的慈悲情怀，供养着这个远离城市、远离喧嚣的村庄。迪坎的水，先以坎儿井的名义存在，而后，又以一个又一个与树结合的水塘向人们展示着它的温和柔美。

在老迪坎村就有这样一个温泉。有人说它是位甜美的“古丽”，藏于荒漠深处，等待着猎奇的人们的探寻。

温泉位于葡萄园中间，一棵古柳横亘在温泉上面。一位身穿蓝白相间艾德莱斯绸的维吾尔族大妈，在我们面前旁若无人地散开那如瀑的长发，用一把精致的木梳，蘸着水塘里的水慢慢地梳理。艾德莱斯绸的衣裙已显陈旧，但与这一头浓密的黑发毫不违合。荒野杂生的植物们，只要有种子遗落就能长成它本身的模样，这位大妈的黑发也秉承了荒野植物的生长规则，年过半百的她悠闲地梳理着自己傲人的秀发。她大概刚在水塘边的葡萄地做完农活，那些疯长的葡萄枝是大地浓密的绿色头发，她每修剪完一棵葡萄树就像完成了一件满意的作品，正在挂穗的葡萄在阳光之下若隐若现，她的青春之心瞬间萌发。她来到温泉边，看着水里的倒影，与水里的那个自己相遇。我端起相机拍照，维吾尔族大妈头也不回，平和而淡然地迎接一切的陌生。定格了相机里的画面忠实地记录了大地、阳光、水、我和美丽的维吾尔族大妈之间美妙的瞬间。

一阵嬉闹声从远处传来，两个光溜溜的小巴郎在水塘里打打闹闹，把安静的水塘弄成了一首童谣。这些歌唱者，面对突然闯入的陌生人，先是害羞一笑，继而像条鱼一样迅速滑入水中，你追我赶，嘻嘻哈哈，哼唱着他们谱写的曲目，溅起的白白的水花，惊动了水塘底下的泥沙和小鱼，也惊起了落在水面的蜻蜓。不远处的几位男士被两个小巴郎感染，脱掉鞋子，挽起裤管，跳到水里，想去追赶那两个如泥鳅般戏水的小巴郎。只可惜，他们被白白的水花阻拦住了。那几位男士，一定是被那两个光溜溜的小巴郎带回到了二十年前或更久远的时光。水塘边的空地上支着一张大床，有两个男人在地上“下方”（维吾尔族民间游戏），大地是棋盘，葡萄枝和小土块是棋子。两个男人在认真地博弈，随着那盘棋渐渐分出胜负，阳光越来越强烈，而周围的世界越来越安静。

有了水，有了人间烟火的迪坎像是一位乐感丰富的大师，大调、小调、长调，不同种类的乐曲隐藏在村庄身体内部，适时与你内心深处的某一种向往不谋而合。

以温泉为中心，以四周葡萄地为半径，为迪坎的绿洲画了一个圆。然而更远处的迪坎，又以另一番景象向我宣示，给予我有关生命的启示。

那是它与沙漠抗争的最后姿势。躯体平躺于沙漠上，一半身子掩埋在沙砾中，头朝北，前腿弯曲，后腿奋力地向后蹬去，它把耗尽生命最后一丝力量的姿态留给了永恒。当它如一团棉絮轻轻地倒在沙丘上时，它是否会再看一眼这漫野的黄沙，完成它告别生命的最终仪式。这是我在一片荒滩上看到的一个生命的最后宣言。

我联想着，这头驴在它来到这片荒漠之前，一定生活在一个丰衣足食的人家，跟随主人躬耕于迪坎的某处荒地里。主人像一个慈悲的父亲，亲切地给它喂一槽拌着麸皮的麦草，然后再让它喝足一大桶撒了面粉的水，这才悠悠闲闲地向着一个方向走去。突然，西天一片黑云压过来，沙尘暴顺势来临，昏天暗日，混沌一片，把世界推进了咒语的深渊。在这一夜的飞沙走石里，所有的嘶鸣和抗争都没能到达拯救生命的彼岸，它以弱小的生命对抗着强大的自然，把一个村庄最后的叮嘱转换进某个沉没的时光，告知我们生命的意义。它倒在了这里，它的主人最终没有找到它。村庄的炊烟继续着生气，它的主人又买了一头跟它一样的驴，在沙漠边缘继续生活。

在沙漠边缘长大的我，从来没有觉得一片沙漠可以对生命造成如此大的威胁。童年时，沙漠曾是我和小伙伴们最大的乐园，父母在葡萄地里干农活，我们就在戈壁滩上捉虫子、玩石子。而当全线穿行沙漠与绿洲交替的迪坎时，我感受到村庄与沙漠时不时要进行一场你争我夺的较量。沙漠，本身也是有生命的，在它与村庄的进退平衡中，水是唯一平息战争的利器。每一片荒漠里都曾有过人声鼎沸的时刻，每个村庄之初都有一株新绿来自荒漠腹地。沙漠与村庄演绎着一场你中有我、我中有你的大自然的混战演习。

我开始重新审视迪坎的荒漠和绿。这些突兀出现在人们视野里的绿，由无数个可歌可泣的生命故事汇集而成。继续深入荒漠，驴、马、羊等的不同形状的残骸半掩在沙砾中，一只壁虎和蜥蜴恰巧从我脚边经过，还回头看看我和残骸，像是在给我普及荒漠的哲学——一个生命的覆灭和重生是一件极为简单的事情。一场沙尘暴横扫而过，地上寸草不留，而后一场绵绵的细雨飘落，那些如针如毛发般绿茸茸的小草，铺天盖地地从地里往外钻……像玄妙的暗语，一场雨水就持有生命的话语权。在荒野戈壁，生命就是这般简单。

时间进入冬季，最低温度零下十三摄氏度，最高温度零下三摄氏度，葡萄地的葡萄藤早已穿上厚厚的土衣，蜷缩于泥土里，汲取大地的温暖，享受着一个幸福的冬眠。沿着歪歪斜斜的田埂，终于找到葡萄地中的那个水塘。那棵古柳，依然以斜躺的姿势斜跨在水塘上。水面升腾的热气，给水塘穿上了一层白色的薄纱，薄纱飘荡，不紧不慢地向空气中散去，如人的低语，越来越轻，越来越远。走近水塘，先是惊奇，禁不住蹲下身子把手伸进水里。水是温热的，它的热度来自一个泉眼。它像是荒野冬天的一个献词，热烈而亲切。

那户人家还在。在离水塘不远的地方，柴门紧闭，只能听到羊圈里几声“咩咩”的叫声。一缕轻烟突兀地袅绕在天空下，随着风飘散出一些告别的意味。从紧闭的门窗里，隐约传来欢快的都塔尔琴声。一阵饭香随风飘来。不忍敲门打扰，孩童们的嬉笑声，锅碗瓢盆的相互碰撞声，这个简陋的屋子装着与我大同小异的生活。

其实，这又是迪坎的另一个隐语所在。在安静的村庄里，承载着安静的生活；在萧瑟的荒芜里，继续着人间的烟火。

收回所有思绪，在这个冬天继续深入地寻找那个给予生命期望的坎儿井和水塘。这是一种隐语的解析，也是一种隐语的反串。我祝福自己，永远生活在隐语的世界里，不断地解开我对自然的窃窃私语。

鲁克沁笔记

谁想看清尘世，就应当同它保持必要的距离。
——卡尔维诺

鲁克沁是我的出生地。听父母说，他们的故乡在江苏苏北的一个贫穷的小村庄。我的母亲是一位美丽的女子，黝黑的皮肤，两条粗黑的辫子，一双叠着双眼皮的大眼睛，家境良好。我的父亲家境贫寒，但一表人才，会吹笛子、拉二胡，写一手好字，学习成绩也不错。我的父母是同学，他们的结合于当时来说是郎才女貌。父母结婚不久，就听说有文化的人到新疆可以找到工作，可以当工人。从江苏到新疆，一路辗转，坐了半个月的火车。对于那段未知路途所经历的艰险，在讲给后辈们听的时候，也只轻描淡写地像说着家常事。每讲起那段经历，他们像穿越无人涉足的原始森林的探险者，在历经各种生命考验之后，最终胜利地走了出来。这带着某种浪漫主义色彩的生命体验，成为父母之后教育子女的一个蓝本。

我们的家最初落脚在了鲁克沁镇柳中古城。那时候，还不知那是一座古城。黄土夯出来的土墙敦厚地立着，没有人去破坏它，人们依着古城墙建造房屋。每天从古城的中间穿行而过，累了就倚在城墙脚的阴凉下歇一歇。

古城不是别人的城，是生活在这里的人们的城。父母很快就习惯了在古城周围的生活，与这块陌生的土地开始了交流。他们从脚底坚实干涸的土地开始，一步一步用脚丈量，一寸一寸用手触摸，直至把脚下的土地踩得扎实，把手里的泥土摸得熟稔，而父辈的青春也随岁月被消耗殆尽。那些被消耗的汗水和时光被另外一些事物带走了。他们最终也没觉得失去了什么，依然是日复一日地劳作，只是感到自己的腿脚不好使唤了，走路越来越慢了，想要走的路越来越长了。他们停下了脚步，开始寻望子女的背影，慢慢地习惯倚着门看我们出门的方向，观望再观望。他们像往常一样去往某一块葡萄地，蹒跚的脚步颤巍巍地支撑着曾经健硕的身躯，从家到葡萄地的距离，就是他们走过沧桑一生的距离。

我一直认为，如我父辈们无目标性的迁徙，自身带着无畏、决绝和激情，除了具有古希腊神话英雄的浪漫主义之外，还是一个时代精神影像的缩影。贫困的生活压力，激发人们心灵的出走和探寻，打破了地域的疆界，不停地来来回回。他们以热爱生命的热忱，爱上了这片荒芜的土地，并带着艰辛的浪漫主义气息养育着成为“疆二代”的我们。来自五湖四海的人们，在无边界的荒原，毫无距离地相处，又各自无限地疏离。之后，我们沿着父辈行走的方向，继续走，无论走到哪里，都会自豪地说：“我是新疆人！我是鲁克沁人！”祖籍的标识，已被陌生化。

父辈的一生在此安顿了，我们的一生将在哪里停留？

诗人周涛曾写道:“新疆这个地方哟 / 也许不是白头偕老的妻子 / 却是终生难忘的情人。”这是每一个新疆人离开新疆后的回望，当然也是我的。一个频频转身的回望，在一个人的一生当中，一定是有一段岁月镶嵌其中。

青年时代的那段岁月，是我混沌、无序，但却最真实的时光。刚从学校毕业的我，被分配到鲁克沁镇的一所学校当老师。看着破旧的教室，面对尘土漫天的操场，我常常望着天空发呆。这一切和我理想中的样子相背而行，我必须为沉入谷底的生活找到一个出口。我经常混到那一群不分男女老少的老师中间，在没有硬化的操场，于尘土飞扬中追逐一个掉了皮的篮球。奔跑在篮球场的人们流着汗肆意地笑着、跑着，谁抢到篮球就投篮，没有性别、年龄之分，每一个人都会为那个掉了皮的篮球而全力以赴。当然，男老师的胜算更大一些，他们抢到了球会做一个优雅的投球动作，有时候可以投进，有时候投不进。女老师则双手抱着篮球加上一声尖叫，奋力地向天空抛去，大多时候，篮球连球筐都沾不到，却有着投进球般的忘我快乐。我们把对生活的不满，置换成了对那个篮球筐的愤怒，全力投掷的不是篮球，而是我们不得志的青春。那个简陋的篮球筐永远是一个等待的姿态。天空通常蓝得让人沉醉，它又会把我的愤怒完整地还到我的手里。那段日子就像那个掉了皮的篮球，偶尔有一场宏大的喧闹，更多时候是安静地躺在办公室的角落接受时光的洗礼。

同龄的姐妹、同事各找各的路子，嫁人的嫁人，调动的调动，而我固执地拒绝这一切。每当放学之后，我就会怀揣几本书，蹲到葡萄架下与这个世界交谈。世界可真安静啊，能听到那些不知名的虫子爬行的声音，能听到葡萄叶子之间互相碰撞的声响，还会有几只莽撞的蚂蚁爬到我身上，咬我一口，那微小的疼痛感瞬间让我回到了人间。慢慢地，那些书和世界最微小的事物们安抚了我青春的躁动。直到有一天，我拿着红色的录取通知书，怀着告别的心情再去那块葡萄地。我几乎听不到任何的声响，脑海里只有对校园新生活的浮想联翩。

在鲁克沁小镇，我似乎没有一起共同成长的同伴和朋友，我们大多有同样的无奈和忧伤，每天面对泥土的侵袭，无法生活成一个女孩子的模样。我们互不搭理，各奔前程。可时常又觉得有许多一起成长的同伴和朋友，我们走过了共同的路程，拥有了共同的记忆，并且无可替代。无论我离开小镇多久，我再见它时，所有的悲伤和快乐如潮涌来，成为一种平和的亲近，尽管小镇的风景早已物是人非。那曾经不安的、躁动的、无限渴望和向往的思绪，瞬间幻化成想用文字表达的欲望，与岁月无关，只与心灵有关。

在那段荒芜的青春时光里，我努力想象着我多年以后想要的生活的模样。但仅凭有限的学识和见识，我的理想像是西西弗斯推的那块大石头，怎么推也推不到山顶，怎么推也推不到鲁克沁之外。而多年后，当我真正离开鲁克沁时，那曾经追寻的身影又常常会出现在梦中。斑驳的古树影子下，一条悠长深邃的小巷，一个模糊的身影，像自己，又像别人。我偶尔会和那个身影相遇，一起仰望湛蓝的天空，也会驻足去拉一拉挂在门旁的生锈的铃铛。那个身影存在吗？存在，或者不存在。我把人生最珍贵的时间遗落在了小镇，小镇即是我一生的青春。至今，我还认为有个身影隐藏在小镇的某一个角落，或一片杏林中，或一片桃林中，他一定会在最美的景色中等待着我的归来。这大概就是文学给予我的指引吧。我一直会远远地看着那个似曾相识的身影，他有时候是整个小镇的影子，有时候是我熟识的一个人。我只这样远远地看着。就这样，五年，十年，二十年，那个身影在，我的文学之梦就在。于是，我记下了“在时光的锦书中 / 谁能留下谁的背影 / 在刹那 / 一秒 / 即是一生”。我无限感恩地珍藏着这一切，无论是欢喜还是悲伤。人到中年之时，依然用文学的思维来为这个枯燥的世界命名，只要它是美好的，我们就以美和善来记述；只要它是阳光的，就敞开心扉，让阳光去驱除幽暗。

如今，我在外面的世界兜兜转转了许多年，最终还是回到了这里，并决定不再离开。隔三岔五，会跟着父母去看看老房子。我翻翻那些泛黄的日记，母亲擦擦满是尘土的灶台，我们在共同的家园里，各自有各自的记忆。看到母亲脸上洋溢出来的自足感，我干瘪的灵魂即刻丰盈起来。

洋海湾的夜

太阳像一个被烧得通透的圆铁盘慢慢地下沉。西面的那座山，低沉稳健地立于人们的视线之内，山头被逐渐隐去的光芒浸染着，不同成色的晚霞配合着夕阳的余晖，散漫于天际，暗红得有点儿暧昧。天空似乎在向西倾斜，厚重的云层昭示某一个异物的到来。大地上，四周空无。一些芦苇蜗居于仅有的几洼水茂盛地生长，散开的芦苇絮飘飘荡荡，松散但有序。几丛就地而生的红柳被一些沙堆包围着，沙细腻而沉着，仿佛大地上所有过往的事件都在此停留。红柳枝条暗紫粗糙，一种坚毅从枝丫之间彰显而出。几只老鼠自由地穿梭着，偶尔停下来好奇地打量我，似在询问我这个异物从何而来。与那双充满诡秘和示威的小黑眼睛对视，不禁向后退了几步，待我避开眼神，整理下情绪再去看它时，那只褐色的老鼠“刺溜”一声隐匿于荒漠之中。人有人的世界，物有物的家园吧！对于偌大的荒野戈壁来说，一只老鼠的视野要比人类大多了，它们时常用灵敏的嗅觉预测哪些潜在的危险会向它们袭来，而自己怎样做才能完好地保护自己。逃跑之于人类是最耻辱的逃避方式，而对于动物们来说，却是最安全、最智慧的方式。

当我迅速转换思维再度寻找那只褐色的老鼠时，一些声音全部被逐渐暗下去的天色所分解。

在没有了光的空间里，世界瞬间被统一了。

时间之神手持一块巨大的幕布，亦步亦趋地随着节奏向前行进，直到最后一抹晚霞被隐去时，洋海湾的夜瞬间变得温柔起来，像久违的母亲，伸出宽容而温和的手抚摸着大地的一切，光线由明朗变成模糊。

荒原、戈壁、古墙，柔韧的葡萄藤蔓，绽开的棉花朵儿，骆驼刺、红柳、野西瓜、老鼠、甲虫……还有更多，这暮秋时刻，因它们的存在，让我立于荒原之中还能感受到一个庞大空无而又温情的世界。

洋海湾，一个名字与水有关却远离水、与历史有缘而又离现实很近的地方。水＋羊，水＋每，水＋弯，被水环绕的地名，它该是与水相连、与草相生、与绿相伴的世界，但真正呈现在人们面前的是被风沙洗涤的沙粒，被黄土掩盖的土墙，和被猎奇者一行行脚印踏出的时间之路。穿越时间的隧道，回归到两千多年前，洋海湾在还原人类文明的脚步，它穿着草原文化的圣衣安静地立于荒原的某个角落，等待人们发现，等待人们探究。箜篌、葡萄藤、陶罐这些埋藏千年的尤物，被掀开了面纱，随即成为时间那头深邃的智者，沉稳优雅地诉说着……

空寂原本是洋海湾亘古的声音。立于荒野的某一处，静静地享受这个一统的世界，没有光，没有声音，只有属于自己的呼吸和身影，在随自己意愿放大或缩小的世界里，完全地放开自己去想象。

在繁复纷杂的风景世界里，只有两种景观会被一色所统一：一是大海，一是荒原。被人们视为力量和生命象征的景物给予人的除了感官上的震撼，更多时候是心灵的某种释怀。这时候，人性之初的善和真会在一刹那汇聚而来。曾多次被问及这样一个问题：如果你独自处在一座荒岛上，面对死亡的临近，你最想做的是什么？有的人说，只要一个可以说话的人，无论是怎样的一个人，都会全身心地去爱他（她）。有的人说，只要有一块面包，就会感到幸福。而我至今没有找到答案，因为我没有处在那座荒岛上，这个世界也没有只剩下我一个人，我所找寻的答案需要借助更多的参照物，比如生活中的那些得得失失，那些放不下和得不到的东西。而现在，自己正被一个有声的世界遗弃，丢在这片漆黑中，不知将要行走的方向在哪里。

距离我几百米以外的那盏灯火，该是我最终的方向吧。

天愈来愈黑，世界愈来愈静，静得有种压迫感。在我们安营扎寨的不远处，几处灯火通明。据说，在洋海湾要建一个新村，再还洋海湾当年的繁盛。新村正在建设中，那一拨拨从四面八方为谋求生活而来的民工们，开始了他们喧闹的生活。他们大声地唱着流行歌曲："姑娘姑娘我就要嫁人啦，我也曾经梦想你把我娶回家，当初我们爱得无法自拔……"歌声肆无忌惮，没有美妙的旋律，沙哑的嗓子，歇斯底里的呐喊，他们是在唱着自己的故事。能放声歌唱的时刻，是人生最幸福和彻底的时刻。不自觉地有点儿羡慕这些民工了，他们中间一定有与我同龄的，为了生活背井离乡，用手里的砖块搭起时间列车，一间房子盖起来，他们离家就近了一步；用手掌里的水泥专注地抹平时间的凹凸，一面墙高高地立起，细小的缝隙被填得严实，也抹平了每个日子的真实。他们大概不是盼望着自己正在建造的房屋早日完工，而是盼望着今年的日子快点过完，去真正属于自己的世界里寻找那个漂亮的姑娘！他们的生活就这么简单地具象化了，只要有一盏灯影在，哪里都可以是自己的家。

中午的一幕不禁又浮现在我的眼前。一个二十出头的小伙子，满脸的灰尘和疲倦依然掩盖不住那白皙秀气而年轻的面庞。他大概是太累了，急于寻找一个休息之地。工友们开始了午饭后的娱乐，没有一个安静的可以休息的地方，他就拿着一个捡到的纸箱在一个阴凉地比较大的房后，把纸箱摊开，用手擦了擦，准备躺下享受他美妙的午休。此时，我从另外一个方向径直地朝着这片阴凉地走来。我们四目相对，小伙子躲闪开我探寻的目光，有点儿惊慌，有点儿害羞，有点儿无所适从，而我只有以最快速度的离开帮助小伙子完成他期待已久的美妙的午休。在这喧闹的都市，我很难与这样纯净的目光对视。擦肩而过行色匆匆的人们，心怀自己的心事，没有谁会在乎一小片的阴凉。感激之情油然而生，那份年轻的羞怯，让我记住了一片阴凉的美好。他也会在没有光的荒原上放声歌唱自己心中的姑娘吗？一定会的，因为年轻的他心中的姑娘，还在远方。

这个被称为“洋海湾”的地方，早在千年前就是一个水草丰美、人迹罕至的家园，在此出土的箜篌、葡萄藤，曾掀开一个文明的时代。大地上的事情就是这样反复轮回，在洋海湾空寂千年以后的今天，又将是一个文明的新时代的开启。这些红砖白墙的房屋，像一个个正在呼吸新鲜空气的新生儿，一座座立于荒原之上，它该是期待中的一个绿洲的起点。放眼望去，依然是一片无尽的荒芜，在荒芜的尽头，那只箜篌该是一个女子为了讨某个头人的欢心而倾尽全力地在弹奏吧？那枝被陪葬于墓穴的葡萄藤，是哪只纤纤玉手所折断？那个表情诡异的萨满巫师，他又是在为谁而念咒语？在黑夜的分解器中，历史的穿越就在身前和身后。

远处，建筑工地逐渐安静了，大地上的生物也进入了梦乡。整个洋海湾依然有几盏灯亮着，这个近乎荒芜的“好地方”，在几盏灯火的温暖中，继续地美好着。

鄯善的春天

北方春天的到来是急促的。它忽略“立春梅花分外艳，雨水红杏花开鲜”的节气，直接跳到了“惊蛰芦林闻雷报”，几声布谷鸟鸣代替了惊雷之后，春天的影子缓慢又匆忙地显现。

三月一过，风在你推我搡中扫遍沉睡一冬的大地，所有的生灵慢慢醒来。先是藏在泥土里的小草不经意间冒出了头，欣然地宣告着：我来了，我来了。小草发芽了，春天就来了。春天仿佛听到了千千万万人的叨念，真的来了。

春天是从一棵小草开始的。一根根细细的小草像是扎在大地穴位上的绿针，在春风吹拂下，疏通大地的经脉。微小的绿把生机一下子注入了沉寂的大地，也注入了每一个人的渴望里。微小的绿是眼睛，是笑脸，是温暖，是柔软……

春天来了，人们用不同的方式向这一年未知的自己表白。“这一年，我将要……”不管是说出来的还是没说出来的，荡漾的心与柔嫩的绿一起变得坚定起来。这即将开始的日子到处都是方向，葡萄地埂边，墙角下，水渠边，树根旁，只要你用俯首低垂的姿态行走，就会有一份惊喜回赠于你，继续前行，行到春的尽头。

春天是从动词开始的。春天里所有的事物都在重复两个词语——生长，生长；向上，向上。刚从泥土里探出脑袋的蒲公英、独行草，好奇地打量着周围的一切：今年的家园和去年不一样了，去年春天是在某一块荒废的空地上，今年怎么就到路沿石边了。一阵风过来，各自摇摇头，温暖的风化解着它们所有的疑问。沟渠旁一排密密麻麻的新绿有序地、一撮一撮地冒出来，像是专门为大地描画的秀眉。簇拥而至的草族，仅凭这微小的绿，着实不好分辨出它们的身份，就像幼儿园里的一场演出，所有的孩子都穿上相同的衣服，画上相同的妆容，听着同一首曲子，做着同一种动作，即便自己的父母也不能轻易分辨出哪个是自己的孩子。初春的草族们不需要分辨得太清楚，它们的任务就是生长，长成自己应有的样子，从春天长到秋天。

“一棵小草就撬开了一个春天”，这是拟人还是比喻？只要是在春天，任何一种修辞都可以运用。柳中古城的杏花唤醒了春天，从千年前到千年后，春天到来的行踪从未改版。古城墙脚下的无花果园里一片肃静，刚长出的无花果抱紧枝干，彰显着它的特立独行——花即是果，果即是花，等待时间来让自己成熟。落在亚当沟柳树上的燕子“啾啾”地叫着，“哥哥妹妹啊”一句一句的“花儿”对唱有情有意，沟底春水的流淌声绵长悠扬。沙山脚下静默的沙湖甩去白色的冰衣，换回水的蓝衫……

“春天是怎么来的？”“是从梦里来的。我昨晚上梦到一棵小草，今天我就看到了一棵小草。后来，妈妈告诉我，小草变绿了，春天就到了。”小男孩费力地给旁边的小女孩解释，小女孩专注地听着，既羡慕又懊恼地看着小男孩，想着：为什么我没有梦到一棵小草呢？如果我也能梦到一棵小草，我也就梦到了春天啊！小女孩闭上眼睛，执拗地把头扬向了天空，小男孩蹲在一棵刚冒出头的小草旁，安静地看着。不多时，小女孩低下头一脸兴奋地对小男孩说：“我刚才也梦到小草啦，那我也梦到和你一模一样的春天了！”小男孩开心地说：“太好啦！太好啦！我们梦到同一个春天了……”两位年轻的妈妈互相看了一眼，“咯咯”地笑了起来。

东环路上高大的白蜡树叶子还没长出来，粗壮的树根下早已依附了几棵柔嫩的小苗，它们是白蜡树的“后裔”，还是攀附于白蜡树根的伴生植物？一渠刚解冻的水“哗哗”地流着，一年中除了冬季，我一直看着它沿一个方向流淌。这是它们春天里的第一场出征，目的地是哪里，我不知道，但我知道这水流的方向必定由葡萄地来选择，葡萄地在哪里，就在哪里拦坝、开水口。从始至终，水都是位智者，它明晰地知道自己从哪里来，要往哪里去，而人类却围绕来和去的问题生生不息地讨论了几千年。在干旱的西北小城，水永远是人也是万物眼中的尤物。水是葡萄地的掌舵人，人是葡萄地的主人。那么水、人和葡萄地之间的关系怎么厘清呢？厘不清，也不需要厘清，我只需要体悟奔赴向前的水，感受它激昂欢快的流淌，向前，再向前。这就是小城春天的节奏。

春天，是一个命名的季节。偌大的春天，究竟是从哪里开始成为春天的？从哲学命题来思考，春天是属于万物的，包括人。春天是什么时候来到我们身边的？到底是哪一棵草最早地冒出来，冲破冰冷的大地，向着温暖的阳光宣布：“世界，我来了！”这又成了生物的课题，大自然的子民一定比人类更先知。最先来到大地上的那棵草有自己的名字，有自己的族群和出处，它与最先看到绿的人对接起来，就成了春天。春天在某个人的眼里，也在许多个人的眼里。“花凝红杏胭脂浅”，明朝金陵人陈诚不远万里来到小城留下了诗句，也把春天留在了这里。张骞在那个遥远年代栽下葡萄树，也应是在某一个春天。无数个不同的春天互相重叠着，不断地成为新的春天。

春天是一截一截来的，也是一片一片来的。先从盘踞于荒原之上的葡萄地开始，蜗居了一冬的葡萄墩，以一个又一个土包的姿态慢慢地松散开来，像一朵又一朵泥土的花朵，在春风的怂恿下慢慢地绽放。泥土泛起潮晕，等待着铁锹或者坎土曼为它剥去外衣。扒出被泥土包裹严实的葡萄树是鄯善春天全面打开的方式，而从四面八方汇聚而来的“扒葡萄”的壮劳力是鄯善春天的一道风景线。他们来自不同的省份，说着不同的方言，但围着一株上好的葡萄树的目光是相同的。他们手里握着坎土曼或者铁锹，搭配上春天的阳光和风，刨去泥土，把葡萄藤一条一条拽出来，搭在架子上。这必须有足够的力量才能打开的春天，所有的语言都显得轻佻。

杏花、梨花、金银花、丁香花、榆叶梅、山楂花、苹果花……在小城的春天里各放异彩，让踏春的人去分辨它们具体的身份，欣喜于花开的芬芳。杏花野性，田间地头，哪怕是在毫无生机的荒野，它一树粉一树白地盛开，挤挤挨挨，肆意散放花的芳香，招来一群群忙碌的蜜蜂嗡嗡地谈天说地，空气中飘散着它们的甜言蜜语。纯白的梨花略显秀气，大多成片地存在，素雅而美好。在梨园中穿行，亦步亦趋。“白锦无纹香烂漫，玉树琼葩堆雪”，那一树纯白，净化你浑浊的心灵；“梨花春带雨”一念出口，万般柔情即生——做一个如梨花般的女子吧。最有个性的花当属榆叶梅了，艳红色如梅花状的花朵盛放在马路旁，没有足够的绿色与之匹配，像一束假花插在路旁，引得不少人去摸摸它，当花瓣以柔软娇嫩回应时，令人不禁感叹：“真好看！”亦令人迷惑顿生：这不是南方才有的花吗？

一年晚秋，单位同事小白通知大家到院子里义务劳动，大伙儿欣然前往。管后勤的领导神秘地说：“从城建局找了几棵洋气的树，栽在咱们院子里试试。”看到那几棵“洋气”的树长得很像荒野戈壁上常见的红柳，我的好奇心顿时消减了一半。男同事挖坑，女同事把树放进树坑，扶正，填土，踩实，算是完成了任务。那几棵像红柳的树，在我的遗忘中生长。待到来年春天，它最先来报信了。几朵娇艳的梅花，几片嫩绿的榆树叶子，从树枝上长了出来，灼灼的花朵突显在光秃秃的园子中。小小的花朵随春风摇摆着身姿，引得许多上班下班的人频频观望。讨教了城建部门的人才知道，它的名字叫“榆叶梅”，是从上海引进的品种，顿时觉得这个小院子洋气起来了。小院子是县委大楼的院子。大楼是小城最早的楼房，先作为县宾馆使用，后改为办公用地，楼龄四十年了。我在这栋楼里工作近二十年，近二十年的岁月里与它休戚与共。大楼因为被定性为危楼已重建。庆幸的是在建新大楼时，那几棵榆叶梅被建筑者保留了下来。待大楼建成，榆叶梅又将进入一个新的时代，在如期而至的春天里，花会越开越繁。离开这栋大楼后，我又相继在不同的大楼里工作、学习，但每当春天来到，我都会想起那几棵亲手栽种的榆叶梅，想起那栋大楼。一阵柔和的风拂面而过，定是县委大楼门前盛放的榆叶梅来给我报信——春天来了。

水韵公园的几棵山楂树和苹果树只为花开而存在，花期一过，就作为树生长，无人关心它们的果实和收成。丁香花和金银花是我的最爱。为了与花相伴，常会选择走路上班。最好是一个人走。丁香花有紫色的、白色的，一簇一簇花朵惹人怜爱。盛花期，淡淡的香气迎面而来，瞬间会想起那条悠长的雨巷，想起那个撑着油纸伞缓缓走过的结着丁香一样愁怨的姑娘，于每个人的青春花朵，它已恒久地长在了过往的生命里。几场沙尘的光顾，也是鄯善春天必不可少的章节。古有诗云："春色三分，二分尘土，一分流水。"多少人逃离漫天尘土的春天之后，又带着对土腥味儿空气的无尽眷恋而回归。

二〇二〇年初，我因新冠疫情被滞留在湖北襄阳。大地上的春天如期来到，又同时被疫情阻挡。但春天是属于大地的，当我写下这些文字的时候，汉江边紫色鸢尾在一场春雨后越发娇媚，人们慢慢淡忘了玉兰和樱花凋谢的感伤。在这里，一年四季都有花开花落，而那个遥远的边陲小城，只有在春天才能迎来各种花们的热烈盛放。这让我更珍视花朵绽放的意义。它们不仅仅是开花，更多的是为了生长。

不断有友人给我发来消息：杏花开了，梨花开了，树绿了，春天来了。我如获至宝地收藏着这一点一滴的春讯。我以另一种形式，度过北方小城的春天。

秀色可餐的城

丸子汤

给小文打电话，说请她吃丸子汤。她果断地说晚上不吃饭。我说今天特别想吃丸子汤，而且不想一个人去，请她来陪我一起吃。她说她还在忙，就匆忙挂了电话。被拒绝的结果是我一个人游荡在小城初春的林荫道上。

小城的初春是很美的，所有的树都焕发出生命最初的光芒，树的叶子柔软、嫩绿，无论是白蜡、圆冠榆，还是绿化带里的丁香、金银花，只要眼睛所到之处，总能发现欣喜，总觉得这棵树长这么大了，也没留下什么印象。金银花去年开的是白花，今年怎么变成粉的了？不知道是花开错了，还是人记错了。对于春天来说，这都不重要了，重要的是此刻拥有如花般的心绪阅读小城初春美好的傍晚。

从万泉湖饭店开始，我寻找那家名叫“清口香”的丸子汤店。记得那家店装修得清雅别致，每张餐桌上配一壶大麦茶。丸子汤里粉条量比较足，还有牛肉丸子、菠菜、萝卜相配，咸淡适宜，荤素搭配，营养均衡，深得女士们的青睐。我边回味上次吃丸子汤的感受，边寻找这家店。结果都走到瑞昌酒店门口了还没有找到，只好再打电话向小文求助。小文说我已经走过那家店好远了，再走回去不划算。她又给我推荐了几家丸子汤店——毛丁丸子汤店、老榆树丸子汤店、四十九丸子汤店，并告知它们的方位。听着小文的推荐，把几家店的位置用点和线连接起来，成了一个四边形，不意间为小城手绘了一张丸子汤店地图。世间的事物无关乎命名，它们自身的存在就是神奇。

我给小文说，毛丁家的丸子汤太咸了，汤不清淡，放了酱油的汤吃不出汤原来的味道，汤一定要原汁原味。小文说，那你就去找老榆树丸子汤店吧，并给我指明了具体位置。按照小文所说路线，沿着 312 国道向西行走。路两旁的榆树亭亭玉立，让春天一下子有了层次感。这些树干一个人已经抱不过来了，树把所有岁月都长在了树干上。这些树，让小城的厚重感一年一年地增加。行走在林荫道上，觉得被一股文艺气息所笼罩。小城越来越精致了，或者是小城人的生活越来越精致了。

按照小文所指的路线在天马小区下面找到了老榆树丸子汤店。丸子汤店招牌底色是绿色，再配上不同颜色的字体，就成了一家店面的脸面了。我觉得这样的招牌普通素雅，不哗众取宠，给人一种朴实的信任感。店面不大，里面只有两排桌椅。桌椅是原木色的，靠西面的墙上挂着“老榆树丸子汤简介”，主要介绍了丸子汤的成分、营养价值及获得的荣誉。店里有三桌客人，一桌是我，一桌是一对夫妻，一桌是两位中年男人。那对夫妻吃饭全程无交流，只顾吃碗里的丸子汤。男人吃得快，先吃完了，等待他的妻子。他平静地看着眼前的女人，像熟识已久又像刚刚认识。女人则细嚼慢咽地吃着，并不时地看看手机里的信息。男人依旧安静地等待。男人身材高大，女人娇小。这应该是一个相对幸福的家庭。人到中年，能安静地等待也是生活的一份修炼。另一桌的两位中年男人就不一样了。他们点了一份牛骨头，自带一瓶白酒，还配了两碟小菜——菠菜拌面筋、凉拌皮辣红。这两个菜是下酒菜的标配。两个中年男人刚开始时说话声音很低，两杯酒过后，声音越来越大了。他们互相说着生活中的不易——钱难挣，活难干。一个男人说："难干也得干，人活着不就是干活的吗？不干活，活着还有啥意思？"另一个附和道："对！"然后两个酒杯就碰到了一起，"哐"的一声，又一杯酒下肚。其中一个人说他除了喝点儿小酒外，就没其他爱好了。不过，这小县城除了喝酒、吃肉外也没啥好玩的。他们自说自圆。两个中年男人把酒言欢的快乐感染了这家店的主厨，穿着白褂的主厨拉个凳子加入那两个人的闲聊中。主厨关心的是今天的牛骨头炖得烂不烂，菠菜面筋咸不咸，之后话题自然转接到了喝酒上面。"酒以后要少喝了，再也不能像年轻时候那样喝酒了。"一个男人悲怆地说："对！"主厨说："你今天也少喝点儿，酒喝不完放在我店里，下次来再喝。"另外一个男人拿起酒瓶子看了看，估量下今天是否能把它喝完。酒和男人们的青春密切相连，很少有男人感叹自己容颜易逝，常听他们说的是自己的酒量大不如从前。在这个春日的黄昏里，三个男人以酒会友，在共同面对一份食物时，褪去了各自的身份而回归到本真。他们每人一手拿着牛大骨一手端酒杯，兴奋而自足。我则一个人想着心事，观察着他们。是啊，酒肉穿肠才是人间的最好境况，我与他们，食物与食物，是重合的。也常有带着身份去吃食物的，在那种情况下，食物像是在配合食者演戏，这个尝一尝，那个尝一尝，造型精美的食物随着转盘不停地旋转着，食物的精髓却很难被食者体味。

我点的丸子汤端上来了。一碗丸子汤，外配一小碟自制酸菜和一小碟辣子酱，两个小油塔子装在一个小竹匾里。两大两小，碗碟考究，有点儿吃西餐的感觉。还没动筷子，一种令人愉悦的仪式感油然而生，不仅仅是对精致的搭配，还有对食物的一份好奇。

我开始仔细品味这来之不易的美味丸子汤。喝了一口汤，味道咸淡适宜，比起“清口香”的汤更淡，胡椒味轻了一些。再喝一口，汤里有蘑菇的鲜味，却少了白萝卜的爽口。抬头再看看墙上挂着的“老榆树丸子汤简介”，原来阿魏菇是老榆树丸子汤的特色所在，是这家丸子汤的精髓。我吃得更加仔细起来。牛肉丸子、薄片牛肉、粉块、豆腐块、红薯粉条、菠菜、阿魏菇、牛骨头汤，我将每样食物过目入口，细细品味。我已经好久没这么专注于吃饭了。记得只有小时候才会有这样吃饭的心情。遇到自己喜欢吃的食物，总是满心欢喜、心无旁骛地与食物周旋，哪怕是根冰棍或一块糖，也想尽办法独享，并吃得理所当然、心安理得。而人到中年，有时中午吃过的饭晚上就想不起来了。这样的遗忘根本是生活的本末倒置，没弄清楚我们为什么而忙碌，又为什么而遗忘。面对这一碗丸子汤，我的世界一下子丰富起来了，我不再听旁边人的高谈阔论，只用心品味着入口食材的异同。

其实，丸子汤是新疆特有的美食，不仅仅在小城鄯善，在新疆任何一个地方，十里八街都能找到几家特色鲜明的丸子汤店。而出了新疆，对于爱吃丸子汤的人来说，就只能是思念和远方了。

我边吃边计划，一定要记住老榆树丸子汤的味道，下次再去尝尝四十九丸子汤，看看口味有何差别。同时，也把小城初春的美好时光牢牢地记住。

烤鸡爪

小城鄯善的夏夜姗姗来迟，十点多了太阳才恋恋不舍地沉到山后。小城人的夜生活开始了。

小城的夜晚，清凉舒适，安静祥和，即便白天最高温度四十多摄氏度，到了夜晚，也可降到二十摄氏度左右。被烈阳炙烤一天的树木和花草，在一阵阵夜风的吹拂下舒展身心。暗黄的灯光与斑驳的树影相互映衬，灯影下的小城显得松弛而又隐秘。沿着小城任何一条小路前行，都能为缓慢而悠长的夜时光留下一份记忆。就这样，小城的夜晚在许多人的记忆里不断地叠加，慢慢地成了他们心灵的栖息之地。

烤鸡爪这道美食，归隐在小城夜晚深处的光影里，自带一份温情与小城的夏夜相依相伴，成了小城人的日常。它多年如一日地秉持着平常独特的口味，吃烤鸡爪，成为小城人离开或者归来时必有的一种仪式。“大棚下的烤鸡爪还在吗？”“走之前，我要吃顿大棚烤鸡爪，要不会有遗憾的。”我们这一生不停地奔波劳顿，只为弥补一个又一个的遗憾。

从我居住的梧桐苑出发，沿着苗园路向西走，右拐到新城路，经过客运站，就到了大棚底下的烤鸡爪店。大棚下的烤鸡爪店大概有十几家，是小城最早的夜市之一。状元猪蹄店烧烤、外力江烧烤、老东北烧烤、祥云烧烤……光从这些店面的名字就可以读出老板的族别和来处。你可以根据自己的需要选择喜爱的口味。这里生意最红火的时候，座位要提前预订，或者在路边排队等。在地广人稀的小城若有了这种排队等吃食的体验，刻在记忆里的就不仅仅是食物的味道，还有一份小城生活单纯而美好的富足。在这里吃烤鸡爪的孩子们一拨拨长大离开，离开再回来。孩子的孩子又继续来到这里。

来大棚底下吃烤鸡爪，成了小城人身份的标识。三五好友相约而至。各家的菜单上，排名第一是烤鸡爪，其他还有烤牛板筋，烤鸡翅，烤韭菜、辣椒、大蒜、金针菇、豆皮夹菜、茄子，烤鱼，烤肉，烤羊肝，烤羊腰，烤馕饼……一桌子食客，看着菜单，勾选各自想吃的烧烤。男士来一扎生榨啤酒，或者几瓶冰镇的红乌苏，女士和孩子们钟情于汉斯小木屋果啤。每张脸庞都是轻松愉悦的，各自在朦胧的灯光之下说着白天里快乐和不快乐的事情，所有的心事都会被这一桌子烧烤统统化解。就这样，在小城的夏夜里，享用美食的快乐相拼接，每个人的夜晚单纯而又美好。

来这里吃了无数次烤鸡爪，只记住了烤鸡爪的味道，而对于美味的鸡爪是怎么烤出来的，从未深究。这是店主的事情，我只负责吃。至于烤鸡爪什么时间落户小城、落户大棚的，很难找到它的源头。但是，每个小城人几乎都有第一次品尝大棚下烤鸡爪的记忆。

我对大棚夜市烤鸡爪最初的记忆是老东北那家店。最早，这家店是同村小姐妹婆家开的，卖一些东北特色小吃及各类卤菜，生意还算不错。但地方小吃很容易被复制，为了推陈出新，这家店的老板根据经验不断改进卤料配方，并突发奇想把卤出来的鸡爪放在炭火上烤，然后撒上辣子面、孜然粉等调料，卤料的香味与细嫩的肉质相配合，入口即化，唇齿留香。

吃鸡爪的第一步，要先吃鸡爪上带有骨节的部分，一口咬下去，骨肉相连，肉松软，骨清脆有嚼劲儿。吃鸡爪的第二步，是五个爪子挨个入口。吃鸡爪在于吃爪子，那筋肉相连的质感，让你越嚼越香。品尝一只小小的鸡爪，肉、筋、骨的美味都体验了，让你在美食的世界能吃出一份关于“筋骨”的人生感悟来。

大棚下烤鸡爪的发展史，也是小城的发展史。记得最初吃的烤鸡爪是炭火烤的。店家早早要把烤炉里的炭火生好，待炭火即将燃尽，才能用余火进行烧烤。这样烧烤的时间长，周期慢。后来，为了加快烧烤的速度，用起了鼓风机。那一个小小的机器，缓解了很多人等待烧烤上桌的急切心情。现在的已经是电烤炉了。一个电烤炉上有四个档，可以根据你所烤制的食品调节温度和时间。店主像弹琴一样在烧烤炉上玩着花式的烧烤动作，自为这些美食增添了一份美好的意义。做的人用心，吃的人舒心，这该是平凡人生最美好的瞬间吧。

我听过一位有趣的友人讲述她制造的一起“吃烤鸡爪事件”。她是一位性格开朗、热爱生活、骨子里还留有一份纯真的女子。她和爱人都在机关工作，平时工作忙，回家还要照顾孩子，日子匆忙而又充实。某周末，孩子被老人接走，有了难得的二人世界。对于每天被生活填满的女人来说，只要空闲下来，骨子里暗藏的浪漫就会瞬间闪现，那份被关注、被娇宠的渴望会不请自来。这是每个女人的通病，和年龄无关。当她和他听着舒缓的音乐驾车行驶在宽阔的马路上时，她说：“好想吃大棚下的烤鸡爪啊，好久没吃了。”他却无动于衷，继续操作手里的方向盘。她把刚才的话又重复了一遍。他转脸看了看坐在副驾驶座上的她，一脸不解地说：“想吃就去吃啊，今天不顺路，改天你自己去吃吧。”委屈、气愤让她怒从心头起。后果可想而知。她说：“我三天没理他！”最后，他承认了错误，道了歉，并专门买了大棚下的烤鸡爪来将功补过。听完这位可爱女子的故事，我笑着问："那天你多吃了几个鸡爪来庆祝你的胜利？"她说："三个。本来吃五个就可以了，结果吃了八个。"我们俩哈哈大笑起来，仿佛在庆祝一场共同的胜利。我想象着，她专注地吃着自己心仪的食物，而他在一旁宠溺地看着不再青春年少的她，是一种怎样幸福而又温馨的画面！人的一辈子，这些小小的不可理喻的瞬间，成了各自美好的人生记忆。

在世间有一条路永远不会有悲伤，在任何时候，你都会带着一份回归童真的渴望去往心中的目的地。那条路，从来都是幽僻的小道，它属于个人私密的小美好，也可与少数人分享。那就是通往你所心仪的食物的路。

从江西来到小城的大学生志愿者小邹服务期满要回去了，问她临行前最想吃什么，她脱口而出："烤鸡爪！"那晚，回家的路上，她蹦蹦跳跳地跟在我身后，说着吃大棚下烤鸡爪的种种快乐体验。她说："这个烤鸡爪，只有坐在这里吃最香，不能打包带走，更不能邮寄，它就像长在这里一样。如果以后想吃，我就飞（坐飞机）回来吃一顿再回去。"说完，她不停地回头看看身后。光影下的大棚，叫卖吆喝声此起彼伏，离她越来越远。

第三辑

岁月深处的羊

时光如草

一朵朵小小的如喇叭状的白色花儿，紧贴着地面径自地盛开，花儿的叶蔓纤细而又无规则地相互缠绕，没有方向地伸展着。刚下过的一场土，给小小的叶面被上了细尘，不知花儿是怎样躲过了这场洗礼，保持清洁的面容，或簇拥，或孤芳自赏，亭亭玉立。这一丛花儿攀缘在一截废弃的土墙边，周围乱草杂生，一些不知名的小虫穿梭于花丛中，进进出出，取代我成了这个空落院子的主人。

多年前，我没发现这堵矮墙下有这么多超然秀丽的花儿，更没发现这与破落土墙呈鲜明对比的野花有着出尘不染的气质。不，在这院落里度过的时光中，我一定见过这些花儿，只是更多时候我是在与它们进行着对抗。这些花儿是我儿时每个早晨必须战胜的对手。每天，我稚嫩的双手要斩获一大筐开着白色花儿的兔耳草（那时我不知道它有这么内敛美好的名字——小旋花），把屋后躲在圈里的两头贪得无厌的猪喂饱，才能得以自由。

天还没亮，要到地里干农活的妈妈在我耳边轻轻地叫："起来了，起来吧，场跟前那块高粱地田埂上草长得好，一条埂子就够拔满一筐子……"我努力睁开眼，背起筐子追赶朝阳一起出行，奔赴我的"战场"。出了村子西巷口向西走，路过两口废弃的大坎儿井。大坎儿井的井口已塌陷，两个巨大的圆坑守着这条土路，也守着它周围的田地。要是稍微早些，天还没完全亮透的时候经过这里，我总忍不住地想象那黑洞里是不是会有咬人的黑猫怪，或专门偷吸人血的狐狸精。踏着星星留下的痕迹，我在半梦半醒中到达目的地。西面那条被妈妈头天侦察好的田埂，我要把缠绕和铺盖在上面的草全部收割回家。绿绿葱葱的草铺满了田埂，小虫子们快乐地在草底穿来穿去，俨然一个自乐的世界。我天生害怕这些小虫子，拔草前要先观察半天，找个下手的地方，然后把草拢成一把用力一拔，草根就脱离了泥土，成为我手中的猎物。一群虫子在土里四处逃散，被草根带起来的泥土散落下，柔柔的，软软的。当东方的曙光映红天际，我装草的筐子也逐渐冒尖了。甩甩酸麻的手，长长地舒口气，奋力背起草筐，一步一步往家走。看到我把一整筐兔耳草打回家，那两头黑白相间的家伙对我欢快地叫起来。我生气地、满眼责怪地瞪它们——为了你们知足的"哼哼"声，我要耗费一早晨的美好时光！我重重地把草筐放下，去做上学前的准备。

整个童年，几乎每天都是拖着灌满泥土的鞋子，双手带着青草的味道打开书本。那被青草拉得生疼的手，摸着书上那些陌生的方块字，觉得软软的。那时想，铺天盖地长在田埂上或缠绕在渠沟边的草要是能像这些方块字该多好呀，只需用手摸，脑子去记，而不会占用我美妙的睡觉时间，不用耗费我仅有的体力。可是，如果兔耳草变成了方块字，那我不是成了屋后那两头见到我就亲切地"哼哼”的家伙了吗？不行，我不愿意！我被自己简单的幻想拒绝着。

时光像草，无论你怎样地收割它，都会一如既往地缠绕绵延在你眼前。

越来越清静的院子里，只剩下父母越来越佝偻的身影，越来越缓慢的行走的节奏。抬头看着落日霞光迅速地蔓延，院墙上爬满的兔耳草像是小时候母亲指定的那条田埂，我追寻铺满田埂的兔耳草就像追寻我童年淡色的时光。伸手抓住一把根，用力一拉，冒出白色的液汁，手却被染成绿色，童年瞬间被握在了我的手心。

难得带着孩子回家一次。我叫来阿楚，极力推荐这种小小的野花让她来认识。我告诉她，这种小花有个很美好的名字，叫“小旋花”，还有一个比较通俗的名字，叫“打碗碗花”。它不是花，其实是一种草。有一篇《打碗碗花》的课文，就是讲一个小女孩到外婆家做客，认识了这种美丽的小花，从对小花的认识中懂得了一个道理。阿楚在院子里低头刷手机视频。“知道了。”她应付着。跟我来到野花旁，问：“这就是打碗碗花吗？我看过这篇文章，文章中的那个小女孩好幼稚呀，一朵花和人有什么关系呢？外婆还骗小女孩说摘了花儿吃饭就会把碗打破，而那个小女孩竟然还信了。一朵花的事情怎么会和人有直接关系呢？花虽然有生命，但是没有思想的……”阿楚边叽叽咕咕地说着，边“咔咔咔”地拍了几张照片，然后说：“你自己看吧，我去发条微信和说说……”

被一场沙尘刚刚侵袭过的花草，蒙着厚厚的尘土，唯有这花儿依然保持着清洁的面容，显出了细腻而柔软的花心，淡淡的黄，仔细看，还真美呢。转身再看看阿楚，她与这丛乡间的野花偶遇，并把它们移栽到手机里，若干年后，一定不会再记起；而我，无论走到哪里，都不会忘记。

会说话的树

一棵树，站立十年或者二十年或者更长久，人们常对它视而不见，偶尔以它为某个重要的标识，然后赋予它某种性格、记忆或更为深重的东西。

楼兰东路 A 小区门口有几棵榆树。这几棵榆树不是很美观，粗糙又不完整的树皮裹着已经比碗口还粗的树干，树的枝杈纵横交错，无规律可循。小城严重缺水，夏季又极为酷热，榆树们常在干枯的边缘艰难地挣扎，发白的树叶紧紧贴着枝干而生，仿佛要吸尽树干最后的水分。它们每周可以喝到一次水，物业人员大多会选择中午浇水，水由一根细的白色管子引来。榆树的枝叶依然呈严重的营养不良状态。到了冬季，榆树露出它苍老的底色，树干挺直，树枝舒展。这个时候，才觉得这是树的模样。春季，榆树花开，是这几棵榆树最光鲜的时刻，鲜嫩充满活力的绿，在一夜之间欣然绽放。不知什么时候，一棵榆树底下放了一张大铁床，铁床上简单地铺了块羊毛毡子。这张用于纳凉的床，至今也不知道是谁家的。月朗星稀或月黑风轻的夜晚，总有些人坐在上面，夹杂几种语言，聊着家长里短。

我悄悄地路过，从不会介入他们的聊天。在黑夜里，我就像榆树的一片树叶从一阵风里经过，轻飘飘地落到属于我的那个角落。

我更喜欢在无人的时候，独自坐在榆树下的大铁床上，安静地凝视这几棵不是很美观的榆树。凝视久了，树仿佛在和我对话，好像我无论说什么想什么它都能听懂或理解。月光下的温柔，风雪中的温暖，沙尘暴来时的无助，我都曾与它对视。我以为这种对视专属于我。然而不是，它属于很多人。

邻家的那对老人，也是榆树下的常客。那对维吾尔族老人已是耄耋之年，白色中褂，黑色套鞋，摇着蒲扇，满头的银发随着扇子的风轻轻飘动。他们大多是静静地无声地坐着，什么话也不说，也不互相看着对方。老爷爷背靠榆树摇着扇子眯着眼看天空，老奶奶斜倚着坐在旁边。他们轻轻地互相依偎，时间在他们身上仿佛是静止的。就是夏季最热的时候，他们也一样安详地坐在树下，树荫洒在他们身上，像是某段岁月的见证，斑斑驳驳。从他们身边来来往往上班下班的人，小区孩童们的喧闹，和他们无关，依然慢慢地摇着扇子，无声地坐在那里。

偶尔，两位老人会互相梳头。老爷爷拿起梳子，一下一下认真地给老奶奶梳理稀疏的白发，老奶奶闭上眼睛，安详地享受着。他们是在相互倾诉吧，那从毛发间流淌过的日子，绵绵地缠在一起，编织着他们安详的一生。多少次，我想举起相机，但终究没有。我怕惊扰这宁静和美好。

一条粗壮的枝丫从榆树的主干上伸出来，常有顽皮的男孩子双手吊在上面荡来荡去。枝丫一颤一颤地摇晃着，看到这情景，我总是提醒那些孩子要注意安全，孩子们听了嬉笑着一哄而散。

那个如蝴蝶般的女孩，已经很久没见了。她就住在我的楼下，平日里几乎天天见面，我下楼她上楼，或者她下楼我上楼。日子久了，她开始亲切地对我说："阿姨好！"我回答："宝贝乖！"女孩脸庞黝黑，笑容灿烂，下楼梯时一蹦一跳，上楼梯时两层楼梯一块儿上，蝴蝶般的小身影，总是给奔波忙碌的我带来一份美好的情愫。某天，社区工作人员入户时给我透露，那女孩的父母可能要离婚了，到她家登记信息时，两个大人相互不说话，孩子一直在哭。女孩的爸爸是个好好先生，妈妈是个时尚又能干的白领。她的爸爸在离小城几十里外的乡镇工作，每周回家一趟。最终，她的爸爸妈妈还是离婚了。据说，她的妈妈去奔美好前程了。再见到女孩，怯懦懦地低着头从我跟前一闪而过。看着她远去的背影，我似在目送一只远远飞逝的蝴蝶。我始终不知道她的名字。

那几棵榆树和我一样在这儿度过了十年光阴。十年间，树木有变化，从这楼梯口出出进进的人有变化，而我，失去了青春风华。我依然走在人生的征途上，树也不例外，它也走着属于它的路。

一只羊"咩咩"地围着一棵榆树转。羊比我聪明，它知道它的家园该是在乡村野里，那四处通达的旷野才是它们撒欢的最好场所，而今天它被一群人拉到这里，拴在这棵树上，注定了生命要在这里完结。羊围着榆树"咩咩"哀叫着，没人理会它，只有那棵树在不停地跟它周旋。不一会儿，一个简易帐篷搭起来了，一口大锅在树下支起来，忙碌的人越来越多，人们表情严肃，互相打着招呼，我猜测，这该是一场肃穆的告别仪式。据说，在最后一刻，羊会流下眼泪。这个我相信。

不久，肉的清香从那口大锅里缓缓地飘散开来，只是在闻到香味的同时，偶尔传来悲痛的哭声。原来，是隔壁单元一位久卧病床的中年男子去世了。据说这位男子生下来就得了一种不治之症，近四十年的光景里都是他的父母和弟弟在照顾他。我始终没见过这名男子，更不知道他那充满爱心的弟弟是哪一位。

时至中午，来吊唁的人络绎不绝。客人喝着热腾腾的羊肉汤，吃着肉抓饭，以最真诚的语言安慰着逝者的亲人。那只羊临死前决绝的眼神，以及我未曾谋面过的中年男子告别生命时的坦然，不停地在我眼前闪现。生命给予我们的终究是什么呢？

总有一天，我也会从这里或悲或喜地离开。这个暂时属于我的空间会成为别人的，而我所经历的这些时光，刻印在时光深处的某个故事，我能带走的，也是能留下来的。能留下来的东西一定要交付给这几棵不完美的榆树，只有它们敞开所有的胸怀，在听着岁月说话。

失语的巷子

这条巷子越发隐没在了一些楼群的后面。

每当我想要寻找什么的时候，总想到那条巷子，狭窄，陈旧，寂静。曾有段时间，我的人生目标就是逃离那条巷子。美其名曰：穿越那条巷子，就到达了幸福之地。但我最终没能穿越那条巷子。

这条巷子很美，是朴素美。它地处县城东南角，走到团结东路尽头，就是巷子的入口。巷子里的路是土路。巷子中间的那条路不宽，两辆摩托车相向行驶而过，用喇叭打个招呼，多是提示注意安全，我过来了，你过去。巷子两侧的白杨树大多比碗口粗，有的有水桶那么粗了。这就见证和记述着这条巷子的年龄。巷子两侧的房子低矮，但不陈旧，大多是砖房，都有属于自己特色的大门。大门一般是彩色的，这也是边陲小城独有的一道风景。彩门上的图案依房主的喜好，各式各样的花草、山水，但唯独少有动物。据说，最早制造彩门的人是个自然主义者，他信任自然界的花草山水，因为它们不会对任何人有所侵害，只是以自己的方式存在，为这个世界奉献着色彩。他在自己的房前屋后种植了各色花草，但草木一秋，秋天一过，万物萧条，沙漠边缘的小城毫无生机，于是他灵机一动，把自己喜爱的各色花草全部“移栽”到了自家的大门上。邻人们争相仿效，这些雕绘山水花草的大门一个一个排列在了巷子的两侧，开开合合。房屋的主人换了又换，而这条巷子和这些彩门永远都在。

巷子里有一户维吾尔族人家。主人很喜欢音乐，或高亢或低沉或忧郁的歌声，伴着都塔尔琴弦的节奏，时而飞越院墙传到小巷，向四处飘散。有人会驻足听一会儿，有些好歌舞者踩着节拍从小院门口走过。他家门口有个馕坑，每次看他们打馕也是一件很高兴的事。有时候，那家主人还会拿着都塔尔坐在馕坑旁边弹边唱边等待馕出坑。音乐声和馕的香味在小巷里穿越，不时地引诱着我们这些外乡人循着声音和香味出来看看。

巷子尽头，有一家院子。院子的主人姓高，大概六十多岁。夫妻俩很有生意头脑，在宽敞的大院里盖了许多间小房子，每间房子大概二十平方米。他们在房子中间打一道火墙，冬天可以在外间生炉子做饭，里间就成了只够放一张床的卧室。这里成为许多像我一样的外地来的年轻人的临时安居之地，我们通常叫它“城乡接合部公寓房”。

这一排房子从东到西共有六间。我的房间的标号是 3 号。我从鲁克沁二中调到了县一中工作，弟弟也跟随我来到县一中读书，这间房子就成了我和弟弟的家。那时候，能从农村到城里，仅仅几十公里路程，就身份而言却有着很大的区别。弟弟十三岁读初二，我比弟弟整整大一轮。姐弟俩蜗居于县城边缘的小屋子里，认真地学习、工作和生活。在城里生活，最怕过冬。我不太会生火架炉子，这是个技术活。先把干的棉花秆、葡萄枝子掰断，放进炉膛里，上面再放几块小一点儿的煤炭。把纸塞在柴火中间用火柴点着，让纸去引燃干柴，等干柴燃尽，煤就烧起来了。问题来了，在城市里生火架炉子，柴火是短缺物资，有时候还得求助父母想办法从家里给我们捎点柴火到县城来。这时候，妈妈就说："你看你，图个啥，城里有啥好的，烧个柴火还得从家里带。"她虽然这样说，言语间却透着一份自豪感。

那时，我无比怀念村庄的冬天。对于在农村长大的孩子来说，一到冬天，巷子两边高高的柴火堆是一个乐园，可以倚在柴火堆下晒太阳，可以爬到上面像玩蹦蹦床一样跳下去弹起来，弹起来又落下去。该生炉子了，我从高高的柴火堆里一根一根抽着棉花秆，四五根棉花秆就够做生炉子的引子了。这时候，在柴火堆上玩耍的弟弟就冒着满头大汗过来说："大姐，我来生炉子。我生炉子比你快，还好。"生炉子好的标准是：柴火要放得适中。柴火放多了，火墙的烟出不去，炉子就会倒烟；柴火放少了，引不着煤。而我的弟弟是干这项工作的能手。到城里生活后，弟弟却不一样了，他怎么也没办法与那个小炉子和谐相处，每次生炉子都会有一屋子烟，得把所有门窗打开，让烟跑出去，才敢关上。他总是自言自语地说："怎么这么奇怪，我在家里生炉子，都不会倒烟……"

冬天，我从外面回来，远远看到出租屋的烟囱从西向东数第三根正冒着浓烟，就知道放学回家的弟弟已经把炉子生好，我回家可以直接做饭了。

我的左邻是一对俊美的男女。男主人是电视台记者，帅气、文艺；女主人是一家保险公司的业务员，一脸的傲气和霸气。他们白日里如胶似漆地好着，而一到夜晚就不时地传来争吵、责骂声，甚至是哭声。有时候，也会传来一些充满爱意的打闹嬉戏声，有时候又会静悄悄的如消失了一般。

我的右邻是一对年轻夫妻。男主人是出租车司机，中等身材，走起路来速度很快，脚下生风般地从院子里出出进进。他的妻子很娇美，一米七左右的个头，如瀑布般的长发泼洒在瘦削的肩上，白皙的面庞透露出一股傲气，这股傲气即便是在与男主人说话的时候也不减半分，男主人只是怜爱地笑而不语。他们已经有了一个孩子，孩子每天在学步车里自娱自乐地玩耍。男主人早出晚归，女主人除了带好孩子，还负责让自己变得更美。这小小的院子，每天都有几股不同气息的生活相互碰撞，丰厚着小院的记忆。

这里用水需要到房东家去接，谁去得多了，房东阿姨就会唠叨：“你们节省点儿用水啊，这个月的水费比上个月超了好多，我没收你们的水费，但水费一直在涨。”她的唠叨似乎也没引起我们的反感。她就像个家长，为这个院子里的每个人计算生活成本，听得多了，就不在意了。该去接水的照旧去接，谁也不会在她的唠叨里记住什么。有时候，房东阿姨也会很亲切地和我聊天，问东问西，工作怎么样，生活怎么样，有没有男朋友，她家的孩子也跟我差不多大，但是就是不搞对象，等等。时间久了，回到小院的感觉就像回到了家。

左面那对俊美的情侣邻居，没住多久就搬离了小院，他们为了甜蜜的爱情购置了新居。他们搬走后，又有新的年轻人住了进去。我也一样，在小院里租住了一年后，以一个简单的理由——不想每天自己动手撇柴火架炉子，就跟着一个男人走了，结束了我的单身生活。右面的小两口邻居，继续恩爱地生活着，有一天他们也搬离了这里。

我们相继离开小院后，在这个不大的城市中偶尔还会相遇。在小院几乎不打招呼的我们，在其他地方见了面却非常亲切，熟人一样地互相打招呼，停下来聊几分钟：在哪里住，在哪儿上班，最近还好吧，等等。最后一句话："再回到小院去看看没？"几乎都说没有。那些回不去的时间，又有谁能看得到呢？

从小院走出来，经过安静又陈旧的小巷，走到那条土路与柏油路相接的地方。每个人都建造过属于自己的小屋，小屋里盛满有关那段时光的所有快乐和忧伤。

很少有时间再去想小巷里的那段生活了，而有关我的左邻和右舍的信息不断地传递给我。那个娇美的傲气女人，在有了自己的新居之后，禁不住诱惑，或禁不住平凡生活的打磨，跟着一个做生意的老板走了，丢下她的老公和儿子。那对俊美的夫妻生活倒是很幸福，女主人很会持家，不再那样霸道和强势，孝敬公婆，相夫教子，精明能干，让很多人羡慕。可是不久，男主人因为一场车祸而不幸早逝，留下了能干漂亮的娇妻和懵懂的孩子。

他或她还会偶尔回小巷去那个小院看看吗？

可能会去的。

买买提的柔软时光

八十五岁的买买提老人，安静地靠门坐着。他身着一件灰色的半长大褂，头戴一顶花帽，一撮发白的胡子跟随着呼吸微微地颤动。他目光沉静地看着眼前这一切。没有人和他说话，他也不去关注任何人。他只是平静地空对着眼前的一切，这世界好像和他无关。

这是一场家庭聚会，所有的家庭成员已到齐。聚会将从一顿家宴开始。在尤库日买里，每天有很多场这样的家庭聚会，有快乐的，也有悲伤的。

一口大锅已架在了火势正旺的炉子上。锅里的水烧得快开了，男主人把准备好的新鲜羊肉放进锅里，嫩红的羊肉瞬间褪去了颜色。煮肉的火不能太旺，慢火炖肉最香。煮肉的锅和炕齐高，炉子与炕紧挨着。尤库日买里人传统的过冬方式，客人坐在炕沿，边和主人聊天，边享受饭菜的香味。聊着聊着可能有事先走了，也可能就此留下来吃饭。第二天，又一位客人坐在炕沿上，聊着大致相同的话题。有时候，主人也到别人家去串门，坐在另外一个炕上，成为客人，继续着同样内容的话题。

锅里翻滚的水不断将漂浮的血沫推向四周，这些血沫是肉里隐藏的杂质，经过长时间水煮，肉的纤维间距不断缩小，杂质被排出。男人专注地把漂浮的血沫舀出来，倒掉。盖上锅盖，煮半个小时，再清除一次。他为这一锅羊肉耐心地守候着。这个壮硕男人的身影被缭绕的热气包围，那笃定的神情呈一幅静美的画面。一刹那，世界变得柔软起来。随着煮肉时间的延长，一股羊肉的清香飘散得越来越远。一些人循着香味围到锅前谈论有关清炖羊肉的话题："黄萝卜在肉煮到七成熟的时候放最好。""盐要晚一些放，那样煮出来的肉更鲜嫩劲道。""我喜欢羊肉汤里放点儿香菜，喝起来更有味道。""我不爱吃香菜。""吃一口肉再吃一口皮芽子，既能防止高血压，又能去除羊膻味。"……这锅里的食物与在场的每个人都有着密切联系，都有着各自吃清炖羊肉的不同经验。

人们围着香味四散的清炖羊肉继续谈论着，说自己的近况，询问对方的近况。我的记忆被这个场景复活了。在不远处的一个小村庄里，父母除了要侍弄十几亩葡萄地之外，每天还要给我们做一顿可口的饭菜。每顿吃什么已经不记得了，只记得等待母亲回家时的情景。每到固定的点儿，我和弟弟妹妹们都会侧耳贴在门上听那一重一轻的脚步声。脚步声由远及近，接着就是开锁拉门的声音。母亲一进门，弟弟妹妹们争先恐后地往母亲怀里钻。作为老大的我，按照母亲的吩咐去准备食材，等她稍作歇息，再给我们做饭。一天，母亲说："我可以把冬瓜炒出鱼的香味来，把茄子炒出肉的味道来。"那晚，最怕吃茄子的我，吃完了一碗香喷喷的茄子拌饭。母亲的这两句话成了我作为一个女人成长历程中的"箴言"。孩提时，为了给弟弟妹妹们做榜样，我不能挑食，要认真吃饭；当我成了母亲之后，我理解了母亲的善良和美好；中年之时，我感激母亲把那素淡的生活赋予了不同的味道。三十多年过去了，记忆里的景象与眼前的部分重合，我和这一屋子的人谁也没走出时间的边界。

对于买买提老人来说，此刻的场景是一种记忆，过去重复着过去。八十多年的时光在他一生中显得悠长，未知的岁月却显得仓促。他觉得自己的生命将要到尽头。看着忙碌的“大孩子”和玩耍的小孩子们，世界离他越来越远了。明明这些时光他已经历过了一遍，记忆偏偏又模糊起来。在门口玩耍的小孙子调皮而又精灵。那个围炉操勺，专注于一顿美餐的微微发福的中年男人，不就是曾经的自己吗?

在买买提老人八十多年的生命历程中，解决了各式各样的矛盾和问题。他认为，人生就是解决问题的过程。他的大儿子最像他，不善言辞，稍显木讷，但为人善良，有股钻劲儿。因自己常年在外工作，家里的农活大多由他来干，最终读书只读到初中便不再读了。这是买买提心里一直愧疚的事情，如果不是因为自己没有时间陪孩子，只顾着打理葡萄地，孩子的命运可能会不一样。老二从小就比较聪明，有自己的理想和目标，平时说话不多，但读书比较努力，他顺利考上了一所大专学校，有了一份自己还算满意的工作。老三是个女儿，从小受父母、哥哥们宠溺，娇生惯养的性格让她吃了不少苦头，幸好找到了一位宽容大度又踏实肯干的丈夫。女婿干农活是一把好手，打馕的手艺也远近闻名。他打出来的馕酥脆，口感好，软硬适中，谁家办喜事或者丧事都会请他帮忙。为了保证馕的口感，他连和面、揉面的活也自己干。若没时间，他就会把面粉、水、牛奶、盐、油的搭配比例教给主人，第二天等面发好了，再过去帮忙打馕。打馕前，热馕坑很重要。在尤库日买里，每家门前都有一个馕坑，它就像个家庭成员，负责这个家里主要食物的供给。馕是这里人们每天必需的食品，就像我们每天呼吸的空气。人们走亲访友会把馕作为礼物互相赠送。打馕是个技术活，从烧火用的材料到火候的把握，都影响着一坑馕的品质。最早人们用干骆驼刺热馕坑，后来改用葡萄棍。馕坑里放入足量的葡萄棍，烧热馕坑，再把事先揉好的不同形状的面饼贴到馕坑壁上。馕坑若不够热，面饼是贴不上去的。等面饼全部贴好后，用一块湿布把坑口封住。半个小时后，热馕就出坑了。刚烤出来的馕外表干脆，内里松软，香味能飘散很远。老人的女婿除了打馕手艺好之外，他的孝顺也是远近闻名的。他隔三岔五来看看老人，嘘寒问暖一番，走的时候再给老人一些零花钱。

最不让买买提老人省心的是小儿子。孩子小的时候还算乖巧听话，学习成绩也不错，但因为他沉默寡言的性格，初中没读完就辍学在家了。之后，跟着村里一拨半大的孩子干一些偷鸡摸狗的事情。这让买买提很头疼，也觉得很丢面子。但那毕竟是自己的孩子，他要以最多的爱去感化他。他托人帮忙，好不容易给小儿子娶了媳妇成了家。结婚成家是一个男人成熟的标志，老人以为一切都会改变。小儿子过了一段安稳的时日后，依然是来去无踪。街坊邻居说起这事个个摇头叹息。小儿子自始至终是老人的一块心病。但他的确老了，对于长大成人的小儿子，能做的就是把他每个月不算少的退休金全部给他，而自己跟着大儿子生活。他的做法引起了其他孩子的不满。于是，兄弟间互相有了意见，自己也成了孩子们指责的对象。所有的指责他照单全收，但未曾改变他的决定。

买买提老人已经很久没参加这样的家庭聚会了。这清炖羊肉的香味在他八十多年的岁月中，已品咂成了日常，而今天他仿佛又将重新经历一遍自己的人生。他已经很久没去分辨五味的区别了。家庭聚会的欢乐氛围继续着。无论有多深的隔阂或者矛盾，日久不见的亲人还是很亲切，见面后互相问好和拥抱着，血缘的根脉根深蒂固，就像长在尤库日买里的植物，选择相同的属类共同生长。孩子、孙子们已经很久没见了，再一见面，孙子们又长高了许多，大儿子的白头发又多了几根，最关心他的女婿因去年生了一场病又苍老了一些。他觉得自己的思维和语言表达越来越迟缓，不再随意与人进行语言的交流。他依旧沉默、安静地坐着，如一件老物件在时光里存在着。

这越来越热闹的场景，让他想起自己那些充满活力的、年轻的、美好的日子。他也曾精心地为孩子们准备着食物，无数次陶醉于这醉人的清香。他温婉的妻子在身旁爱怜和欣赏地望着他，孩子们欢快地在外面玩耍。就像此刻，那口敞开的大锅里翻腾着的水泛起了淡淡的油花，水与羊肉已经融合成一体。他的大儿子也像曾经的他一样手持那把大勺，不停地搅动锅里的肉，怕沉入锅底太久烧煳了，影响肉汤鲜美的味道。他不停地把汤舀起来，再慢慢地倒回锅里，水与肉混合的香味一阵一阵飘向买买提老人。恍惚间，买买提老人把过去的自己和现在的儿子重合在了一起。

买买提老人继续重温着自己年轻时的一些事情。每当他从那个偏远僻静的二塘沟水电站回家时，都要筹划着给妻子和孩子们带礼物，多年来这成了一种习惯。山上没有什么礼物可带，但他有着绝好的厨艺，每次下山回家就亲自下厨，为妻子和四个孩子奉上一顿丰盛的午餐或晚餐。他很享受孩子们在饭桌上吃饭时的神情。虽然都是自己的孩子，四个孩子却有着不同的饮食习惯。老大专注于手里正在吃的肉，而不关心其他；老二目光闪烁，不关注手里正在吃的食物，而是看盘子里还有多少；小儿子不太爱吃肉，通常会挑一块最小的肉夹到碗里，磨磨蹭蹭等到午餐结束了，才总算完成了自己的任务。女儿最会撒娇，每次让他喂着吃饭。曾有人笑话买买提，哪有男人天天围着锅台转的，没出息！他不理会别人怎么说。他想到在山上看管的那个水电站的闸口。每天晚上十二点关闸口时，那些水被突然阻隔起来，莽撞地撞击着渠边，不一会儿，靠近闸口的水流越来越缓慢，越来越平静。随着水位升高，从山上下来的水已冲击不到闸口的四壁了，水流温和地融入更大的水域中。早上六点起来放闸，天还没亮，天上的星星闪着微弱的光亮，世界以安静迎接着他，只有此时才能听得清水流的声音。他习惯性地打开闸栓，积聚一晚上的水如巨浪般冲出闸口，畅快淋漓地释放着自己，沿着那条石头修砌的防渗渠一直流向远方。在黎明黑黢黢的夜空下，他能看到山下静默如醉的村庄，那些星星点点的亮光，如天空中的星星。那里有他的家，一股暖流弥漫在清冷的黎明。他在山上专门为孩子们养了四五只羊。每到汛期，他几个月回不了家，孩子们想念他，妻子念叨他。这些思念的信息是无法互相传递的，只有等到汛期过了，他才能和家人团聚。这时候他就会带回一只自己精心饲养的小羊，给孩子们做一顿清炖羊肉解解馋。

大儿子清炖羊肉的手艺就是跟他学的。他没有刻意地教过他。因为是长子，比弟妹们早懂事，买买提每次炖肉的时候，大儿子就喜欢跟在他身旁，和他聊天，问一些山上的事情。“山上有什么好玩的吗？”“有啊，有许多石头，还有一些野兔之类的小动物……”他的妻子会不屑一顾地说：“荒山野岭的，有什么好玩的。”父子俩互相看一眼，诡秘地一笑，似乎在说：“男人的世界你不懂。”这是多么温馨的时刻啊！可是他的妻子在十多年前生病去世了。对于买买提老人来说，一大半的人生记忆被他的妻子带到另外一个世界去了，剩下的就是他与孩子们的记忆，而他们的孩子也当了父亲，需要与他们自己的孩子分享人生。买买提老人的人生记忆就这样不断地被分割搁浅，最后，连他自己也忘记了许多事情。

今天的家宴设在了大儿子家里。大儿媳妇是个敦厚、善良的女人，过了半生相夫教子的日子。平日里她负责老人的生活起居，老人和她比较亲近。小儿媳妇是今天家宴来得比较晚的一位，可能因为老人偏爱他家的做法引起了哥哥姐姐们的指责，表情有点儿露怯。她安静地坐在炕沿边，这一屋子的热闹似乎和她没有多大关系。

尤库日买里的初冬是农闲时光，人大多闲在家。谁家煮了肉，只要远近街坊邻居来串门，主人家就会盛情相邀，邻居一般也不客气，自然而然地加入进来。热依汗就是过来串门的邻家大姐，受到主人的挽留就坐到了桌子旁，给我们递碗筷、倒茶水，一副主人模样。老二一家最后到场。两口子都是公职人员，工作相对忙一些，也因照顾老人不够被兄弟和妹妹抱怨过。老二家媳妇是当老师的，平日里事不关己高高挂起的处事态度，引起了家庭成员的不满。

家宴正式开始了。一张长方形的炕桌摆到了炕上，那一锅清炖羊肉分盛在盘子里摆上了桌子。女主人凉拌了黄萝卜丝、皮辣红，做了抓饭，还有从市场买来的凉皮子和黄面，以及新打的馕。这是一顿丰盛的午餐。我们几个远道而来的客人盘腿坐到了炕上，男主人作陪。

八十多岁的买买提老人依旧安静地靠门坐着。女主人在地上摆了一个小桌子，孩子们和买买提老人坐在一起。一盘肉端上来，老人没有露出对食物自然亲近的喜悦，也没有为儿媳妇明知他已经无法享用这盘肉的美味而面露愠色。他挪了挪凳子，靠近他的小孙子，摸摸孩子的头。那孩子用头拱了拱买买提的胸口，买买提满是褶皱的脸上露出了一丝笑意。这是几个小时里，第一次看到他与孙子们互动。女主人给老人盛了一碗羊肉汤，把一块馕泡了进去。这就是买买提老人的午餐。要等到馕泡软、肉汤不烫了，他才能慢慢地吃掉这些食物。他吃饭的神情很专注。对于买买提老人来说，他所关注的事物越来越少，他与周围世界的联系也越来越少。他仅有的能力就是把那份退休金一分不剩地交给他的小儿子，希望能帮助到他。而他对自己的一日三餐从不挑剔，别人给他做什么他就吃什么。他也只能吃着越来越简单的食物。他的世界和他的身体一样正在慢慢地变小。

吃饭时的话题，没有绕开买买提老人退休金的问题。老大、老二、老三各说各的不容易，只有他的小儿媳妇闷头吃着饭，时不时偷瞄一眼买买提老人。老人依然安详地坐在那里，似乎在听着别人的故事。即便再多的人对这件事情说出意见，对于买买提老人来说也是与他无关的。

我仿佛也融入了买买提老人一家清晰又复杂的家庭氛围中，有种莫名的感动油然而生。在这片土地上生长的每个事物都能找到自身所归属的答案。买买提老人的平静和坚定，女主人的敦厚和善良，以及被偏爱的小儿媳妇怯懦的愧疚。他们就像一棵又一棵正在经历冬日阳光抚摸的老桑树，只需记得生长的过程，有阳光和水给予生命的延续，而后他们相互成林，又独立存在，让每个深入其中的人觉得柔软又温暖。

牧羊人赛买提

在尤库日买里村，我见到了五十二岁的赛买提。

这是第二次来看他。第一次没有预约，直接到他家，他不在。听邻居说，可能去地里看他的羊了，也可能他昨天又喝醉了……在尤库日买里，想打听一个人的去处很容易，一家和一家的出行信息是相通的，无非是到哪块葡萄地干活去了，或到巴扎买东西了，或去走亲戚了，总会给你指明一个大概的去向。

因为有了约定，赛买提早就在门口等候着。我们到来时，他正在与邻居们聊天。同行的小聂说，赛买提平日里很少与邻居们聊天，今天的他有点儿例外，可能家里来了客人心情好吧。两棵老桑树已经高过了门楣，一扇雕花门被时光磨得没了最初的色彩，露出木头纹路，一把生锈的锁与之匹配，阐释时间与岁月的命题。赛买提见我们来了，连忙起身，拍打一下身上的灰土，向我们走来。他先是对着小聂不好意思地笑了一笑，脱帽，摸了摸自己的头。此刻，九零后的小聂像个长者，而五十二岁的赛买提像个羞涩的年轻人。他从腰间掏出钥匙开门，那根拴钥匙的绳子已看不清本来的颜色了。一双粗糙的手，捏着一枚磨得发亮的钥匙，开一把锈迹斑斑的锁。门锁很快被打开了。他习惯性地把锁挂在了门环上。这把锁是他最亲密的伙伴，每天目送他离开，再迎接他回来。它收藏着主人醒着的、醉着的、快乐的、伤悲的每个隐秘瞬间。此刻，他打开了门，就像打开了另一个自己。他带着羞涩、不安的表情招呼我们进屋，允许了这屋子可以被无关的陌生者探访。我眼前的这个中年男人长期被酒精麻醉，整个身体松垮，局促不安地站在我们面前。一顶沾满泥土的鸭舌帽，遮住乱糟糟的头发。紧锁的眉头，深陷的眼睛，忧郁的眼神，与这扇掉了色的彩门相互映衬，像是一幅人物油画，传递一股伤感的气息。

这是一个普通的农家小院，院子里的农具和废弃的纸箱、纸袋丢落一地。一口锅、一把茶壶和一只碗散落在墙角的灶台上，被尘土模糊了本来的面目。一张大床放在院落中间，小炕桌安稳地搁置在床上。显然，已经很久没有人围着这张桌子吃饭聊天了。被冷落的灶台、被搁置的饭桌，像一个远去的背影，又像是以某种姿态等待过去的回归。

赛买提拍拍小聂的肩膀，对着他亲切地一笑，紧锁的眉头瞬间舒展了许多。九零后的小聂不知道什么时候与赛买提成了互相牵挂的朋友，可能是善良忠厚的小聂对他一次无意的相助，也可能是知天命的赛买提在这位年轻人身上找到了与自己相关的某种气息。

小聂与赛买提的相识缘于一只羊。去年的十一月份，赛买提家里要埋葡萄藤，需要到劳务市场找人来干活，就请小聂帮忙找人。小聂爽快地答应了。他和相关部门联系，为赛买提及时解决了难题。埋葡萄藤的活是按天或者按亩数付费的，主人家要负责干活人的三餐。赛买提与弟弟家一共有十二亩葡萄地，五六个人需要干上五天左右。为了节省成本，赛买提打算宰一只羊。小聂受赛买提相邀到他家的羊圈去选羊。在城市里长大的小聂对农村的一切认知都是新鲜的，包括与赛买提相处的方式，直接、坦率、无距离感，让小聂新奇和欣喜。他说在尤库日买里生活，就像一株葡萄藤可以任意在一块地生长，并能长成自己的模样。他们走进羊圈，赛买提见到羊，眼里瞬间堆满了笑意，一扫平日里的阴郁。羊见主人来了，也“咩咩咩”地叫着。赛买提把每只羊都摸了个遍，从羊头摸到羊肚子。摸羊肚子就是看羊是否怀孕，怀孕的羊是要受到他的“恩宠”的，草料会多添一些。对于牧羊人，宰一只羊是需要仪式的，从选羊到确定，他要和羊进行一次深入的沟通。点一支烟，蹲在墙角，默默把羊又看一遍，最终确定了一只黑白相间的花羊。他掐灭烟头径直走去，轻轻地抚摸着羊头。那只花羊好像预感到了什么，眼睛与赛买提对视着，一副听凭主人安排的样了。他拍了拍羊肥硕的屁股，告知花羊即将到来的命运。他对小聂说：“就是它吧。”说完，他让小聂把那只羊拉出羊圈，抬上了电动三轮车。请来的宰羊师傅早已在家里等着了。赛买提把羊交给宰羊师傅，交代几句，开着电动三轮车和小聂离开了。他对小聂说，牧羊人从来不宰自己养的羊。

在没见到赛买提之前，有关他的“趣事”早有耳闻。有的人说，赛买提特别大方，如果是他请客，到连木沁巴扎上，大盘鸡、大盘肚你可以随便点，外加够量的牛栏山小酒。这样的机会是在赛买提卖了葡萄干或者羊有一笔收入的情况下，与朋友们豪爽地分享收获的喜悦。当然，也有一些居心不良的朋友，隔三岔五地来找赛买提去巴扎吃饭，坐一坐，那买单的事情自然就会落到了赛买提的头上。赛买提很少拒绝。朋友不付账，他就去付，从来不和朋友计较。他的行为引起家里人的指责，甚至截断过他的经济来源。对于这些，赛买提也接受，他知道自己的行为应该受到指责。口袋里没钱了，那些朋友就减少了找他出去吃饭的次数。时间长了，赛买提就被朋友们慢慢地遗忘了。赛买提也欣然接受这种遗忘。有时，他会坐在空荡荡的家里，一盘花生米、一瓶牛栏山消磨一段午后时光。酒喝得刚刚好，但他的身体已经摇晃起来了。来找他的人，都会认为赛买提喝醉了。他笑一笑不说话，不争辩自己没醉，也不承认自己醉了，只是摸摸那头乱糟糟的黑白相间的头发，沿着那条通往葡萄地的小路一直往南走。

往南走，有他的三亩葡萄地。再往南走，有储存他年轻时光的牧场。

冬天，葡萄地里没什么农活，但他也会经常去地里看看。在十年前，这条路是通往他放牧的那座山上的。每年五月底，当青草爬满山坡的时候，赛买提和他的羊群开始进山。山里和山外的气候相差近一个季节，赛买提带上妻子为他准备的生活必备品，骑上马，赶着羊群，浩浩荡荡地行进在辽阔的草原，有着壮士出征的满足感。在我的认知里，一个男人的天性应该在蓝天白云之下释放，在马背上放歌，在旷远的草原上甩着长鞭与胯下飞奔的马合为一体，最好再有一位美丽的姑娘相伴。这是我用想象描摹的理想生活。而现实中，牧羊是一项孤独而单调的事业，一个人，一群羊，一片草原。当把孤独过成习惯，孤独就成了他身体里的一部分，他和羊说话就说出了寂寞。新婚不久，赛买提就成了一位牧羊人。刚开始，他不习惯山里的潮气，更不习惯山里寂寞的生活。但是，身为一个男人，他必须负起养家糊口的责任，作为长子他要承续牧羊人的事业。牧羊人的生活，一年有半年时间在山上放牧，半年时间与家人团聚。这是一种需要不断转换角色的生活，需要足够的隐忍和包容，赛买提在表达这些的时候，用两只手不停地交换着来示意。能把日子过成平常是个艰难的过程，是一门学问，我们都在其中。赛买提与妻子生养了三个孩子，两个儿子，一个女儿。赛买提努力地当好一个牧羊人。他在山上放的羊膘肥体壮，多次受到表扬。每次下山回来，都会给妻子和孩子带来各种各样的好消息。他的妻子也有过抱怨和不快，但赛买提都能巧妙地化解，一家人其乐融融地过着平凡而又简单的生活。

在尤库日买里村，男人们有属于自己的房子和妻儿，有一块属于自己劳作的土地或草原，怀着大致相同的理想，过着大同小异的生活，把日子过成了故事。但人生的变故也是生活的一部分，是赛买提生活的一部分，也是你或者我的一部分。它像尤库日买里刮过的风，或突然下起的雨，没有预告直接就来了。

一场意外夺走了赛买提的小儿子的生命。他年仅二十岁的小儿子，帅气能干，有一手精湛的厨艺。赛买提和小儿子同时因烧煤而一氧化碳中毒，赛买提被抢救过来了，小儿子却永远地离开了。这件事情对于赛买提来说是致命打击。他无法原谅自己，为什么活过来的是他，而不是年轻的儿子，他觉得自己活着是对小儿子的不公。赛买提找不到悲伤的出口，找不到与生活和解的途径，唯一能开解自己的就是酒。从此，酒成为他的另一群羊。

喝酒之前的赛买提是一位善良、温和、不善言辞的中年男人，而喝酒之后的赛买提变得蛮横、霸道、无理，若有人来劝，他会破口大骂，甚至动手打人。这是附在灵魂深处的另外一个赛买提。他七十多岁的父亲曾经流着眼泪规劝他，让他不要再喝酒了，好好地生活。他答应了。然而一到晚上，他又偷偷地跑出去喝酒，醉醺醺地回来。给他的父亲解释说，因为煤炭中毒，他留下来了偏头疼的后遗症，喝酒是为了治头疼。家里人让他去医院检查，他一直拖着。谁来劝他，他就用沉默来应对。妻子无法忍受他长年酗酒，和他离了婚，与孩子们一起生活。赛买提也不挽留，他在清除自己的记忆。生活还在继续。赛买提每天以酒为伴，怀念或者追忆，以一个父亲的自责来无尽地悼念亡故的孩子。对葡萄地里的农事，他不管不问。他的三亩葡萄地，开墩、施肥、掰芽、打杈、掐头、疏果、采摘，每一个时令必须扎实地走到，才能有一个丰盈的收获。他的父亲和弟弟无怨无声地帮他做着一切。赛买提偶尔到葡萄地里去看看，看着葱葱郁郁的葡萄叶下一串串葡萄从小变大，从青涩变成透明。他去葡萄地的次数越来越多了。到后来，三亩葡萄地经过他的精心管理，每年晾晒的葡萄干产量和质量都是上等的。葡萄地又成了赛买提放牧的另一群羊。

空落的庭院因为我们的到来瞬间充盈了起来。这次同行的还有位伶牙俐齿、充满激情的小陈姑娘。她也是赛买提家的常客。客人们到齐了后，赛买提选择一个角落安静地坐着。他把自己的世界完全让了出来。我们围绕赛买提的收入、生活谈论着，对一些问题他笑而不答。这时候，小陈姑娘笑着对赛买提说：“大叔，您的年龄和我的父亲一样大了，我也像女儿一样关心您，希望您还是少喝酒，多多注意自己的身体。”我们所有人的目光齐聚于他，他低下头，用那双粗糙的手抹了抹眼睛，起身离开了。他拖着微驼的背影一晃一晃地从众人的视线里走了出去。

不一会儿，赛买提回来了，拿了一些巴旦木、核桃之类的干果招待客人。他身后还跟着一个十二三岁的女孩，女孩穿着一身素雅干净的校服。赛买提满脸慈爱地给我们介绍说，这是他的外孙女，他的女儿带着孩子从库尔勒来看他了。一缕阳光洒在他身上，世界好像重新来过。

当我们准备离开时，小聂开玩笑地问他：“你最近又喝醉了几次？”赛买提摸了摸头，伸出了一个指头。小聂先是竖起大拇指表示赞赏，接着又与赛买提用拳头对了一下。这通常是男人们表示胜利和友好的仪式。我看着一身时尚装扮的小聂，再看看从泥土里走出来的赛买提。这两个男人穿越近三十年的光景互相靠近的秘密通道是什么呢？他们有过什么约定吗？没有人来回答我的问题。

在苍茫的大地上，每个事物都有自己的命名，跳出时间的范畴来看，万物是一体的。一个名叫尤库日买里的村庄，一块长势正旺的葡萄地，一片长在心灵之间的牧场，赛买提、我、小聂，我们互相穿行于它们的深处并且相遇。

镜子里的阿瓦汗

我应邀到阿瓦汗家做客。因为来得比较早，正巧碰到女主人阿瓦汗在梳洗打扮。她的梳妆台只有一面圆形的镜子，挂在窗户的把手上，窗户的夹缝里放着几瓶化妆品和一支眉笔。

对于女人，清晨洗漱是一种庄严的仪式，是怀着崇敬的心情向失去的前一天致敬。无论梳妆台多么简陋，也不会影响女人美好一天的开始。阿瓦汗专注地盯着镜子里那张熟悉的脸庞，左面照一下，右面照一下，然后拿起眉笔描着眉毛，左一笔，右一笔，再用手捏一捏已规整的眉形。经过眉笔的重塑，一对浓密的柳叶眉镶在了一双不再明亮的眼睛上方。已爬满皱纹的眼角周围，若隐若现地显现着青春的影子，若让时光从那些小小的褶皱往回走，那对弯弯的眉毛里，定可寻得一片美丽的丛林，也曾经明眸善睐，也曾有过热烈激荡的青春。

人们常说，眉宇间写满了幸福或者苦难。眉毛对于女人来说，是一种命运的符号，那里深藏着女人对自我喜爱的表达，藏着对已逝青春的祭奠，藏着与美好分离的忧伤。阿瓦汗深爱自己的美丽，远超过爱她的房屋。宽敞的庭院里杂乱不堪，旧鞋子等物品随处可见，那些废弃的旧物占据各自的角落，散发着各自的气味，记录着这屋子女主人生命的瞬间。阿瓦汗忽视院子里杂乱的旧物，专注地欣赏镜子里的自己。在女人与美的相互选择中，我把阿瓦汗排除在美的定义之外。我认为一个庭院也是一个女人的梳妆台，一个庭院的面容就是一个女人的面容。但在这个清晨，我被镜子前的阿瓦汗所感染，破除了我已有的认知。每个女人对青春都有着顽强的执念，我也不例外。阿瓦汗在挽起的发髻上戴了一朵黑色的头花，再次端详镜子里的自己后，心满意足地离开了梳妆台。镜子里的虚幻和镜子外的真实互相重合。

阿瓦汗见我沉浸于她的自我欣赏中，眼神从我的眼神间扫过，浓密的眉毛轻轻挑起，羞赧地笑着拉起我的手，邀请我与她一起吃早饭。与那双温热的手接触的瞬间，我仿佛触摸到女人的另一个世界。这双手，小巧，厚实，短粗，和想象中女人的纤纤玉手完全不一样。短粗的手指上，戴着一枚银镶蓝色宝石戒指。翻开她的手心，一道道老茧布满手掌。她双手对搓着，发出“滋滋”的声响。这是一双握过坎土曼、铁锹，拿过剪刀，与铁较量过的女人的手，干练有力。她轻轻捏着我的手，仿佛在寻找一种对抗，绵柔与坚硬，细软与粗糙，我的手在她的手里以另一种姿态存在着。“你这才是女人——的——手。”她用生硬的汉语自言自语，我尴尬地笑了笑。她说，在劳动过程中，最伤手的是下葡萄干。要经过两道工序，先把晾干的葡萄串从架子上取下来，然后搓揉枝子上的葡萄干，让葡萄干和葡萄枝子分离，再把大一些的枝子拣出来，最后用机器把那些细小的枝子吹干净，将精选出来的葡萄干装袋子，等着买家来收购。阿瓦汗从口袋里掏出一把葡萄干塞给我，那绿莹莹的葡萄干颗粒均匀，质地厚实。一个月前，它们是一粒粒水灵灵的葡萄，葡萄干是它的另一种生存状态。每粒葡萄都带着它的理想和汗水，镶进女人的生命里，也植入这村庄的气质里。我拿起一粒葡萄干，放进嘴里慢慢地品咂，一股酸甜的味道充溢口中的每一个角落。

这时，阿瓦汗十七岁的女儿阿孜古丽也凑过来照镜子。阿瓦汗疼爱地对着女儿嘟囔了两句。镜子里的美好，在这个清晨延续。

阿孜古丽是县职业高中的高二学生，眉目清秀，皮肤白皙，在这个有些杂乱的庭院里显得格外耀眼。她是学生会副主席，学计算机专业。她说她不喜欢计算机专业，等毕业以后要再学会（huì）计专业。我说那叫会（kuài）计，她很认真地自我纠正了一下。她说："我的数学学得不够好，不知道能不能把会计专业学好。"我说："你现在正是学习的年龄，只要愿意去学，一定可以学好。"她点点头。我问："你最远走到哪里？"她说："乌鲁木齐。"我再问："有比乌鲁木齐更远的地方吗？""有，但我还没去过。"她回答道。我同行的伙伴冯师傅拿出手机，找了几张在北京、上海游玩的照片给阿孜古丽看。她一脸神往的表情，说："这么漂亮的地方。"清澈的眼神里写满了对未来的期待。我想起了我的十七岁。

我的十七岁已从那个被荒原包围的村庄里走出来，在一所师范学校读书。当青春的理想在这里终结时，我的十七岁写满了绝望。我看不到更远的路，只有一遍又一遍回到连接村庄的那条土路。我时而对它充满了厌倦，时而又觉得亲切。被荒芜包围着的村庄和被禁锢的青春，在相对的时空里进行着对抗。更多的时候，我会沿着村庄那条小路一直走，尽头就是曾经读书的学校。学校很简陋，五间土块盖的窑洞房子，整齐有序地排列在几棵大榆树下，几个男老师刚从葡萄地里干完活回来，换上干净的衣服，走进课堂，拿起粉笔，操着不同的方言，继续劳作。一个稍微年轻的美术老师是我们少年时代追随的目标。她甩着长长的麻花辫，扭着身体一步一摇地走着，后面跟着一大串孩子们的欢叫声："美术老师好！"年轻的女老师一转身，我们就一哄而散。时光就在这样无知而盛满空泛的快乐中消散，历久弥新的是对那笑声的记忆。

初中毕业时，我和村里的同学们坐一辆四轮拖拉机到二十五公里以外的县城参加中考。出发时，天上星空万里，我们仿佛在赶赴一场盛宴，带着青春洋溢的梦想。至于"知识改变命运"之说，没有人告诉我这些心灵鸡汤。父母每天都忙着关注地里的棉花该打杈了，葡萄该掐头了，新开的荒地该种什么作物才能快速改良土质，用什么办法弱化荒地土壤里的碱才能插上葡萄枝子育苗，最终再栽上葡萄苗，以增加收入改善生活……至于家里的孩子，就像地头的那些野草，自然而然地随着季节转换，经历各自的成长。当孩子不满于荒野戈壁的无尽荒芜的时候，就会对外面的世界产生向往，奋力向着远方一点儿一点儿挪动。我对阿孜古丽说着这些，她似懂非懂。是呀，我的十七岁和她的十七岁无法重合。

她抬起头，眼睛里满是迷茫地问我："阿姨，你有梦想吗？"我说："有啊！我像你这么大时的梦想是不再种葡萄地。"我的回答没有得到她更多的共鸣。阿孜古丽居住在这样宁静的村庄里，享受着无线网络现代信息的引领，分享着外面世界的光怪陆离的讯息，世界于她并不遥远，手指一点瞬间即可到达。我曾经看着遥远天空的星星，那空旷的夜和荒原给予了我想象的空间，而阿孜古丽想象的空间只是一面发着蓝光的显示屏，电源一关，世界就一片漆黑。她说："我以后不知道要干什么，但我肯定也会离开这里。"她拿起我手边的《众河之神》，不太熟练地读了起来："现在，也许是我这一生走得最慢的时候，那条大河，澜沧江——湄公河的源头已经不远了……"那个晚上，夜空是明亮的，一弯优柔的明月挂在天际，星星零星地散落在纯净的天空，世界被一种静还原。走在幽暗的小路上，在静谧的尤库日买里每盏灯影里，有许多人的人生在重叠，就像我与阿孜古丽说着的十七岁。

她是我在这个村庄里遇到的第三个女人。高挑的身材，白净的脸庞，一双稚气未脱的大眼睛，一件灰色的大衣裹住她单薄的身体，躲闪的目光让人见了顿生怜爱。她腼腆地站在阿孜古丽家门口，不停地向院子里张望，仿佛在探寻什么。阿孜古丽出门一看，应该是好久没见了，互相拥抱一下，并热情地邀请她到家里来做客。她没有进屋子，在外面跟阿孜古丽说着什么事。阿孜古丽把我叫了出去，用维吾尔语相互介绍了下我们。原来，她想搭乘我们的车去连木沁镇。我欣然应许。她也不客气，上了车。她拘谨地坐在车里，用生硬的汉语向我解释，夏天会有电动三轮车拉人到镇上，冬天太冷了，三轮车不跑了，去一趟镇上只能搭村里的便车。这种毫无距离感的交谈，只有在村庄的背景之下，才能卸掉所有的疏离、陌生和不信任。我连忙说："没关系，顺路。"她直了直身体，目光不再躲闪，安静地坐着。沉静的她与远离喧嚣的冬日村庄气质相符，让我忍不住想知道她的故事。我问她叫什么名字，她说叫木沙古丽。我重复念着"木沙古丽"，说："多好听的名字。"她莞尔一笑，和我聊起她不太如意的生活。

木沙古丽二十二岁离婚，之后就回到了自己的娘家生活。她在一家餐馆边学习汉语边工作，生活还过得去。她有个四岁的女儿，跟着前夫生活。根据判决书，她对孩子每月有十五天的探视权，但前夫却不愿意按规定执行，她已经两个多月没见到女儿了。她担心见不到女儿日子久了，女儿会疏远她。这个瘦弱的女人说着，眼眶里泪花打着转儿。她说，女儿活泼可爱，有一双美丽的大眼睛。她说起女儿时眼睛是发亮的。女人一旦成为母亲，所有苦难都会被柔软化解，把与生俱来的伤感瞬间传递给你。“女儿长得像我，爱笑。”她继续说。木沙古丽的气息瞬间触及我敏感的神经，我心底有丝隐约的痛在蔓延。她自己还是一个孩子，却成了孩子的母亲。她需要被爱，却拼尽全力爱着别人。如果没有那一段婚姻，没有一个让她牵挂的孩子，如果不是生长在这里，她该有怎样的生活呢？我陷入了思维的困境。

“女人，不是生而为女人，而是被变成女人的。”百年前，法国女权主义者波伏瓦道出了女人的宿命——我们不是生而为女人。她多么不情愿地说出了这个结论，但又不得不承认这个事实。“身为女人，我们应该怎样……”“为什么要强调我身为女人呢？”“你本身就是女人。”……这是我与自己的日常辩解。我找不出具体的答案来安慰木沙古丽，只能怜爱地拍拍她瘦弱的肩膀，说：“一切都会好的。”她淡然一笑，一丝凄苦漫过嘴角，继而坚定地点点头。

若干年后，这个小女人会成为大女人，可能再一次离开这个村庄，到另外一个村庄生活，会再生养孩子，经历她的三十岁、四十岁……她会忘记二十多岁时生活的疼痛吗？她会慢慢地成为另一个阿瓦汗，或许比她更幸福一些，不再风吹日晒地种葡萄，体力劳作被机器替代，但精神的劳作呢？我无法继续猜测。我的女儿正在一个遥远的城市读书，若干年后的某一天她可能会回来，恰好遇到正在镜子里自我欣赏的木沙古丽，她也会给我的女儿讲述另外一个村庄的故事吧。这未来谁能说得准呢？“玄牝之门，是谓天地之根。绵绵若存，用之不勤。”这些玄妙的女人啊，让大地上的村庄一个接着一个生长，让世间的悲伤和幸福延绵不绝。

我继续穿行在这空旷而又隐秘的村庄，继续与有着一张又一张不同面容的女人们相遇，看着她们从屋子里走出来或者走进屋子，带着各自不同的人生。她们会像阿瓦汗那样，每个清晨都能拥有镜子里那个澄明的自己吗？“在光滑的日子里 / 解体和重构 / 而我面对一面镜子 / 趋步 / 不敢向前……”在尤库日买里，我在阿瓦汗的镜子里看见了自己。

冬阳正好，和煦的阳光温和地洒在忙碌的尤库日买里女人的身上。阳光是女人最温柔的镜子。她们有的记住了这个早晨，有的没有记住。“记住我们共同走过的岁月。记住爱，记住时光。”我对她们和自己说。

黑夜的玫瑰

窗外的夜，以黑为底色，在精密地组织着另外一个世界。浮尘高悬于空中尽情地舞蹈，一辆车疾驰而过，一股尘烟扬起。风从窗前刮过，呛人的味道从窗缝里挤进屋来，风微微掀起窗帘。在这样一个被尘土遮蔽的黑夜，我跟随一场早有预谋的逃离到达漆黑的高粱地。两支红烛在密集的高粱地里点亮，在红烛映照下，许多刚刚挂花的高粱穗瞬间绽放成美丽的玫瑰。这是我对十六岁那年参与的一场出逃的回忆。这关于玫瑰的比喻，是我长大成人之后才找到的表达。从那个夏夜开始，许多片由浮尘幻化的玫瑰花瓣在夜晚飘浮、反复、重叠着显现。

阿霞是这家唯一的女孩，白皙的脸庞上零星地撒了几颗雀斑，洋溢着青春的纯真。阿霞爱笑。一笑，一口龅牙毫无遮拦地呈现在你的面前，但也掩饰不住一份真诚和平和。矮胖的身材与那张方正白皙的脸庞相映衬，用憨态可掬来形容是恰到好处的。阿霞的父亲，个头不高，人很敦厚，一手好木匠活，经常把一根卷好的莫合烟夹在耳后，干活累的时候，取下莫合烟在锯子上弹两下，在墙角找个合适的位置蹲下来，眯起长满褶皱的双眼，惬意地吞云吐雾。这天，阿霞父亲正抽着烟，阿霞母亲推着一车刚从地里拔来的嫩草，横冲直撞地从大门外冲进来，嘴里骂骂咧咧，把草撒到羊圈里。看到羊们幸福而又知足地“咩咩”叫着，感谢主人投以这般鲜美的食物，阿霞母亲的怒容逐渐消退。她狠狠地瞪了老头子几眼，自顾自地忙着烧火做饭去了。

阿霞父亲面无表情地继续吞云吐雾，专心致志地盯着那个刚刚搭好架子的大衣柜。在阿霞父亲眼里，柜子突然跳起了舞，那方正的木框左右摇摆着，一个出水芙蓉般的美丽女子从大衣柜中婀娜而出，一条蜿蜒曲回的小溪跟随着时间在回旋。那位女子一身素衣，一条大辫子歪垂在胸前，手脚轻灵地弯腰插秧，抬手抹把汗，再继续。第一次跟着师傅走出村庄出去做活的他，遇到了那个大辫子的姑娘……燃尽的莫合烟烫到了手指，他恍然醒悟地看了看泛黄的手指，弹弹烟灰，起身走到大衣柜跟前，仿佛刚从大衣柜里穿越回来。那是多久以前呢？二十年、三十年，或者就是昨天。再看看眼前这个女人，臃肿的身材，满脸的褶皱，那个江南水乡插稻秧的女子去了哪里？阿霞父亲摇摇头笑起来。

大衣柜是阿霞父亲帮邻家女儿打的嫁妆。邻家女儿要嫁到城里去，是多让人羡慕的事啊。对于生在穷乡僻壤的小村女孩来说，攀上城里的高枝就变成了凤凰。听说男方家人全部是吃商品粮的，根本就不稀罕这些乡下粗笨的家具，但是邻家父亲很讲究，对女儿说：“这个大衣柜要也得要，不要也得要，这木料是进新疆就栽的榆树，年龄几乎和你一样大，进城又怎样，也不能忘了本！”阿霞父亲扬着手里的木刨子附和着，两个老人向未完工的大衣柜倾诉自己美好的愿望。他们一辈子没识几个字，没去过几趟城里，没见过几件比自己打制得更为精致的家具，他们的世界就在眼前，或是比眼前更为久远的以前。那时候缺吃少穿，一家跟着一家挤上火车，往西再往西，没有时间观念，没有路程概念，只有逃生的信念。走吧，只能不停地走。走着走着，黑发变成白发，儿女满堂。日子过着过着就该为儿女盖新房打嫁妆了，再过着过着就走到了戈壁滩上的那块空地，几块土块垒起的坟头，就是自己的终点。至于曾经出发的起点，已经遥不可及，想回也回不去了。

我是在邻家女孩出嫁时见到大衣柜的完整模样的。方正的大衣柜从窑洞里抬出来费了不少周折，一朵大红绸子花横拦在崭新的衣柜中间，立于堆满棉花秆和葡萄枝的乡村小道上。大衣柜的两扇门分别雕刻了两朵牡丹花，刻得很精致，花叶明晰，纹理细致，百鸟朝凤，鸳鸯戏水，藏着红枣和花生的新被子，似乎把娘家所有的理想和愿望都塞进了大衣柜。与大衣柜配套的还有一个精致的梳妆台，梳妆台中间椭圆的镜子上也贴了一张大大的红双喜。邻家女孩用红头巾把脸盖住，由她的哥哥抱上了一辆黑色的轿车。女孩子出嫁时不能带娘家的土走，要一心一意地进婆家。新郎个子不高，一身藏蓝色的西服显得比较精干。看不出他有多高兴，他看着车里的新娘，像完成一个任务。在百鸟朝凤的唢呐声中，轿车从狭窄的小巷子里徐徐远行。巷子两边站满了看热闹的人，大多是老人和小孩子，家里一般不让正值青春年少的女孩出来看这样的场面。我和阿霞偷跑出来，想沾沾喜气。我们目送绝尘而去的婚车，邻家女孩的母亲跟着装着满当当嫁妆的大卡车走了两步停下来，抹了把脸转身进了屋。我竟然没有一丝羡慕之意，倒是阿霞眼里写满了期待。

七月，大漠戈壁蒸腾的热浪包围着村庄，那些见证岁月的土墙收藏着几十户人家平凡而又琐碎的故事。村子外那些长势正旺的高粱正吐穗，嫩绿柔软的高粱穗探出头来，我和阿霞坐在田埂上，谁也不说话。我们在被荒凉和寂寞包围的青春里，好像一下子长大了一截。邻家女孩头顶的方正的红头巾里隐藏着看不见的幸福和甜蜜吗？会有人为我们揭开那块红头巾吗？

没过多久，阿霞真的恋爱了。她藏在被窝里偷偷地给我讲述她神秘、美妙的感受。她趴在我耳朵边告诉我，那个男孩抱她了，还悄悄地亲了她一口。说完，蒙上头“咯咯”地笑着，陶醉于自己的甜蜜世界。男孩是外地人，没有父母的孤儿，比阿霞年长。他们经常在那条长流不息的坎儿井渠背面的小树林里约会。当然，这事情要是让阿霞的父母知道，绝对行不通。从那个夏天开始，我就为阿霞打着掩护。每当阿霞的父母来找她的时候，我总是以各种理由搪塞和转移话题，或帮助阿霞完成她需要做的事，比如喂鸡，给羊添草。

对于精心打制家具的父亲和每天侍弄几亩地的母亲，阿霞依然是他们疼爱的小女儿。阿霞父亲开始选木料为女儿打嫁妆，母亲也四处打听哪里有门当户对的好人家。上门的媒人也是一拨又一拨，只有阿霞无动于衷。

在一个月朗星稀的夜晚，我帮助阿霞完成了一场青春叛逆的逃离。在她父母面前，我们有说有笑打打闹闹，当她父母不在家的时候，她就收拾她的行李。我看到阿霞含着眼泪把一件又一件衣物叠好，放进箱子里，取出来，再放进去。阿霞如数家珍地展示她的衣服，这件是她妈妈亲手给她缝制的，那件是她父亲买的，样式是土了些，但是颜色她很喜欢。灯影下的阿霞藏起了那永远挂在腮边的温厚的笑意，有了几分忧郁。那晚，如一朵花般美好的阿霞，在摇曳的灯影下忙碌着，准备奔向她唯美朴实丰盈的梦想。

临走那天，阿霞用整整一天时间完成临行前的救赎。她给父母拆洗床单被罩，还特地去给她父亲称了几两莫合烟，并嘱咐我要常提醒她的父亲尽量少抽烟。阿霞在交代这些的时候眼圈泛红，同时也很期待晚上那场美丽的奔赴。阿霞一共收拾了两件行李——一个大箱子，一个自己缝制的布包。布包里塞得鼓鼓囊囊的，我问她装的什么，她红着眼圈掏出来，原来是块红色的方巾。这是当地女孩出嫁时必须要有的嫁妆，由自己的母亲亲自为女儿盖上，到了婆家由新郎揭下来。这是人生的一场交接，无论女孩嫁到婆家是享福还是受罪，但在这一刻是纯洁幸福的。阿霞叛逆的青春，让她把自己的幸福作为了人生的一个赌注。她摩挲着那块红色的方巾，又把它整齐地叠好放进了布包里。

天黑了，阿霞奔向幸福的行程开始了。等到家人都睡熟了之后，阿霞轻手轻脚地把房间的窗户打开，我们费尽力气把箱子从窗口递出去。由于箱子太重，“咚”的一声箱子摔在了地上。阿霞吓坏了，以为会惊醒她的父母。那一声沉闷的声响，像是阿霞青春的一个宣战口号，她的父母将为之付出巨大的代价。在小村里，都是以女儿能嫁个什么样的人家来衡量这家人的声望。阿霞从陈旧的小院里逃走，把她的过往留在了父母身边。她从后院的那扇小门出发，小门外面是一大片高粱地。高粱地在柔软如纱的月辉笼罩下显得温柔又宁静，刚刚挂满高粱花的高粱穗随着习习夜风轻轻地摇晃着，合着几声蛙和小虫的鸣叫，发出“唰唰”的声响。整个高粱地都动起来了，配合阿霞的出逃，像在演绎一场青春的协奏曲。

阿霞顺着高粱地中间那条长满青草的田埂向前走。田埂很宽，杂草相互缠绕，把整个埂子覆盖得密不透风。阿霞就这样从这条埂子上离开了家，离开了她的少女时代。田埂的尽头是一条长流不息的坎儿井渠，再往前走，是火焰山脚下的公路，是阿霞与她的情郎会合的地方。我开始为阿霞担心起来，天那么黑，在路的尽头会有幸福等待她吗？几次我想把阿霞的父母叫醒，告诉他们我和阿霞预谋的这场逃离，但是看到阿霞幸福沉醉的眼神和她无比坚毅的表情，我还是打消了暴露阿霞行踪的念头。下半夜，阿霞的离开被她的父母发现了。只听见阿霞父母房间里传出一阵嘤嘤的哭声，然后就是阿霞哥哥发狠的咒骂声，甚至还有操刀使棍的声音。他们沿着黑夜的边缘呼天喊地，但无济于事，阿霞趁着黑夜早已穿过那片长满杂草的高粱地，走向了她自认为幸福的道路。

七月的高粱地里一派繁忙景象，正在抽穗的高粱穗散发出沁人心脾的清香味道，这也是阿霞爱情的味道吗？

帮助阿霞逃离那个夜晚之后，有种忧郁就植根于了黑夜。每当黑夜来临，我总有种惶惑在滋生，那片透着成熟气息的高粱地因为阿霞的穿过，瞬时变得阴郁起来。阿霞的青春不能像即将收割的高粱回赠给养护她的土地了。我站在那块高粱地之外观望、想象和凝视，那些逐渐模糊又清晰的理想，让我不停地在那条田埂上徘徊。多年以后，我以一个固定的模式奋力寻求自己的生活时，竟然以阿霞出逃时决绝的勇气为参照。

在那个蛮荒的小村我继续长大，当我似懂非懂地读着里尔克的诗句“以一朵绽放的玫瑰缔生所有的玫瑰”时，我常想起为阿霞搬行李的那个窗口，以及那条杂草相缠的田埂。这世界从未有过荒芜的青春和爱，就如里尔克说的那样，“爱情”“青春”“甜蜜”和“幸福”等词汇都被曾经历的事物包围着。

岁月深处的羊

她上身一件灰色的T恤，下身一条破洞牛仔裤。一头长发，一双漂亮的眼睛闪烁于那张黝黑的脸庞上。她抬眼，微笑，招呼我进店。在与她对视了两秒钟之后，我判断，她是与我同龄的中年人。我的目光迅速扫描一下她，一身与她年龄不符的装扮，暴露出了潜在的秘密。对于女人这个复杂而又简单的物种，一半被时光善待，一半被时光遗弃。她们这一生的幸福、苦难、学识、修养，从来不会被隐藏。

我移开与她对视的目光，转向了小店里的物品。一个红色大坛子吸引了我的注意力，我走上前去，问："这里装的是什么？"她毫无表情地随口应道："是散装酒。""坛子旁边的塑料瓶装的黑色液体是桑葚酒吧？"我问。她依旧在手机上看电视剧，回答道："是桑葚酒。"对于我的到来，她做出了相对准确的判断，如我一类人进入小店，直奔酒坛，分明不是来买东西的。当我准备再询问时，她突然抬起头，微笑着问："你要买什么？"我连忙掩饰说："我就看看。"此刻，她在显示店主的风度，或是识破了我到小店的真正目的。

一到小镇上，就听到关于这家小店女主人的闲谈。说她人长得漂亮、时尚、能干，但大字不识一个，是这条街上的一道风景。好奇心驱使，我来到了这家小店。我将随身携带的一本书随手放在了柜台上，继续打量小店货架上的物品，并寻找新的话题。她在看到那本书的刹那，对我警觉了起来，瞬间停止了微笑，用凝固的笑容在她周围建造了一堵墙，并把我挡在墙外。她继续在手机上看电视剧。对，她没读过书，不认得字，这条街上很多人都知道，而我不是这条街上的人，我也知道。但我还想知道她为什么不识字，并对她游离于文字之外的世界充满了好奇。我用将信将疑的眼神回应了她瞬间转变的态度。我知道，那本随手放在柜台上的书刺激到了她某一根敏感的神经。行到岁月深处的女人，在殊途同归的路上，一个眼神，就能读到一种答案，构成一个玄妙的世界。即便是陌生人，也能感受到互相亲近或者拒之千里的气味。这是女人特有的气味。我和对面这个女人，第一次见面，并未说几句话，我们只用眼神来互相探究。我想到了电影《朗读者》里的汉娜宁愿承受牢狱之灾也不愿意承认自己不识字，她躲闪、掩饰、慌乱又不屑一顾的眼神，与我面前的这个女人多么相像。

我终于没忍住，直奔我想要探究的事物的主题。“你真的不识字？看着真不像啊。”“是啊，我真的不识字，一天学也没上。”“看着真不像！”我又重复了一句。在狭小的空间内，我们各自的世界带着迫切的愿望渴求相融，但又彼此怀疑。我向她靠近，她逐步后退。她努力地搜集更多的信息，拼尽全力要证明一个问题——她没有说谎，她真的不识字，没进过一天的学校，她不想那么费力地去参与与她无关的质问和猜疑，那双清澈的眼睛从一丝惶恐到愠怒再到不屑。我因为自己的好奇，用质疑入侵了一个私密世界。这个世界曾经完美无缺，因为缺少文字，它又千疮百孔。她的主人不停地修复，不停地建立防御，不停地被击垮。在此刻，两个女人对立着。她们像岁月深处两只温顺的羊，都正在被生活放牧，为人女、为人妻、为人母，从女孩到女人，从少年、青年再到中年。在岁月的牧场上，她们时而相遇，时而同行，更多的时候是互相观望，互相猜测质疑，甚至是互相排斥。为了缓和瞬间凝固的气氛，我故作轻松地问道："老板，你这里有西域春酸奶吗？""没有。"她淡然地回答了我。其实，她知道，我是在对她示好，同时也暴露了我的秘密——我想知道她更多的故事。"你自己的名字也不会写吗？你可以学的。"我随口而出的问题，又一次触及了她脆弱敏感的神经。我好为人师的优越感彻底地激起了她的反感，她像战士一样瞬间把自己武装起来，脸色一沉，说："我就这样生活几十年了，也曾努力地去学认字写字，早上学，下午忘。晚上写会了一个字，早上起来又什么也不记得了，有什么办法呢？"我无言以对。我不也曾以相同的理由为自己辩解过吗？我和她所走的道路迥异，而我们所去往的终点大致相同。

这时候，有位顾客正在买东西，三双手套、一根铁锨把子、一瓶可乐。她边点数物件，边算账。手套三块钱一双，三双九块钱，铁锨把子十五块一根，可乐五块一瓶，一共二十九块钱。顾客给她了一张百元现钞，她熟练地数着五十、二十不等的钞票，给顾客找回了七十一块钱。从算账到找钱，不到三分钟时间。她算账的熟练和精准，让我继续对眼前这个目不识丁的女人产生幻觉，她是在说谎，还是在表演？刚刚建立起的信任又被瓦解，突然觉得自己不够善良，不能只相信自己眼睛看到的，应该笃定地相信事件的真相。我要相信她，相信她就是相信自己。她仿佛看透了我内心深处的疑虑，快速地拿出手机，把她与别人往来信息的文字截图拿给我看，并让我听她与女儿的语音对话。她问女儿:“刚才截屏上的字说了些什么?”她女儿语音回复道:“说你给对方转了五千元，对方没收到钱，是因为他的卡被锁了。”她拿这个金钱往来信息来证明自己的确不认得字，不是装的。其实，我已经相信了她说的话，只是对她为什么没读书而好奇。我说:“我相信你真的不识字。”她直了直身子，舒缓和放松了许多。我和她的距离瞬间被拉近。我再一次向她表明，我并无恶意，只是对她的生活感到好奇。说出这些的时候，我的声音逐渐地低下来，觉得自己像一个探子，在做一件并不光明磊落的事情；又觉得自己是一个偷窥者，正在偷窥别人的人生，负疚感瞬间而生。

我打算就此结束谈话，离开小店。突然，她从柜台里走出来，从冰柜里拿出一支雪糕，满眼含笑地送到我跟前，说:“天热，吃支雪糕解解暑吧。”我稍微愣了一下，不知道怎么回应这支雪糕，是接受，还是拒绝。从她纯净的眼神里我找到了答案——不能拒绝这支雪糕。她见我迟疑了一下，就把雪糕塞到我的手里。我后退了一步，连忙道谢。她见我接受了她的馈赠，并感受到了我内心瞬间的慌乱，心满意足地回到了柜台里面。这支雪糕算是打消了刚才的误解。我再次道谢，并告诉她，这是我今年夏天吃的第一支雪糕，并且是我最喜欢吃的“大甜筒”。人的味觉也是有年龄的。人到中年的淡然，也包括了对食物的需要和选择。年轻时贪恋的食物随着年龄的增长会逐渐地被遗忘或远离。因为畏寒，已经许久不再吃凉的食物了，但我无法对面前这个敏感、善良的女人说明这些。我剥开雪糕包装纸，津津有味地吃起来。我仿佛回到了青年时代，与好友走在校园的林荫道上，吃着雪糕，说着心事。校园的小路很短，雪糕化得很快，但记忆却是悠长和恒久的。

我边吃着雪糕，边询问她小店的生意情况，以及她的爱人和孩子的情况。说起小店的生意，她的话匣子就打开了。在这条街上，她的小店开门最早，每天五点半准时开店（在新疆，机关单位十点钟上班）。小店开了五年多了。每天闹铃一响，她就觉得小店门口有人在叫开门。她以最快的速度来到小店。也的确是这样，无论她五点半来还是四点半来，小店门口都有人等着买东西。她说："自己辛苦点儿，起个早，方便了别人，自己也能多挣点儿钱。"我说："做自己喜欢做的事情是幸福的。"我的这个中年普世哲学并没有引起她的共鸣，她按照自己的思维继续游走，说只要来到这个小店就觉得特别踏实。我说："还真有点儿羡慕你了，快乐充实地过日子。"她的表情凝重起来，说一个不识字的女人是可怜的，只要出了这个小店，去往任何地方办事都必须找人陪着，帮她认字，帮她签字。"不过，我遇到的都是好人，他们都很乐意帮我。所以，我觉得我是一个命好的女人。"在这个不足二十平方米的小店里，她给我讲了她与文字之间的失之交臂。在没有文字的人生里，童年的快乐等量置换成了成年后的尴尬。在成年人的世界里，她拿出了善良的柔软向这个世界示好。她付出的每一分善，都能得到回应。她把所有的善和美都归结成了自己的命运，自始至终都肯定地说自己是个命好的女人。这个"命"字是她四十多年来一直乐此不疲的信仰。

她说，她一家人都喜欢做好事。她刚从甘肃老家来到这里，租住在一家民房里，三个孩子、三个大人挤在两间屋子里。她和爱人白天出去干活，她的妈妈在家里照顾孩子。遇到农忙时，她的妈妈会多烧几壶开水放在家门口，看到邻居干活回来，总是热情地说："家里要是没有热水，我家有，喝口热水解解乏。"共享泥土的人们，因泥土的气息而自然亲近，即便他们彼此不知道姓名和来处，却因拥有一颗简单至善的心而拉近了距离。她们家从两个暖水瓶逐渐增加到十个，以至于后来更多。她问妈妈："你不嫌累吗？自己做饭带孩子，还要免费给别人烧水。"她妈妈说："不累，能帮一点儿就帮一点儿。帮助了别人，别人舒坦自己也舒坦。"那个小巷里的人大多是来到这里承包葡萄地的外乡人。平日里，邻里互相帮忙、互相谦让。他们说着不同的方言，带着不同的生活理想，日出而作，日落而息。他们种植和养护的土地写着别人的名字，依然无私地把汗水和理想种植在土地上，仿佛这片土地是属于他们的。她说，她租种的葡萄地收成还算不错。但是，再怎么用心种地，地也是别人家的。于是她和爱人商量，自己攒钱在这儿买了一处民房，开了这家小商店。

她以为，买了房子以后自己就可以理所当然地成为本地人了。搬进属于自己的房子之初，他们一家人依然保持着无私帮助邻里的热情，但他们的做法不再被人接受，还遭到了非议。她抬起头看着我说："这里的人不像以前租住房子的邻居那么好相处，他们大多看不起外来人。"接着，她不屑地说："我就以此教育我的孩子，你们以后一定要有出息，让他们再看不起我们！"她说的每一句话都极为认真，像在为简单的生活树立一个宏伟的目标，并且一定要实现它。

我笑着问她："有人怀疑你假装不识字吗？"她说有的，为此还和别人吵过架。冬天，她的小店里需要架炉子取暖，煤灰要倒到较远的专用垃圾箱里。后来她发现很多人都往离她家比较近的一个垃圾箱倒煤灰，她也图省事顺手把煤灰倒到了这个垃圾箱里。一天，不知道谁倒的煤灰余火没有灭净，垃圾箱起火了，幸好被及时扑灭，避免了一场火灾。社区、派出所都来找她，因为垃圾箱离她家最近，有人指控说煤灰都是她倒的。相关单位的人找她谈话，做她的思想工作，批评她不遵守规定，说她明知故犯，明明有“禁止倒煤灰，以防火灾”的文字标识，她却视而不见。她觉得自己很委屈，百口莫辩，但生性执拗的她怎么也不承认是自己倒了有火星的煤灰。万事需要有结果的，她不愿意背锅，与来处理此事的人员狠狠吵了一架。说至此，一丝防备在她的眼里闪过，问我某某没给你说过吗？我笑着说这是小事，他们可能早就忘记了。她说她将永远会记得。

我问她，小时候没有读书干什么去了？她说放羊了。她是家中老小，人长得漂亮，胆大活泼，整天像个男孩子一样爬上爬下，深得父亲的宠爱。父亲走到哪里，就把她带到哪里。她家在一座大山里，以养羊为生。因为家里羊多，父亲一人忙不过来，看小女儿手脚麻利，能吃苦，是个放羊的好把式，让她五岁就跟着自己上山放羊了。她清楚地记得，天还没亮，父亲叫她一声，她就从睡梦中一骨碌爬起来，跟着父亲和羊群进了大山。她像一只小羊一样跟在父亲的身旁，父亲为了照顾她走得很慢，羊群也走得很慢。遇到高山的时候，她赖着不走，让父亲背着自己爬山。说到这些时，她关掉了正在手机上看的电视剧，沉浸于自己幸福的童年时光中。她说，即便让父亲背着自己放羊，父亲依然喜欢带着她。那是一座怎么也走不出去的大山，那座大山是她祖祖辈辈的家。他们在大山里结婚生子、生老病死，很多人一辈子也没出过山。“你知道那座山的名字吗？”我问。她说：“不知道。但那是一座非常好看的山。山上有好多树木，树已经长了很多年。那些树陪着我长大，我结婚成家了，那些树都还在。羊散放在大山里，只要父亲手里的羊鞭一响，羊们就会从四面八方向他奔来；一声口令，羊就从他的身旁又奔向大山。”那么深的大山，她父亲从来不会迷路，从来不怕羊走丢。她也不会。大山的世界，只有蓝天、白云、绿树和一个又一个连绵的山头。有时候，她看这些山头就像看她和父亲的羊群。她常常看山看得入神。他们常用羊鞭的声音来交流，羊鞭扬得越高声音就越清脆。鞭声一响，她能迅速地判断出声音的方向和含意——该回家了，该吃饭了。

在山上吃饭的经历也是她最难忘的记忆。她和父亲经常从早上天不亮就出发进山，带个可以烧水的壶，带一些妈妈做的饼子、咸菜。饿了就找个避风处，烧一壶开水。她和父亲围着茶壶，边啃手里的饼子，边说羊群里每一只羊的脾性。那只黑羊有点儿“拐”（“拐”，新疆方言，“坏”之意），总是抢白羊的草；那只花头羊最好，发现好的草地总是“咩咩”大叫，呼唤同伴来共享美食……为了让羊吃到更为鲜嫩的草，她和父亲通常要翻越许多个山头，走很远的路。她说，那个时候，从早上走到晚上也不觉得累。对于她来说，父亲是她的大山，羊群是父亲的大山。她五岁就跟着羊群进进出出大山，一直到十七岁。我问：“看到别人去上学，你没想到要读书吗？”她说在大山里，读书和放羊是一样的。她的父亲没读过书，但吃苦耐劳，在村子里他们家的日子算过得不错的。她轻松愉悦地回答我的问题。我把对她所有的疑问收回来，回归到我的本身，重新审视装在内心深处的那个“自己”。我眼前正在经历的生活，好与不好，和过去和未来究竟有怎样的关系呢？我们对生活的理解和要求更多的来自别人的标准和评判，而不是自己的。想明白这个问题的时候，我想伸出手来拥抱一下眼前这个始终与世界保持距离的女人。如果把中年的生活比作一群羊的话，她一定是一位优秀的牧羊人，而我不是。

五岁时，她与同村家世相近的男孩子定了娃娃亲。那个男孩子与她一起长大。七岁的时候，男孩子叫她一起去读书，她说，比起读书，她更喜欢放羊。男孩子拗不过她，就自己去学校读书了。学校离大山很远，男孩子从家到学校来回要走四个小时，有时候回来晚了，自己打着火把回家。有时候，她也会把羊群赶到男孩子上学经过的地方，等待男孩子从山脚下走过。男孩子看到山头上的她，挥挥手，打个招呼。更多的时候，男孩子看不见她，只能看到她的那群羊在山坡上吃草撒欢。她躲在一棵大树的后面，看着男孩子从山脚下路过，直到看不见那个身影了，才回过头来，听一群羊边吃草边“咩咩”地交谈。羊们仿佛知道她的心事，她安静地坐在羊群中间和羊们分享她的快乐和忧伤。她说和一群羊相处久了，是件很有意思的事。比如一只年龄稍长的羊吃饱了，就会卧在草地上休息；年龄较小的羊会在山坡上玩耍，你追我赶。羊很少单独行动，除非不小心掉队的羊，那是牧羊人的失误。有一次，羊群里的一只小羊走丢了，她边哭边找，在一棵树下找到了那只惊慌失措的小羊。她抱起小羊，不想脚底一打滑，和小羊一起滚向山下。她被一根枯树枝挂在了半山腰，而那只小羊滚到了山脚下。小羊爬起来一路“咩咩”大叫着迅速找到了羊群，并带着她的父亲找到了她。她说，羊是这个世界上最有灵性、最善良的动物。我对面的这个女人，说起羊，脸上泛起了明亮纯净的光华。她见我津津有味地听着，很有成就感，并若有所思地对我说，那个时候的老家落后贫穷，现在已经越来越好了，但是他们再也不想回去了。我点头表示理解。已把他乡作故乡，这是我们每个人正在践行的生存哲学。

后来，她与那个男孩子结了婚。在那座连绵起伏的大山里，青春的萌动无法冲破大山的深重。每当她和那个男孩子走在一起的时候，村里人都会在他们背后指指点点。两家人一合计，干脆把两个孩子的婚事办了吧。她说，结婚那天晚上，那个男孩子特别紧张。在拜堂成亲的时候，她看到他满脸通红，双拳紧握，大汗淋漓。她说完哈哈笑了起来。我笑着问她："你不紧张吗？"她自豪地说："我不紧张。女人都是要走这一步的啊，有什么好紧张的。"她的早熟和坦荡一定和她行走的大山有关。我笑着问她："你俩没谈恋爱就直接结婚了？"她说："我们俩是娃娃亲啊，谈恋爱不就是为了结婚吗？再说，谈恋爱结婚的，过得也不一定就好。"我对她竖起了大拇指。这时她反而不好意思起来。面对这样一位清澈透明、毫无遮掩的女子，已经没有什么需要对这个世界隐藏的了。在岁月的牧场里，她一生都在放牧着人性之中最可贵的真和善，如她少年时光里那一群温顺而快乐的羊。我们终其一生在寻找和实验的生活哲学大多是在说一件事情的结果，而忽略了我们正在经历的分分秒秒的丰盈。整个一下午时光，被这位开朗的中年女人打开又缝合。

孩子两三岁之后，她跟着老公出来打工。村里的姐妹们找到她，让她带队到新疆摘棉花。她一口答应。她与姐妹们跟着摘棉花的大队伍走出了大山。她说，她干活快还出活，老板特别喜欢她。她一天摘的棉花重量，总比别人多很多。她摘的棉花干净，没有杂质。因此，她成了老板钦点的摘棉花领队人。每年摘棉花季节，都会有家乡的姐妹来找她，她带的队伍越来越庞大。老板看她踏实肯干，还有一定的组织能力，要给她人头费，她拒绝了，说只靠自己的双手挣钱。老板夸赞她做人厚道。她笑着说，这个比拿到钱还开心呢！她觉得摘棉花太辛苦，干了几年，就不再去摘棉花了，来到小城一家餐厅当服务员。第一天到餐厅应聘，她就坦诚地告诉老板她不识字。老板给她一块抹布，说餐厅的地板是实木地板，不能用湿拖把拖，必须用抹布擦，她二话没说，接过抹布，跪在地上开始擦地板。地板一次擦不干净就再擦一次，直到自己满意了才请老板来验收。老板看着光亮的地板，当场就录用了她，并告诉她，识不识字没关系，能把活干好就行。她满怀感激地来到这家窗明几净的餐厅工作，非常珍惜这个工作机会。她说，她每天第一个到餐厅，最后一个离开。一年下来，膝盖跪出了一层厚厚的老茧。老板很感动，常给她送些小礼物，比如头花、皮筋之类的。受惠于人的她更加卖命地干活。她的工资一直比其他服务员高，可惜只做了清洁员，自始至终没能进到包厢里做一名真正的服务员。说到这些经历，她眼里闪过一丝哀怨。她说："那个时候，刚从山里出来，还傻着呢，老板给一点儿好处都让自己特别感动，那么卖命地干活。"我听了笑笑说："那个时候你工作是不是很开心？"她说："是的，每天就是想着怎么把地板擦得更干净。"眼前这位目不识丁的女人，不停地帮助我揭开生活的真相。

这时候，店里又来了几位顾客，买手套、烟、水等杂货，她顺口说出每个人应该付多少钱。这一点让我再次惊叹。她看出了我的疑惑，边整理物品边说，别看她不识字，可算账特别厉害。这也和小时候放羊有关。小时候，跟着爸爸放羊，除了每天要数羊之外，爸爸会把一些小木棍用绳子穿起来，让她学加法、减法。在羊休息的时候，会捡好多石头，分成一堆一堆，让她按规定的数字分开，再合到一起，再分开。只要上山放羊，穿树枝、分石堆成了她的必修课。她觉得这个很神奇，如谜一般的游戏，越玩越喜欢。从一到一百的数字她不会写，但是算数字从来难不倒她，也因此练就了会算账的本领。说到这里，她又自豪地说：“这算是天生的吗？你看，根本不用计算器，我也不会算错。”我说：“你就这么相信自己啊。”她说：“那当然，一般我都不会算错的。要是真的算错了，找错钱了，人家也会给我退回来的。”她的世界就这么简单，要么相信自己，要么相信别人。而我们更多的时候是怀疑自己，也怀疑别人。

可能因为我饶有兴趣的倾听，也可能从我的眼睛里读到了对她生活的羡慕，她本认为富足的人生此刻更为富足了。我们成了一对相见恨晚的好朋友。

在中年女人的话题里，除了对青春的凭吊，就是对孩子未来的向往。接下来的话题自然说到了孩子。我问她有几个孩子，她说三个。大的今年二十五岁了，是个女孩，在乌鲁木齐开化妆店；老二是儿子，在一家餐馆当后厨；小儿子在县二中读高中。她边说着，边翻手机里的相册，找孩子的照片给我看。照片里的女孩子大眼睛、白皮肤，长发齐腰，青春、靓丽、美好；男孩子一身牛仔，时尚又充满活力。我问：“他们都上大学了吗？”她说：“没有。老大在老家读完三年级，来到这里学习跟不上，只好从一年级再读。读到初二的时候就不读了，因为她比同班同学大得太多了。”她的女儿先是在美容店学习美容，后来自己学了化妆。在家里资助下，在乌鲁木齐开了个化妆店，小店生意越做越好，现在在喀什东路已经开了两家店。二儿子也只读完初中，现在在一家餐馆做后厨，切菜、配菜。二儿子每个月赚三千五百元工资，会交给她三千二，自己留下三百块钱开支。她说这些的时候，眉目间对孩子们的体谅和懂事感到心满意足。我附和着说：“真不错。”我接着说：“你的儿子还小，应该去学一门手艺，不过在食堂当后厨也能跟着主厨学到手艺。”她说不行，凭着她在酒店打工的经验，在餐馆后堂做饭、配菜的男人，以后生不出儿子来，这是她那段时间研究分析的结果。她正在劝说儿子去专业技术学校学一门实用的手艺，目前还没和儿子达成一致。

夕阳西斜，小店在一天烈阳的炙烤下闷热难耐，我提议到门口聊天。她说我给你开空调。我说不用，不爱吹空调，还费电。这时候又来了一位顾客，一身衣服被泥土与汗水混合着看不出颜色，裤管卷得很高，一看就是刚从葡萄地里干活回来的，说要一瓶冰镇啤酒，想在店里喝。她二话没说，把空调打开，麻利地从冰柜里拿出一瓶冰镇啤酒并打开瓶盖，放在小店的桌子上，从外面搬进来一个凳子。这位稍显木讷的客人就坐在桌前自斟自饮起来，从头到尾没听他说第二句话。忙完这些，她对我微微一笑说：“走，到外面说话。”这时候，饭馆、粮油店一天的生意接近尾声了，店主都坐在自家店铺门前乘凉聊天。不少人和她打招呼，有人还和她开玩笑，说：“你家可乐怎么一天一个价啊。”她马上一脸不屑地回答：“那你肯定记错了，不是我的店。”可以看出来，随口开玩笑的男人是在与她逗趣。

暮色临近，喧闹的世界逐渐安静下来。她带着一丝窃喜的语气悄声对我说：“这家牛肉面馆的老板娘是我的好朋友，只要有表格要填，我都找她来帮忙。每次她都要多填好几份表格，所以老板娘说有一个不识字的朋友和邻居好麻烦啊！”说完，她又发出一阵爽朗的笑声。我说：“好朋友才会这么直接！”她说：“对！她虽然这么说我，但每次都会很认真地帮我。只要她家有事，我关上店门也要来帮她的。”这是一种怎样丰盈而温暖的人生体验啊。站在我对面的这个女人，仅用两个小时就对我的心灵进行了一次温暖的疗愈。不远处的葡萄地里葡萄正在抽穗，桑葚为这个世界贡献着最后的甜蜜，烤馕的香味一阵一阵飘过来，我突然有点儿舍不得离开她、离开这里了。从不随便加别人微信的我拿出手机，请求加她的微信。她同意了。她告诉我她姓杨，所以她小时候喜欢放羊。说完她哈哈大笑，与我挥手道别。

天色慢慢暗下来，小镇的路灯亮了。那些从地里干活回来的人们在灯光下的身影或明或暗，我与他们行走的方式和奔赴的终点大多是一致的，就像我和她，我们行走在一天的时光里，她有她的山头，我有我的沟谷，我们都有一群属于自己的羊。我们努力成为放牧者，而我们同时被放牧。

夜深人静的时候，我打开了她的微信。微信头像是一张美颜过的大头照，青春靓丽。她的微信名字叫“喜气杨样”，微信说明是：“你三心二意没结果，我一心一意又怎样？”朋友圈里一条信息也没有，一片空白。

第四辑

迁徙与守望

迁徙与守望

一

我常用怀疑的眼光看待新的事物，尽管我不想承认，质疑本身就是对自己的不信任及对陌生的恐惧。初到湖北襄阳是繁花似锦的春天，荆楚大地富饶的气脉让整个世界都充满了元气。各色花草铺天盖地涌入眼帘：未落尽的蜡梅，盛放的迎春花、连翘、油菜花，粉的、白的玉兰花，妖娆多姿的樱花，贴近地面小而精致的紫花地丁、阿拉伯婆婆纳，浅紫色的杜鹃，蓝色的矢车菊……在春天一场盛大的花事面前，这一切属于我吗？归属感的不确定，让我对自己的身份产生了质疑。此刻，一枝苍老的葡萄藤在烂漫的花丛里闪现，它同辽远的荒原在别处的春天里醒来。

在我的理解中，故乡是属于文学的，属于被迁徙者的。齐聚山野的春花，每一朵花都有自己的故乡，每一棵树都有来处，每一缕风都有归处。只有人无可预设地来和去，一生都在被选择。每一朵花尽最大的努力为供养它的城市盛放，每一棵树全力为大地庇荫，它们没有像我无端生出一些焦虑。我不能如一株花草活得豁达，不能像一棵树活得坦诚。世界万物都是迁徙者。花草随着风和天空飞行的鸟类迁徙，是无意识、无目的的，而人类的迁徙常带着不为人知的欲念，从一处行至另一处，从历史的一端走到另一端，无声无息的行走中孕育着无限的风暴。父辈们的迁徙是响应时代号召，到遥远的新疆奉献青春理想；我曾经短暂的背井离乡是带着对陌生生活的尝试。"人是一棵会思想的芦苇"，法国哲学家帕斯卡尔早就对人性的重和轻下了定义。我们可以像芦苇一样地生存，而要活成芦苇的模样，得需要一场漫长的抗争。我在陌生的环境里像一只受困的小兽，在自我设定的牢笼里奋力地挣扎着。离开与归去，归去与离开；迁徙与守望，守望与迁徙。这两两相对的词语里，藏着两个自己，她们进行着激烈的对决：一个要留在故乡，一个被带到异乡。

"无名，天地之始。有名，万物之母"，这是我给予所挂念的那片荒原的开篇语。这片荒原，见证了父母用年轻的生命去开辟荒芜的生活，进而滋养我空无的灵魂。

二十世纪七十年代初，紧随奶奶、大伯之后也来到新疆生活的父母，见到一望无际的荒漠，是走还是留，拿不定主意。在这漫无边际的荒野戈壁上建立起一个属于自己的家园，需要信念的支撑。一贫如洗的家和一贫如洗的土地，理想虚空，现实虚空，而生活却是真实的存在。年轻的父母为了寻找一个更适合或者更好的居住点安家生活，把生产队分给大伯的几百株葡萄苗，连夜用毛驴车送往连木沁的远房亲戚家。据说，那个远房亲戚是一个小队的队长。

从鲁克沁到连木沁要穿越一个大峡谷。一辆很小的驴车，满载着刚刚发芽的葡萄苗。母亲在一捆一捆垒得很高的葡萄苗中间扒了个窝，铺上棉被，让我坐在窝里。父母担任着车夫的角色。在浩瀚的星海之下，在安静的峡谷中，我们一家人在崎岖不平的山路上缓缓行进。

天越来越黑，那些白日里不被人们注意的景物，在黑夜里瞬间活跃起来。黑黢黢的山体像一堵墙站在峡谷的两边，在微弱的星光下，几道黑影在天空一闪而过。母亲说："可能是蝙蝠。蝙蝠是个吉祥物呢，说不定会有好结果。"父亲不吭声。那头不太健壮的小毛驴向着黑夜更深处行进。我在葡萄窝里，睡了醒，醒了睡，像睡在童话世界的南瓜车里。我知道，这是一辆很现实的南瓜车，它不会在午夜之后消失。我睡得很安稳。"我来赶车，你休息。""不用，还是你先睡一会儿，我来赶车……"这一路温暖的对话，让黑夜不再无限地蔓延。那一夜，我梦见一片绿色的森林，在森林的深处，繁花似锦的草地上长出一间简陋的屋子，那大概是人在居无定所的时候所向往的家。

向北而行，有二十五公里路。父母要用这一车的葡萄苗换取我们想要的生活。在水草肥美的山下，一大片浓密的葡萄园在微弱的星光下显得神秘而新奇，那里似乎有我们想要的一切，却又是一个模糊、不清晰、未知的未来。在无尽的黑夜里，我与幼小的葡萄苗紧紧地相拥着。

天快亮的时候，到达了目的地。那个被我称之为舅舅的亲戚接待了我们。舅舅冷着脸说："我再想想办法，帮助你们解决落户的问题。"

父亲说："不是说好了吗，让我们过来就可以了。"队长舅舅说："情况有变……"没有更多的言语交流。这时候，一个中年妇女过来亲切地拉住我的手，热情地抚摸着我的头说："几天不见，长这么高了。来来，舅母给你蒸鸡蛋吃。”这个自称舅母的人，我是第一次见——或者更早见过，只是没有留下什么记忆。舅舅的冷淡和舅母的热情让我惶惶地躲到了母亲的身后。那一顿饭吃得很沉闷。吃饭间，我偷瞄给予我热情的舅母，她一只眼睛里藏着褐黄色毫无光泽的眼珠。抬眼看她，觉得世界是斜着的，必须转一转头，我与她目光的对视才能达到平衡。偶尔再与她的目光相对，我能感受到她平静如水的温柔。她只顾给我夹菜，并不停地嘱咐着我的父母也要多吃点儿，走了这么远的路，仿佛置身于这场沉闷的就餐氛围之外。而队长舅舅边吃着饭，边讲着他的种种不易。我又偷瞄了舅母一眼，身体向母亲身旁又靠近一些。舅母的手一直拉着我的手，直到我们起身告辞。我感受到她的手和我母亲的不一样。我母亲的手有力度、有纹路，我能摸出母亲手指的哪个骨节上有老茧，手心里哪一块被葡萄枝子划过，而我叫舅母的这个女人的手是柔软的，像我无意摸到的一块旧棉布，柔软但很陌生。后来听母亲说，舅母终生不能生育，一只眼睛生了一种怪病，没能及时医治，最后就成这样了。一个以土地为依靠、身体有残缺的女人，不能生养，她要经历多少心灵的磨难才能平和地度过一生。那个时候，我不懂得这些，只是从心底里生出一丝的怜惜。

一顿简单的便饭之后，那装得结结实实的一车葡萄苗被当队长的舅舅卸下去了一半。

日过晌午，我们该回家了。

父母赶着那头疲惫不堪的小毛驴，默默地沿着原路往回走。这一路，谁也没有说话。

回家的路依然要经过那个大峡谷。峡谷两旁是火焰山的余脉，那些被风化的石头按年轮的远近呈现着不同的颜色，或青，或褐，或暗红，一些断面整齐地横在山脊的某一个部位。火焰山脚下是一渠淙淙而过的水。这水从天山上流下来，清澈，冰凉。一家三口，一架驴车，半车葡萄苗，日近西斜的时候停在了火焰山脚下的水渠边。金黄的夕阳，照射五彩斑斓又毫无生机的山体，“哗哗”流动的水托着三个无家却要归家的人和一架驴车，被夕阳拉长的人影不时地晃动着。父母顺手撩起一捧水，洗了把脸，说：“继续赶路吧，趁天黑前能回到家。”

我很奇怪，父母对于这样的一个失信的亲戚，为何给予了无限的宽容，不曾有一丝的指责。而那个我称为舅舅的人，没有帮忙办成事情，却毫不谦让地接受了父亲送给他的半车葡萄苗。队长舅舅满脸似笑非笑，同时又表现出来几分同情，那副表情，我至今记忆犹新。

回到奶奶和大伯住的那个破旧的窑洞里，父母没有唉声叹气。或许他们明白生活的出路不止一条，也可能想起了奶奶的那句话：“哪里的黄土不埋人？”随即决定就在鲁克沁安家。安家，就得先盖房子。那个时候，盖房子很简单。先就着奶奶家的地基选择了一块空地，大概画出一个长方形，一面依着古城墙，可以少用一些土块。盖房子的第一步是和泥打土块。用铁锹随便一挖就是一堆黄土，把黄土堆起来，在土堆中间掏个窝（我想起那个葡萄苗窝窝里有着棉被的温暖），再把水倒进去，窝一点点变大，等到水把所有的泥都浸湿了，人进去用脚把泥踩匀，再把湿泥堆成堆。放上半天，等到所有的泥和水完全混合，就可以开工打土块了。先双手并齐从泥堆顶往下挖，根据土块模子的大小确定挖多少泥，挖下来的泥再滚成泥团。父亲抱着泥团像抱着自己的孩子一样，把团好的泥放进土块模子里，用手抹平，一块土块就成型了。土块要晒上一周，等干透才可以垒墙。父母身轻如燕，往返于黄泥和小小的土块模子之间。不一会儿，土块躺满了那块空地。我蹲在有阴凉的墙角下，看着父母忙碌的身影。几只麻雀在我的跟前绕来绕去，叽叽喳喳地叫着，仿佛想和我搭搭话。一天的生活就这样过去了，如今描述起来仍旧是一幅静美温馨的画面。

第二天一早，父母扛起铁锹和坎土曼，拉上那剩下的半车葡萄苗跟着大伯到地里去。这些葡萄苗一半用于育苗，来年可以卖苗木；一半栽到地里，慢慢把它变成生活的依靠。父母栽插葡萄苗的时候，我也跟着去玩。那空无的荒原之地，在视线范围之内，越来越低的天空最后和大地重合。能把天和地分开的，只有和父母一样的迁徙者，慢慢向此汇聚。赵、钱、孙、李……这片荒原很快都有了自己的姓名。那个时候，对荒原的认知是空白的，除了对那旷远无边“空”的惧怕，还有对亘古沉寂的焦虑。我觉得大地像一个沉睡的怪兽，任何一点儿声响都会危及我的安全；它又像一个无影的跟随者，随时能知道我心里的想法。在这毫无遮挡的世界里会突然冒出什么样的怪物？即便在大白天，我也会有一种“怕”的幻觉存在。多年以后，我在一个春日的午后，读到了美国“草叶诗人”惠特曼的诗歌《大地，我的肖像》：

> 大地，我的肖像，
> 虽然你看上去那么冷漠、宽广、安守本分，
> 我还是怀疑你藏着什么凶猛的东西，
> 时机一到就会爆发，
> 因为有个壮汉正热恋着我，我也恋着他，
> 我心里有种凶猛可怕的东西时机一到就会冲他爆发，

我不敢讲出来，在诗里也不行。

读着带有时间芬芳的诗句，我周围的时间在回流。幼年时面对那片荒原的焦虑，中年时再想起，依然焦虑。“我心里有种凶猛可怕的东西时机一到就会冲他爆发”，我们每个人的欲望随时随地都会爆发，这是惠特曼的大地，也是我的，是更多人的。在大地上存在的事物，一脉相通。“哪里有土，哪里有水，哪里就长着草”，诗人赞美大地，赞美人生，赞美一切的善，而我赞美一切的荒凉。那片荒原自带着原始的浪漫，在时间的更迭中，荒芜继续荒芜，成片的绿洲又不停地带着我走向更久远的荒芜。

为了再栽种些葡萄苗，父亲在大伯家地的旁边开辟了一块荒地。父亲甩开结实的臂膀，高高举起坎土曼用力地刨进土里，泛着盐碱的泥土被翻出地面。父亲越刨越有劲儿，最终把一块地开挖成三条大沟，在沟底挖出近半米深的坑，再掺上些沙中和泥土里碱的成分以适合葡萄苗的生长。我和母亲负责把个头大的葡萄苗拣出来。母亲把葡萄苗插到坑里，我看着那一株株细弱的葡萄苗带着几根细小的根须插进父亲开挖出来的沟渠中。父亲用土把坑填满，把虚土踩实，再浇上水，一株葡萄苗就栽种完成了。我们栽种着葡萄苗，同时也栽种着我们一家人的生活。

父母把一株葡萄苗栽进了地里。把一把葡萄苗栽进了地里。把更多的葡萄苗栽进了地里。葡萄苗的根须与大地完美结合，不久就会枝蔓交缠，连接成一大片的绿。

葡萄苗的生长春夏秋冬难以划界。三月插苗、四月施肥、五月拉秧、六月打杈……葡萄苗要经过三年时间，才能成长为一棵成熟的成年葡萄树。葡萄树成年的标志是开花挂果。成年的葡萄树又过着另外一种“人生”。惊蛰过后，大地解冻，葡萄藤开墩。在土里保养一冬的葡萄藤，在主人的铁锹和坎土曼的合作下一点儿一点儿剔除埋在它们身上的泥土。蜷缩一冬的葡萄藤被拉到葡萄架上，随性地伸展着腰身，整个大地长长地舒了一口气。在吐鲁番猝不及防的春风里，粗粝的葡萄藤像一个刚刚出生的婴儿，一天一个样。四月长满叶子，五月开花挂果，六月上糖，七月果熟采摘，八月收尾，九月剪枝，十月晒枝，十一月埋墩。在这样一年一年的反复里，一串串晶莹剔透的葡萄来了又走了，它们每年按时告别属于它的多彩世界。休眠，再出发，重复它不变的人生，乐此不疲。

在吐峪沟苏贝希村战国时期和洋海春秋时期的墓地中，发掘出土了葡萄籽和葡萄枝。至此才明白，葡萄才是生长在吐鲁番大地上的最早的迁徙者。天马、葡萄、苜蓿、丝绸跟随着驼队互相交换身份，开辟了一条文明互通之路。葡萄不仅仅是一种植物的意义了，它成了一位文化的使者，从西向东一步一步推进人类经济文化相互交流的进程，而吐鲁番大地成为它最终的归宿。

葡萄在吐鲁番大地上以一个记录者和见证者的身份生根、发芽、长蔓、开花、结果，记录着依附葡萄而生的悲欢离合。

在吐鲁番种植葡萄必须经历高温的炙烤，经受干涸的考验，才能成为一名合格的葡萄主人。汗珠摔在自己的影子里，葡萄藏匿于叶子下面，明暗结合，在光与影的交叠中慢慢拉上与生活相连的帷幕。植入到荒原内核的葡萄，它有时安静到虚无，有时涌动如潮水。

穿行于吐鲁番大地的任何一条马路、小巷，抑或一座庭院，或遥望远山，或近观流水，都会有不同又相同的风景进入你的眼帘，会让你产生“我这是在看什么呢”的质疑。看山，先看到浓绿的葡萄园温柔地依偎在山脚下，让荒芜的山多了几分秀气；找路，路就藏在浓密的葡萄叶子下面；回家，庭院里的葡萄触手可及；访友，无论哪个季节都会有一盘绿或紫的葡萄，与私密的话题一同被甜蜜的时光消解。最能打动心灵的观望是到库木塔格沙漠，爬上沙丘，最好是一个人，安静地远眺。无论怎样调整视线和角度，都可以明晰地看到那些绿荫如波的葡萄地紧紧缠绕在褐黄色沙漠的四周，在褐黄与墨绿两种色彩的调和中，隐喻着生活的某种虚与实。

“承载时间的葡萄藤 / 你撩起漂亮的裙衣 / 在胡旋舞最后的一个慢拍里 / 微微倾身 / 这个世界一下就过了 / 千百年。”这是葡萄给予我的生活的诗意。继续在吐鲁番大地上生活的人们，每个人心中都会不自觉地选择一棵属于自己的葡萄树并以它为图腾，把自己的身份与之置换，无论走到哪里，以它为天，并暗下决心，我一定会回来的，我就在这里生活，哪里也不去。我也一样。当我从繁花满地的襄阳再次回到这里时，有少年归家的欣喜，也有人到中年回归故土的感动。

荒原依旧是大地亘古不变的底色，空寂依旧是它永恒的主题，而我已经能准确读出它的忧伤和欢乐。藏匿于大地深处暗流涌动的生机，正以葡萄的名义在慢慢地迁移着生命的另一处繁华。

二

村庄建成之初，有四十多户人家，他们从江苏、安徽、河南、甘肃、湖北、四川……聚集而来。他们在陌生的土地上建造自己的房子，说自己的方言，谈论自己的家乡和过往。村庄坐落在葡萄园中间，无论你从哪个方向出门，首先到达的都是葡萄园。

四十多户人家，分成了三条巷子六排房子，一户和一户相对，一家一个小院子。小院子的院墙是后来才垒起来的。开始的时候，房子像个火柴盒，一个一个有序、规整地排列在大地之上。在这个有序的火柴盒里，人们生养孩子，孕育生活。生活在火柴盒里的人有着各自不同的命运。

那已经成为绿洲的葡萄园被广阔的荒原包围着，就像人生中的某一段岁月为我们留下深刻的意义，而更多的岁月却被荒废的时光所包围。我们沉浸在那一小段的时光里，反复地品味着人生之意义，更多的无意义并未被觉察。在这里，大人们忙着管理田地里的葡萄，每天从早忙到晚，而我们则是被父母疏于管理流落于荒野自由生长的甘草或者马兜铃。

从学校到家要走两公里路。这两公里路是我们放学之后的慢时光。四五个小伙伴一路你追我赶，打打闹闹。没有什么具体的原因，就是你跑我跟着追，你再追我。有小伙伴使坏，伸脚一绊，就来了一个“狗啃泥”。爬起来，连身上的土也不拍继续制造别人的“狗啃泥”。太阳快落山的时候，我们就能到达村口了。通常会有一个名叫军的男孩在那里等待着。军和我们差不多大，是个哑巴，黝黑的脸上长满了雀斑，浓密的眉毛，微卷的头发，深陷的眼窝里藏着一双大眼睛。他每天都怀着期待迎接从学校归来的我们。大多时候，他会混入男生堆里。有时他会给他们分羊髀石，拿到军的“礼物”的男生们立即投入一场“战斗”，村口那块平地就是他们的主战场。他们一人拿着一个羊髀石，凭经验把羊髀石投到地上，谁的能立在地上，谁就可以打别人的。四五个男孩追着小小的羊髀石，一会儿平心静气，一会儿唉声叹气，一会儿又欢呼雀跃。不知不觉中，天就黑了。一个不服一个，约着明天再战。他们拿着各自的战利品一哄而散，撇下军一个人怅然若失地往家走。一天，我有些于心不忍，追上他，拉拉他的衣服，与他四目相对。他朝我竖起大拇指，意思是说："你真好！"我给他一个微笑，指指自己的家，告诉他："我也要回家了。"

大多时间，这个安静的男孩都是与我们相安无事地玩耍着。但孩童的顽劣是出人意料的，并容易演变成群体性的"攻击"，这对被针对者而言，伤害是极大的。

那是一个周五的下午，因为学校没有课，我们早早就放学回家了。军手里推了个铁环在村口等待，一见到我们就示意想和男生们一起玩滚铁环。不知是谁说了一句："今天我们先读书吧！"语调里带着不很友好的挑衅。我们几个孩子立即响应"号召"，齐刷刷地拿出了课本。军一脸失望地摇摇头。我们大声地念着"我爱北京天安门……"，开始只是闹着玩，但嬉笑间恶作剧的"邪念"瞬间萌生。我们手里拿着花花绿绿的课本在军的头顶晃，他不停地躲闪。我们的喊声越来越大，他的脸色开始变得暗沉下来。他试图从混乱的笑闹中逃跑，却又想看清花花绿绿书页里方块字的模样，所以他极力忍耐着，怯怯的眼神朝着高过他头顶的书页窥探。"你越想看，我就越不给你看。"这是每个胜利者的心理。我们故意忽远忽近、忽高忽低地摇晃着手里的书，不惜"牺牲"书随时被扯烂的代价来戏弄他。突然，军安静下来。他迅速地低头瞅着那双露了脚趾头的黑布鞋，一滴眼泪滴在了鞋上。整个过程被我看在眼里。我拉住那个挑头的，告诉他把军惹哭了。我们停止了嬉闹。挑头的想逃避责任一溜烟跑回家了，我们赶紧把手中的书往军的手里塞。他急忙擦干眼泪。我们一起凑上去给他读"我爱北京天安门……"，军那黑黑的脸憋得通红。他不看字，只看我们的嘴巴。后来才知道，十个哑巴九个聋，这个世界对于他来说是永恒的寂静，他只能用那双眼睛感知声音。自从看到军那滴清澈的眼泪，我偶尔会想象他幽闭无声的世界到底是什么样子，有时候甚至想去和他互换一下世界。如果我不会说话，听不到声音，我会有快乐和悲伤吗？肯定会有的，军那滴清澈的眼泪不就是他内心情感的表达吗？

我们放学后的快乐慢时光继续着。女孩子打沙包，男孩子打羊髀石、滚铁环……简单的游戏乐此不疲地进行着。军很少再与我们一起做游戏了，我们也很少想起他。有一天，我们放学回家，一群羊浩浩荡荡地迎面走来，在羊群踏起的尘土中影影绰绰看到一个少年的身影。等尘烟散去，我们看见了走在羊群后面的军，他一脸兴奋“啊啊啊”地和我们打着招呼。与以往不同的是，这次他手里拿了一条精致的鞭子。他拿着鞭子向我们比画着，并后退几步，与我们保持一定距离，抬起细细的胳膊扬起手里的羊鞭在空中划出一条美丽的弧线，“啪！”，清脆的声响飘散在空中。羊们听到鞭子的响声，加快了行进的脚步。男孩们看了军的表演，即刻手痒起来，不管三七二十一冲进羊群去抢他的鞭子。军并不躲闪，很自豪地把鞭子送给他们玩。整个下午，“啪啪啪”的鞭子的响声、我们的尖叫声、羊“咩咩”的抗议声在空旷的荒原上久久回荡。我们争着给军书看，给他糖吃，我们忘记了他不会说话、不会认字。军长满雀斑的脸瞬时开成了一朵花。少年时代就这样在被泥土裹挟的笑语中结束了。

一群羊经过葡萄地，浮土扬起，细微的尘埃掺杂在冬日柔软又坚硬的阳光里。领头的羊甩着肥臀走在最前面。头羊抬头左右看看又低下头，继续追逐着地上随着野风而奔跑的枯叶败草，“咩咩咩”的叫声扬起又落下。军开始点数他的羊，一张布满雀斑和皱纹的沉郁的脸毫无表情。从一数到二十，从二十数到一，“嗷嗷”地叫了几声，满意地点点头。他专注地看着他的羊群，他那几声“嗷嗷”的叫声，是指令羊可以在此处休息了。他听不见羊反刍的声音，只能看见羊的嘴在一张一合，像是人在说话的样子。他以为是在和他说话，就扯着粗重的嗓子“嗷嗷”地回应。羊们也习惯了主人这单调的声音。一只肚子微微下垂的母羊安详地回味着刚才的一顿饱餐，以温柔的目光温情地看着那张棱角分明的脸。军抬头看见了我，目光相对之处是陌生、迟疑和犹豫，但随之是一份惊喜。他“啊啊啊”地指指远方，再指指脚下，意思是说：“你回来了啊！”我点点头，对着他的羊群竖起了大拇指。又指指我的家，意思有两个：一个是我要回家了，一个是有空到家里玩。军都能看懂。

此后，只要我从外地回家，军都会到我家来看看我，什么也不说，就是笑笑，站一站，即刻就走，而我更多时候会忽略他来过这个细节。

在旷远的空间里，时间记录着我们生活的内容。在军的世界里，他虽听不见，说不出，但与爱他的养父母过着简单幸福的日子，这就是他生活的全部。军是一个弃婴，被亲生父母遗弃在一个坎儿井边。来到这个世界大概只有一个月的他，用一条崭新的小花被子严实地裹着，放在一个绚丽多彩的摇篮里，带着生命与爱的余温奄奄一息地躺在坎儿井旁。一对刚从安徽迁居到鲁克沁的年轻夫妇在上工路上看到了他，捡了回来。在那个生活捉襟见肘的年代，面对一个嗷嗷待哺的生命，所聚集的无奈要比欣喜多得多。在这广袤的荒野，生命与生命的邂逅谁也无法拒绝。那对年轻夫妇到处打听哪里有正在哺乳的母亲，希望能救孩子一命，后来找到了我的母亲。从此，我就和被捡来的军一起吃着母亲的奶，我吃左面的，他吃右面的，分得很清。

我们逐渐长大，母亲的奶水不够了，军被抱走。后来军生了病，他父母没遵医嘱而听信民间疗法，据说因一种药物过度使用导致了军的失聪。那时他刚刚学会叫“妈妈”。从此他活在了无声的世界，“哑巴”代替了名字。但他依然在养父母的爱和温暖中长大成人。

长成壮汉子的军只哭过两次。一次是他妈妈去世的时候，他披麻戴孝，跪在棺头整整三天无声地流泪。村里的老人怕这孩子傻了，劝他安慰他，可他听不见，就用手势告诉他，他妈妈在睡觉。他沙哑地扯出悲凄的两个字：“啊——啊——”在场的人无不潸然泪下。还有一次，是一年的春节期间，军大年初三出去放羊，因天气太冷了，就跑回家穿衣服，只半个小时，一群羊全部失踪。他找遍村庄的角角落落，没发现羊的任何踪迹，这个三十岁的壮实汉子无助的哭喊声，在空旷的原野里久久回荡。对很多人来说，羊丢了还可以再养，但是对军来说，这群羊已是他生命的一部分了。他日日夜夜给羊们喂草饮水洗澡，修剪羊毛，看着母羊的肚子一天一天大起来，而后一个个湿漉漉的小羊在老羊的舔舐下又长成老羊。在那个无声的世界里，他自然地经历着生命的花开花落。羊群走丢的那晚，军一宿没睡觉，顺着羊的脚印一直找到十公里外的达浪坎乡，结果只找回了几只羊。

军这辈子只发过一次狠。年迈的父亲托人在口里给他找了个媳妇，媳妇带着两个孩子。小媳妇刚来的时候还算乖，和军成双成对地出入，春风满面的军见到村里的人就递喜烟、发喜糖。那应该是军最幸福和知足的日子。之后吹吹打打办了喜事。办完喜事的第三天，小媳妇席卷军所有的家当消失了。村里的年轻人准备分头到各个车站去找，却被军拦住了。他艰难地狠狠地用手比画着，拍拍胸口，指指天，指指地，没有掉下一滴眼泪。

我们在各自的人生旅途上走走停停，兜兜转转，生活越来越波澜不惊。偶尔还能听到军的消息，基本都是在夸他——他主动帮谁家浇葡萄地的水了，谁家卖葡萄干的时候他主动地去帮扛袋子了。最近再听到他的消息时，军已经成为当地的模范典型在宣传报道，并且拍了微视频。

通往村庄的那条路，是我和军走过的同样的路。从少年到青年，从青年到中年再到老年，每个人的人生都是这样一条孤独的路，只是军比我们更早地经过。在军的那条寂静无声的人生之路上，一定有我们未曾看到的精彩。离开村庄时我们说的“要创世界”的豪言，与军空寂无声的人生又有多少区别呢？我们出自同一个村庄，呼吸过同样的空气，享受过同样的阳光，拥有过同一片土地。

“我走上你这大路，环顾四周，/ 我相信这不是你的全部，/ 我相信许多未曾看到的也存在于此。”再读到惠特曼这些诗句时，我仿佛听到军“啊啊啊”的声音。

三

这个村子有一百多口人，人们互不关联又时刻相连。比如天空飞过的鸟扑闪而过的黑影，有些人一眼就能认出它是喜鹊、乌鸦，还是其他不知名的鸟。地上生长的葡萄枝蔓相连，统一开墩、浇水、打杈，一起享受阳光和雨露，它们是一体的，又是独立的，一块地与一块地之间以一个土埂子或者一个树桩子为界。你在你的地里收割生活，我在我的地里实现理想，我们互不相干，却又时常暗地里较劲儿：我的葡萄挂的果比你家要多一些；你看，谁谁家该给葡萄打杈时却好吃懒做，错过了节令，葡萄杈长疯了，影响今年的收成……说着说着，春天就过去了。夏天到了，一串串青绿的小葡萄像一个个小姑娘，挂在葡萄藤的枝杈间，汲取阳光和大地的养分，在主人的精心呵护下从少年走向成年。村里的人们除了一天三顿饭，其余时间大多是在葡萄地里度过。有的叼根烟，静静地坐在田埂上与一块葡萄地对望，神情专一而投入。我想到很多诗句来表述，“相看两不厌”，“竟无语凝噎”，“他们彼此深信 / 是瞬间迸发的热情让他们相遇 / 这样的确定是美丽的”。我能想到的就这些了。当然还会有更多，更多的诗句对于面朝黄土背朝天的人们来说，都是空白。他们的生活不需要诗句，他们只有甩着一把一把的汗水，丢掉一截一截的岁月。

孩童们更钟情于乡村荒野的夜晚。月光之下的那些微小的动静，在浩瀚无边的戈壁滩上激发着他们的好奇心。那连成片的葡萄地，到了夜晚是另外一个城。在影影绰绰的月光之下，风吹葡萄叶“沙沙”地响着，声音像翻书。经常会出现一些野生的动物，野兔子，乌鸦，猫头鹰。乌鸦和猫头鹰是最不受欢迎的。乌鸦一般在白天出没。有时夜幕降临，一身黑的乌鸦会绕着村庄的上空“呱——呱——”地叫，这时候，忙着做饭的人们便从锅底抽出一根正在燃烧的葡萄棍，冲着乌鸦飞过的方向绕两圈，意思是让火来消除乌鸦可能会给这个村庄带来的晦气。

在我对世界最初的认知里，乌鸦及乌鸦的叫声是对这个平和世界的一种宣战。

“丫头，快起来，你爸妈和Y家打起来了！”邻居李叔把正在午睡的我叫了起来。我一听就愣了，心想平时父母与人为善，怎么会和别人大动干戈呢？李叔说：“傻孩子，快点儿去帮忙，他家人多着呢，又都是男孩子！”这是个小村庄，凸现在一片没有边际的戈壁荒滩上，五湖四海的人因为生活汇聚于此，他们先是以房屋的形式落脚，然后以田埂为界限，一家一家把生活和理想划开再连接。他们通常把自己最小的利益用最大的力量来维护，让人觉得生分又亲切。这几十户的人家把根紧紧地扎在了一起，形成了一个有炊烟、有争端、有哭泣的场，这样，戈壁荒滩的劲风才不会把他们单独地吹走。

我赶到了事发现场。那条狭窄的田埂和一渠正在流动的水没有理会地面上正在发生的事情。那声嘶力竭的争吵和谩骂声从平日温和的嘴里蹦出来，仿佛是一个黑暗世界的出口，人性最深的黑暗被利益所激发，瞬间溃堤。我开始深深责怪这片贫瘠的土地，它干旱、匮乏，但又不失真实。我怕，真的怕极了！我怕Y家人那强悍的身躯和被激怒的表情；我怕和我一样大的男孩子会挥舞着木棍或拳头，仗着他们强大的气势一起向我的父母和我袭来。但是我无法躲避，只能站在这个圈子的外面，等待富于正义感的人把那些强势于我父母的强者拉开。然而那是一个气息密集的场，空气中每一个分子之间的距离在不断地缩小，在各自的怨气没有完全疏解之前，公平和正义是很难插进去的。我只能大声地哭喊。我看见妈妈褪了色的衬衣被撕破，裸露的皮肤渗出点点血迹，那些不规则的伤痕似在向我示威说：“你看人家家男孩子多。”我突然觉得愤怒和屈辱。对面的Y家人依然剑拔弩张地等待着下一轮的“战斗”，那胜利和挑衅的眼神如刀刻般刺激着一个弱者奋不顾身的本能。我突然迸发出一股强大的力量，趁别人不注意，蹿到Y家那个肥胖女人的面前，狠狠地咬住了她的胳膊，直到听到她的惨叫声才松开口，然后迅速躲到母亲的背后。

结果，我得到的是父母的严厉训斥："大人的事情小孩家不许掺和！"我委屈地大哭了一场。我开始怀疑，我家的这个事件是不是与乌鸦的叫声有关。我仔细回想几天之前的时光，也可能有一只乌鸦飞过，也可能没有。

这样的"战争"在村庄建立之初几乎是家常便饭，因一条地埂而争执，因一个拦水坝而互不相让……天黑了又亮了，寒来暑往，村庄在一天天变小，我们的世界一天天变大。接着，我们一个接着一个从那块贫瘠的土地上相继走出，沿着不同的方向，到达不同的城市。当年那条引起争端的田埂越来越窄了。那块地先是被种上了小麦，又种过高粱和棉花，还栽过梨树，最后又换成了葡萄。葡萄地中间的田埂更加窄小，几乎被踏平了。匍匐在葡萄架上的葡萄藤蔓越来越浓密，从葡萄地经过时，你只有弯下身子仔细辨认，才能认出哪块地是自己家的。

曾经与父母兵戎相见的Y家早已和我家把手言欢，不知道是谁先找谁认的错。他们相约一起去给葡萄修枝打杈，各自讲着儿女的事情，互相安慰，互相鼓励。他们各自数着白发，从葡萄藤开墩到盘枝填土，再到围着火炉看电视。

再次见面，他们已经认不出我了。Y家女主人问我母亲这是你家的老几啊，母亲回答说老大。在她们的互相问答中，我羞愧地低下了头。

我家隔壁是一户姓夏的人家。他家搬进这个村庄的时候就属于富裕户。男主人个头不高，是个精明能干的小包工头；女主人白白胖胖，是精打细算过日子的能手。因家底殷实，说话和走路便自带着某种傲气。据说夏家的男主人出身不是很好，“文革”期间遭受了一些变故，是在二十世纪七十年代初自流到新疆来的，最后落脚在了这个小村庄。他常给我们讲些过去的事情，并教育我们要感谢共产党，共产党好。童年时的我没能更深地理解他的教诲，但有一件事却让我感受到一个时代的印痕于一个人而言是深入骨髓的。那是一九九七年的二月，村喇叭里响起一曲低沉的哀乐，我们伟大的领导人邓小平同志逝世。播音员哀婉的声音在偏僻的小村庄上空回旋。村子里的人在村头巷尾谈论着领导人的丰功伟绩，没有多少学识的村民分析起时事来头头是道，像是天生的政治理论家。当广播里播报这条消息时，夏家的男主人痛哭流涕，毕恭毕敬地对着喇叭拜了三拜。村子里的人肃穆凝重地看着他，没有一个人流露出质疑的神情。

他家是村里第一个买彩电的。当那个有着明显“小心轻放”标识的大箱子在一辆毛驴车上晃晃悠悠地从巷子里穿过的时候，毛驴车后面跟着的一大群小孩忍不住地喊着：“大彩电！大彩电！”他家孩子自豪又骄傲地驱赶着跟在车后的小孩们。到家了，孩子们新奇地围在他家门口，艳羡地看着他们搬那个巨大的箱子。胖胖的女主人面无表情地说：“回家吧，回家吧，晚上再来看。”孩子们欢叫着“晚上看电视喽”，一哄而散。

自此之后，好不容易盼到晚上，孩子们便早早地在他家门口聚集，各自找着来看电视的理由。有的说“我家今晚灯泡坏了”，有的说“家里大人不在家，就来看看”，等等。说完，边凑在一起玩耍，边不时地瞅着院子里那张长桌子。直到主人忙完了，才会把电视搬到长桌子上。电视机通常用一块红布盖着。看电视的场面肃静，像进行着某一个重要的会议，每个看电视的人都安静地听电视里的声音。看到精彩处，不时传出“嘿嘿”的笑声。倘若有谁议论剧情，影响到其他人观看，白皙的女主人会立刻制止：“听你们说，还是听电视里的人说？！”瞬间恢复安静。

因为到夏家看电视，总会惹恼一些大人，引来对孩子的训斥：“电视有什么好看的，天天往别人家里跑，你自己没有家吗？！”在戈壁荒野的小村，成年人的世俗是无法约束孩子简单而好奇的向往的。

后来，到夏家看电视的人渐渐地少了起来，一来是他家人高高在上的态度，二来是狭隘的自卑感让父母严厉阻止自己的孩子到他家看电视。我也是一样。更多时候，我是坐在我家院子里听电视，对电视画面充满无尽的遐想。只是，事情发展到最后，夏家的女主人竟然撇开自家的彩电而去串门看别人家的黑白电视了。

早年看电视的经历似乎影响到了我成年后的一些生活习惯。至今，我不喜欢看电视，即便看电视也是把音量调到最小。这些应是童年岁月留下的痕迹吧。

斗转星移，时间在村庄的空地上疯长。夏家的主人潜心经营着自己的葡萄地，他家地里的葡萄的收成年年最好，这让村民们既羡慕又质疑。偶尔会悄悄地议论他管理葡萄地的妙诀，也会偷偷到他家葡萄地里去研究。夏家的男主人依然保持着沉默和专注。再后来，夏家男主人在村子里越来越有影响力了，比如谁家和谁家有了矛盾，都会找他去评判谁是谁非，他从来不会因为关系的亲疏而偏袒哪一方。男主人先是被村民们推选为镇上的人大代表，后来又被推选为县人大代表，偶尔也能在县人代会上代表村民发表一些心声。每次到县上开会，他都身着一身整齐干净的灰色中山装，脚穿一双黑布鞋，利落而又不失风度。当夏家的男主人长出白发的时候，低矮粗糙的土房子变成了砖房子，房子在逐渐变高，而人却在逐渐变矮。

“转转身，弯弯腰，就是几十年呀。”村里的老人们说。这一转身就是一辈子。夏家先把土房子变成了砖房子，再后来孩子到了外地工作，结婚成家，他还专门在村里办了宴席。他把崭新的砖房卖给了村里新入户的年轻人，用自己的积蓄给孩子们买了楼房，跟着孩子到了城里去，看看大门，带带孙子。

越来越多的人离开村庄，又有几间屋子空出来。村庄越来越像一位老人。村口的那棵椿树越长越老气。树已经高过了屋顶，树干粗壮，完全是一个居家男主人的形象了。灰白的尘土常年浮在叶面上，不变的是高高挺起的姿态。这些树都是村里人随意插栽的，就像村里的人一样，随意地聚集于此，需要房屋就建造了，有了田地就停留了。

高大的椿树与低矮的土墙房屋形成了鲜明的对比。树下屋子的主人已离开村子到街上去开饭馆了。屋子离开了主人，像一个被遗弃的老人，显得空荡而孤独。村口的那口老井早已干枯，只是以井的形式存在着。这里曾经喧闹一时，水桶与水桶碰撞的丁零哐啷声，水从水桶里晃荡出来稀里哗啦泼洒到地面上的清脆声，伴着孩童们幸灾乐祸又肆无忌惮的笑声，汇集成涓涓溪流流淌在经历过这些时光的人们的心里。在夏天，夜幕降临时刻，人们刚从葡萄地里回来，扛着坎土曼、铁锹，或手里拿着铲子、剪刀，迎着夜幕中轻快的蛙鸣声，向着这口老井聚集。他们的衣服大多被汗水和泥土混色了。他们放下手里的工具，“扑通”一声跳到水渠白花花的水里，“呀”的一声，回应着机井隆隆的抽水声……这一切应该都被这口老井默默地收藏着。此刻我想起它，就想起了另一个自己。

母亲说，近年来越来越多的鸟从村庄上飞过。屋前那棵杏树上的杏子很甜，屋后的桃树去年也开始结果了。邻居家的桃子结得可好了，可惜没人来吃，只有一些鸟来吃。各种各样的鸟都有。我又想起那满身黑的乌鸦，它回来过吗？

跟着母亲走到屋后面，看那一树盛开的桃花鲜亮无比，我想起了千里之外的女儿和那个山花烂漫的春天。不久的将来，我可能会在那里的一棵桃树之下想起此刻。那么，白发苍苍的母亲心里还会想起她故乡的桃花吗？可能想不起来了。但她能像熟知葡萄生长的时令一样清晰地记得我们姐弟五个人生的每一个成长节点，长大成人后每次离家和回家的具体日期。至于她的过去，越来越久远了，最后与她自己一起成了一个模糊的概念。“人人化为了尘土，也还是蓝图的一部分，和过去相似，也和未来相似。”我沉浸在遐思中，母亲突然大声说：“看，又长了一棵小桃树，把它移到县城吧，楼房门前还能再栽一棵桃树。”我点头称是。世界的轮回正在进行着。

去图书馆听一场古诗词讲座

一

晚上七点到八点半，要去图书馆听一场古诗词讲座。图书馆位于襄城区檀溪路。

关于檀溪路，有个马跃檀溪的典故。三国时期，刘表夫人蔡氏与其兄蔡瑁欲杀刘备。刘备逃至檀溪为水所阻。追兵将至，情急之下刘备打马过溪，不想马失前蹄。刘备大呼："的卢（千里马名），的卢，今日果然害我！"话音刚落，只见的卢从檀溪一跃而出，飞身上到对岸，刘备逃脱了追杀。看着宽阔现代的檀溪路，我想象着一匹战马驮着它的主人跃过生与死的关口。这一跃，一个朝代的背影就留在了这条路上。在襄阳这座古城，每移动一步，都会有一首古诗或者一个典故生成。初来乍到的我，总是满心欢喜又小心翼翼地慢慢靠近它。今天要去听的这场古诗词讲座，是在一个QQ群里看到的消息：某月某日，本周二公益讲座题目"古诗绝句浅说——兼谈诗中对仗"；讲课者某某诗词爱好者。

除了表述的这些汉字，其他一切于我都是陌生的。但这些陌生曾经是我无限渴望的。我相信，讲台上的讲述者，与坐在台下听课的陌生人和我，进入那间屋子，瞬间就成了彼此熟悉的人。想到这些，拘谨的我一下轻松了许多，拿起包出门，去往图书馆。

我从长虹路毛纺小区站上了 543 路公交车，找了个临窗的位子坐下。公交车在淅淅沥沥的小雨中穿行，绿化带里的绿植枝叶摇曳，与小雨的节奏应和着。紫薇花微微颔首，摆出她特有的姿态。“紫薇花最久，烂漫十旬期。夏日逾秋序，新花续故枝。”随手拈来的花诗，为紫薇花赋予了更为广阔的诗意，并告知我，紫薇花的花期长，可以从夏天开到秋天。它是这座城市的市花，努力而诗意地在钢筋与水泥的夹缝里书写动情的诗章。开着白花和红花的夹竹桃安静地站立在绿化带中间，无声地经历着时间的过往。我的眼睛随着公交车上甜美的报站声巡视窗外。我以这些树和花为标识，识记公交站台。汉江路南站与一株正在盛开的白色紫薇花相对应，十字街站与一株开着玫红色花的夹竹桃树相对应。时间久了，就自然而然地记住了这些站台的名称，也逐渐忽略了四季交替着开放的花们，春季的玉兰，夏季的蔷薇，秋季的紫薇，冬季的蜡梅……花们也不屑于我的疏忽，径自地开放。当我再一次看到这些花的盛放时，又是一个季节走远和来到了。我数着来襄阳历经几个春夏秋冬了，继而来换算我所居住的时长。

我在襄阳的生活是从芙蓉花盛开的季节开始的。

九月初的一个清晨，刚下过一场秋雨，湿润宜人的空气散发着秋天的味道。我像一片摇摇欲坠的落叶在马路上游荡着，没有明确的方向，也没有明晰的去处。马路两边正在盛放的芙蓉树把整条马路打扮得花枝招展，阔大的芙蓉树叶映衬着各色花朵，直击视觉。

我驻足花前，静心与花对视。芙蓉花形似牡丹，嫩黄的花蕊娇憨地点缀在白色、粉色的花朵中间，那些盛开的花朵又零星地散在绿叶之间，每一朵花绽放的姿态各有不同。柔软的花瓣相互簇拥着，一只蝴蝶的到来让花灵动起来。蝴蝶飞舞，花朵颤动；蝴蝶停留，花朵静止。我一会儿进入蝴蝶的世界，一会儿进入一朵花的时空。此刻，我消除了所有陌生感，与秋天、花朵、蝴蝶一起度过的时间，让我与这座城市进行了一次严密的会合，没有人知道。第二天早上再来看这些花，昨日还姿态摇曳的花朵，今天已落地成泥。花朵完成了它的一部分使命，开启了另一个新的旅途。我想到了那个后蜀皇帝，为讨爱妃欢心而携心爱之人登上城楼，相依相偎观赏红艳数十里、灿若朝霞的木芙蓉花时的欣喜之情，他看到的不是满城斗艳的芙蓉花，而是身边这位比花更美的爱妃。此时此刻，他不再是万人之上威严的君王，只是一位爱屋及乌的普通男子。他不会去想这数十里的红艳会有凋零的时候，就像他身边的女子有一天也会容颜老去。他只在乎享有芙蓉盛放的温情，不在乎芙蓉凋零的悲戚；他不在乎江山君臣，只在乎他眼里的那一个。

我从一朵木芙蓉花开始，一步一步向花丛的深处走去，矢车菊、海棠、紫薇、紫荆、珍珠梅、木槿……我又一次从春天走到秋天。当我在这座陌生的城市认知了它们的时候，我的归属感在不断提升，那些不分黑夜和白昼独自开放生长的植物们，总会给我最宽阔的包容和最温暖的接纳，告知我平和才是生活的内核，我们每个人都在努力成为那位“携着爱妃观芙蓉的君王”，在某一时刻，被一朵花带领着回归于生活本身。就像此刻，在我去往图书馆的这条陌生的路上，我看到一片洁白的葱兰簇拥着点点盛放的蔷薇，一片香樟树的黄叶悠然飘落在我的脚下。这条路上，有了我已熟知的它们，尚未到达的地方已不再陌生。

去听这场古诗词讲座，是移居襄阳以来第一次有了一种本地人的切入感。当我确定要从遥远的边陲小城一路向东而行，来到帝都之乡古城襄阳时，我做了三年的准备。我不停地预想未来将要经历的岁月，除了与亲人相伴之外，我将要进入如画如诗的江南水乡生活。这也是在我经过的几十年人生中时常畅想的事。看似美好的事情真的美好吗？我四十年的人生之路留在了沙漠小城，而未知的更远的人生，将汇入这条滚滚东逝的江水，怎么去想都会有点儿悲怆之感。

从边陲小城到古城襄阳，我用两年时间取悦自己那颗在大漠戈壁里放逐的灵魂，让它跟随着我的身体和有温度的日子扎根于襄阳的汉江，就像小城边上的那座沙山，平日里也没多在意它在我生活中有着怎样的作用，但一旦离开了，我生活的所有细节都与它有关了。

我倚着车窗正在冥想，突然一道霞光照进了车窗，不少人拿起手机开始拍照。这虽然是一趟市内公交车，但人们习惯了收集正在经历的美的事物。此刻，正是汉江夕照最美的时刻，那一江水被夕阳染得金黄。江水缓慢地流动着，金灿灿的水面上偶尔有几只水鸟飞过，一晃，一道黑影，你还没来得及捕捉它的踪影，太阳就完全地掉落水中了。天空的云彩越来越暗，直至水天一色。这时候，汉江的水开始动起来了，我清晰地听到水流动的声音。我理解为这是一种心灵的感应。曾试着去弄懂汉江水春夏秋冬的脾性，可是每次我看到的汉江的流水都是恒常的，它根本无意于我来自哪里，去往何处。清澈的江水已流了几千年，它把时间流成了诗歌，又让诗歌长成了江水。“落日欲没岘山西，倒著接蓠花下迷。襄阳小儿齐拍手，拦街争唱《白铜鞮》。旁人借问笑何事，笑杀山公醉似泥。鸬鹚杓，鹦鹉杯。百年三万六千日，一日须倾三百杯。遥看汉水鸭头绿，恰似葡萄初酦醅。……”那是一个繁花似锦的春天，三十四岁的太白先生出游襄阳，并欲拜访挚友孟浩然。不巧，遇孟浩然出游未在襄阳。太白先生大概是被春和景明的襄阳所吸引，诗兴和玩性大发，写下了《襄阳歌》。他醉眼蒙眬地看着汉江清澈的江水，以为是他酒杯里正在发酵的美酒。时隔五年之后，太白先生又从长安回安陆省亲，再来襄阳拜访孟浩然。他们对着缓缓而逝的江水，以酒为诗，以诗为酒，互相唱和。“百年三万六千日，一日须倾三百杯。”作为小辈的太白在他爱的孟夫子面前，尽情地挥洒着至情至性的豪情。“吾爱孟夫子，风流天下闻。”他们爱着这旖旎的山水，爱着这繁复的人间。被写进诗歌里的汉江，和写诗歌的李白，他们以同一种形式存在于这个世界了。

二

经过横跨江面的二桥，543 路公交车上了檀溪路，第二站就是图书馆站。

淋着绵绵秋雨，我踏进了图书馆的大门。图书馆绿色的墙体和白色的门楼相互映衬，像一本正在打开的书。之前来过几次，没有仔细地打量过它。来的时候直接走到大厅，眼睛不停地寻找借书还书区域，然后在操作机上学如何借书和还书。我以一口外地口音咨询具体操作流程。帮助我解决问题的是一位书友，他先说了几句本地方言，继而转换成普通话。点击借书，扫借书卡的条码，扫书上的条码。简单快捷的操作程序，我用心地记着。所有的陌生被这弥漫着书香的气息驱散，我瞬间卸下所有的心灵盔甲，漫无目的地在这偌大的空间游荡。大洋洲文学、欧洲文学、亚洲文学……看到这些分类，我仿佛回到了青青校园。高大的书架被那几个规范的白色宋体字分割开来，像几块陆地按照各自的顺序排列在偌大的海洋中，形成了地球和我们共同生存的世界。书架上的书有序地分列着，那些我见过和没见过、熟悉和不熟悉的人们，隔着时间的海在深情地互相守望。我贪婪地抚摸那一本又一本整齐排列的书，抽出一本，放回去，再抽出一本，打开……我仿佛在打开一条时间的隧道，一条通往过去、通往未来的心灵密道，在这个密道里藏满了许多个熟悉又陌生的自己。

我虔诚地与那些经过许多双手和眼睛的书幽会。此刻，我仿佛是为奔赴一场宏大而短暂的爱恋而来，那些披着岁月风尘的文字荡涤着浑浊的俗世。记得刚从新疆来襄阳的那些日子，我无比怀念那片旷远的土地，还有那片土地上让我依依不舍的人们。那段日子，我无法安放突然被掏空的灵魂，无依无靠地在寻找着。我开始疯狂地买书。《美的历程》《仓央嘉措诗传》《夏夜十点半钟》……我买了双份，一份留给自己，另一份邮寄给一位友人。我告诉友人："我无法和你共享一片蓝天，但是我可以和你共同拥有一本书的美好。"我几乎买了玛格丽特·杜拉斯的所有作品，只是为了那一句与我相遇的箴言："打开书页即是黑夜。"我沉浸在那时间的疼痛中，读着她的文字就像带着醉酒的忧郁在黑夜里蔓延。"玛格丽特·杜拉斯是个幸福的女人，在她的物质生活中，把自己的灵魂分解成一个又一个女人，可以疯狂可以悲惨，但都完全属于自己，而我却不能。'在这里，一直到河边，是S.塔拉，而且过了河，还是S.塔拉'，塔拉，就是在岩石旅馆顶楼里由那个蓝眼睛黑头发的外国青年在那个夏夜喊出的那个词。”我在日记里复制玛格丽特自我放逐的忧郁，仿佛我站在河岸的对面，在寻找另外一个自己，在那个夏夜里呼喊着自己。而今天的此时，在图书馆里再与她相遇时，我轻轻地拂过她的书页，那些曾经让我心潮澎湃的文字，已安静如一片落叶静静地躺在时间的角落，一切已是风轻云淡。

我从书架上取下两本书，在一张桌子旁坐下来。那是一张有了些年代的桌子，桌子上的油漆被磨得露出了木头的原色，那斑驳的原木色，像是记录着时间的过往。长方形的桌子旁坐着四个人，每个人都安静地与自己手里的书交谈着，或嘴角微微翘起露出笑意，或平静得如这空间里的空气，你只有呼吸了才能感受到它的存在。他们仿佛关闭了与外界连接的一切通道，沉浸在自己的另一个世界里。“灵魂选择自己的伴侣 / 然后，把门紧闭。”艾米莉·狄金森说。在这个时候想起她是多么自然而然的事情。这个把自己一生的热情、真情、激情和爱情都锁在了盒子里的女人，竟然活生生地坐在这个图书馆的某一个角落，等待着我们这些飘过时间海洋的女人去寻找她，并与之相遇。这个足不出户的女人，一生活在自己的世界中，以一个女人特有的贤淑与这个世界温柔地相处，以一个女人特有的母性爱着自然的一切，同时她又用一个诗人的语言讲述永生和死亡的对决。此刻世界不再远离，时间似乎凝固。我能真切地感受到她的一切，爱花香，爱食物，爱着这个绵绵的雨天，爱着我们所见的一切。

三

七点到八点半的那场古诗词讲座即将开始，地点在图书馆二楼。我把手里的书放回到书架上，时间也从书本里回来。世界依旧是安静的。在图书馆看书的人，有不少是在等待着二楼的那场讲座。我们纷纷起身，前往二楼。来听课的人已坐满了教室，发言席上的老师已做好了准备。讲座的主题是“古诗绝句浅说——兼谈诗中对仗”，主讲人是位酷爱古诗词的年长者。“人之于诗的热爱，一旦爱上了就是一辈子的事情。”他说。从知青下乡到返城工作，从李白到杜甫，到王维，再到朱熹，在这位长者的思维里，没有时代和时间的概念，他只是穿行于这断行的词句中，不断地寻找着词句之间的连接，词句与词句相互对抗的美。诗词中所呈现的悲欢离合都让听课的人们在那个方正的荧屏上再经历一次，身临其境，如闻其声，又如见其人。老师说每一首绝句的内部结构都是经过语气和语义的起承转合才合成一气，朗朗上口。气韵合一方为上品。这不也是我们日夜在思考和追寻的生活哲理吗？

我的父母，携着一腔青春热血和激情响应时代号召，从江南水乡奔赴辽阔的边陲，一去就是五十年。他们早已习惯了边陲小城干燥的气候，他们的故乡已经成为回忆里的那个词。一个与我萍水相逢的人，为了实现一个绿色的梦想，十八岁之时穿上那身橄榄绿奔赴边陲，在那片戈壁与绿洲交替的辽阔又神奇的土地上不停地更换着自己生活的营地。他用了二十年的光景在一个小城与我相遇，停留驻足。我们完成了生命的承转。我那十五岁的女儿，转身——回望——前行，左手揽着留住她童年的沙漠，右手携着有她青春印记的汉江，满怀生命的激情奔赴美好的明天，已很少再愿意回头去寻找曾经留住她童年的边陲小城。而我，带着对曾生活四十年的那片沙漠的无限留恋，一步三回头地从边陲小城迁移到襄阳这座过去只在文字里熟识的城市，把所经历过的时光融入生命的那份深刻，是让我念念不忘的那片沙漠的辽远和旷达。

八点半，讲座准时结束。外面的雨依然不紧不慢地下着，路上的行人很少了，车水马龙的檀溪路，一闪一灭的红灯是雨夜无声的语言。我在微凉的秋雨中，等待着 543 路回程的公交车。

汉之广矣

汉之广矣，不可泳思。江之永矣，不可方思。

——《诗经·周南·汉广》

一

与汉江初识在《诗经·周南·汉广》里。

一个夜深人静的夏夜，从库木塔格沙漠吹来的风翻动我案头的书页。“汉之广矣，不可泳思。江之永矣，不可方思”，一阵风停留在了我的手上，旁边的L说：“就是这里，在汉江边。”我们在谈论一场迁移。谈论的主要内容是：我是否能适应汉江边的气候、饮食、人与事。灯影下，我们预测着种种可能，但谁也无法得出确定的结论。对于未知的时间，人无法像移栽一棵树那样可以进行精密的分析和测算，比配土壤成分，调和水土干湿，然后配备一袋营养液，树就可以在气候完全不同的大地上生长。我继续低头读《汉广》。一位青年樵夫在挥汗如雨地收割杜荆。他想起了日夜思念的姑娘。他钟情的姑娘如他手中的杜荆花一样温柔、贤淑又美好。“美好的姑娘啊，你在哪里？”他把满怀惆怅的相思倾吐于滚滚东流的汉江。奔流不息的江水带着忧伤而美好的歌声汇入大海，又变成雨、雪、霜回馈于大地，甚至绵延到库木塔格沙漠脚下。有很长一段时间，只要拿起笔，铺开纸，就会向东凝望，我与一座沙山、一条江水并肩行走在寂静的时光里。这两种不相及的事物，住在我的脑海里时间久了，就成为亲密的伙伴，连同那个痴情樵夫对情人的歌唱，如山恒在，如水长流。我把移居到襄阳的理想生活比作樵夫的吟唱：“汉之广矣，不可泳思。江之永矣，不可方思。”

“你住在哪里啊？”

“我住在春园北路。”

“哦，民发大世纪旁边吗？”

“应该是。”

“我们离得不远啊，毛纺小区的那家红糖饼孩子很喜欢吃……”

听到等待孩子下课的家长们之间的闲聊，我无偿获得了一个重要“情报”。我立马找到那家摊位，买来红糖饼给自己的孩子吃。孩子果然很喜欢。那一刻，我把这座陌生的城市描画成为一个圆圆的红糖饼。

中原路、春园路、长虹路、汉江路、万达广场、紫贞公园、语港旺府、毛纺小区、月亮湾公园……我就像那位砍伐杜荆的青年樵夫，用手里的时间收割眼前的陌生。我先从一些名词走进襄阳，汉水、岘山、古城墙……，像翻阅一本新书，一丝不苟地理解陌生的词语组合，努力适应一个崭新的语境。对于襄阳这本书，我是一个莽撞的读者，一个从荒芜之地赶赴江南水乡的旅人，一个不愿意放弃自身身份的阅读者，跳过许多章节直奔主题。最初的主题是什么？浓密的绿色像栅栏一样包围着我，使我看不到远处。我只有辨认眼底各色各样的植物，紫薇花和紫荆花不是一个科属，香樟树和女贞树的区别在于叶子，连翘花、金钟花、迎春花的区别在于花型、花萼和枝蔓，我努力识别它们的相似与不同。

“你家是俩（niǎ）娃（‘俩娃’，襄阳方言，‘女孩子’之意）还是儿娃（‘儿娃’，襄阳方言，‘男孩子’之意）？”“我有点儿不得劲（‘不得劲’，襄阳方言，‘不舒服’之意），先回去了……”路边的闲谈被我当作新鲜事去探究，我听不懂他们的表达，在一知半解里去追随逐渐消失的身影，耳际回响没听懂的话语。此刻，我有种对这座城市“入侵”的恍然，我仿佛听到万物在交谈，而我是它唯一的记录者。继而又会生出些忧伤来。我是一个流浪者，走在陌生的街道上，关注别人的去向，捕捉别人的眼神。我开始盘算，下次回到新疆，我要把与我有关的一切全部搬来——我读过的书，带着泥土气味的衣裳，干燥得快冒烟的被褥，还有被我洗洗刷刷过无数次的盘盘碗碗……这些想法瞬间又被否定。一些事物生长在哪里，它就属于哪里，它们有自己的归属。比如，鄯善县团结东路三号小区二单元的房子，它容纳了我所有的私密。它一度跟随我的名姓，在一定的时间段里以文字的形式标识具体的我，即便我已经在另外一座城市安家落户，能证明我身份的依旧是那所房子所在的具体位置。即便房子已不再被我使用，它依然是我身份的佐证。那棵被我拥抱过无数次的榆树不紧不慢地长着，树底下那些哭泣的日子，被夜空或风收藏。这一切的组合，在文学上被称为故乡概念的存在，是人一生带不走的执念。但我觉得自己带来了很多。这一切又是假象。我说话的口音，口味的偏好，我看到汉江就想到库木塔格沙漠，看到满街的香樟就会想起荒漠里的白杨……

我着魔般爱上了毛纺小区的红糖饼，以至于在襄阳生活三年多之后，吃过诸多家的红糖饼，依然觉得毛纺小区的那家最好吃。红糖的甘甜和麦香掺杂在一起，经过炭火的炙烤，干脆香甜。我啃着红糖饼，会想到小城鄯善满街满巷的馕。随处可见的烤馕摊散落在小城的街角，摊位一般不大，馕坑就房而建，馕坑与房子之间的墙上开一个窗口，长宽能伸出头即可。一个人在里面把生面团做成馕的形状，从窗口送出来。有时候会抛出来，圆圆的生面饼在小窗口旋转几圈，不偏不倚地落在窗外馕坑的台面上。这是一幅具有美感的画面，自身带有无尽的意境，等待买馕人捕捉。窗外的人把落到台面上的成型的生面饼固定在馕枕上，再贴到馕坑壁上。这是技术活，要快、准、狠，不然馕坑底下的火会烫到手。最后把馕坑口封好，炭火与馕饼在馕坑里进行半个小时的私会，一坑馕饼就可以“出闺”了。炭火是宽容的，它只需要等待，就可以等到一个馕的一生。这是馕的哲学。烤馕摊一般会播放欢快的维吾尔族音乐，打馕人把乐曲的节奏植入到了每一个烤馕的细节里，演绎着粮食、音乐和人的协奏曲。一块五的小油馕，三块钱的葱油馕，刚出坑，冒着热气，麦香与泥土味相调和，不仅解决了胃的亏空，也治愈了心灵的空。吃过馕的人走到哪里都会想念它的味道。啃着红糖饼的时候，我就像吃到了一个刚出坑的热馕。于是，从毛纺小区的红糖饼开始，我在襄阳或者说在长虹路上有了站稳脚跟的“底气”。此后，我会适时地给更多的人推荐这家好吃的红糖饼。

卖红糖饼的摊位位于毛纺小区菜市场。我所居住小区位于长虹路和春园路交叉处，地处闹市，离学校、商业中心比较近，房子的结构和通风都不是很好，但因地缘优势，身价相比其他地段的房屋高出许多。毛纺小区菜市场像一位隐士藏于高楼身后。就是这位隐士，消除了我这个外乡人与这座城市之间的隔阂。

毛纺小区是二十世纪八十年代建设的纺织厂工人家属院，现在的居民大多是外来者。小区楼房在雨水和时间侵袭下散发着霉味，一股苍老的气息回旋在喧闹的马路和密集的楼群之间。但这并不影响一些老牌牛肉面馆和小吃店红火的生意。一些穿着时尚的年轻人排着长队等待刚出锅的牛肉面，他们大多是早晨上班、办事路过这里，简陋的餐馆和匆忙赶路的人们相契合。那些装修奢华、色调暗沉的咖啡馆、酒吧是属于慢时光的，它营造舒缓的孤独感以消解人内心的虚无，而毛纺小区的小餐馆是舒朗明快的，冒着热气的一碗碗面为奔波者送去温暖明亮的慰藉。

从语港旺府穿过一条小路，就到了毛纺小区菜市场。这是一个被忽略身份的场地。到了这里，每个人的眼神都会变得单纯而美好；到了这里，我瞬间成为一个地地道道的襄阳人。我随意挑选心仪的蔬菜，恣意地询问价格。我最喜欢买莲藕和山药，这是我曾居住的小城不易吃到的。起先只会做醋炝莲藕和清炒山药两道菜。到后来才知道，吃藕是分季节也分品种的。秋冬季的藕最好吃。藕节短的适合炒着吃，藕节长的适合炖着吃，炖排骨、炖鸡子……特别是在冬天，从小火锅里夹出热腾腾的藕块，藕丝和飘散的热气相混合，有种缥缈之感。藕块入口即化，藕与排骨的香味互相调和，油而不腻，瞬间满足了口腹之欲。这种吃法和感受，也是在我多次尝试后才有的心得。刚到襄阳时，我无限怀恋新疆的面食，拉条子、馕、凉皮、凉面……一个人不会轻易背叛自己的胃，不为意志转移的是对食物的依恋。我想尽一切办法满足自己的味觉，甚至上升到了自己与自己的一场抗争。我不停地网购新疆面粉、辣皮子、奶茶、馕……最终在时间的消逝中，我的胃举手投降了，慢慢地习惯了早上一碗襄阳牛肉面，中午吃个“锅子”（小火锅），夏天晚餐一碗酸浆面。当我习惯了这些饮食时，我知道，我把过去的自己留在了小城鄯善，另一个自己安放在了襄阳。当明白了这些时，一股忧伤漫溢开来。那个有我血脉相连的亲人、有我一切过去的小城，就这样被轻易地翻页了，从此将以故乡的概念虚拟地存在。我的另一种身份已生成，我又在建造谁的故乡呢?

二

最初到襄阳的日子，我几乎每天都要到菜市场逛一圈。时间久了，认识了秋葵、菜薹、铁棍山药，就像认识了一些情投意合的朋友。特别是水产品，对于爱吃鱼的我来说，是开启了吃的新世界：鲫鱼、鳊鱼、草鱼、黄花鱼、小白条、黄鳝、泥鳅……除了黄鳝和泥鳅至今没敢去吃，其他鱼我几乎尝了个遍。因为爱买鱼，逐渐和卖鱼的老板熟了。卖鱼老板是个中年女人，大概是她卖鱼斤两足，品种全，再者又是个女人，所以摊子上的顾客总比邻家的多一些，大多是老顾客。卖鱼女老板的双手引起了我的注意。那双被水浸泡浮肿的手，皮肤泛白，起了褶皱，手指和手背上一道道划痕清晰可见，大概是被鱼刺或者自己手上的剪刀所伤，伤口没愈合就沾了水，留下了一道道深深的印痕。被水泡得变形的手指并不影响她卖鱼的速度和剖鱼的质量。她先用木棒把鱼打晕，刮干净鱼鳞，再把鱼肚子剖开，去掉五脏六腑，抠掉鱼鳃，用清水将鱼冲洗干净交给顾客。一套程序下来用时两三分钟。我一般还会要求把鱼的骨头和鱼肉剔开，把鱼肉剁成块，这样回家洗洗就可以直接下锅了。收拾草鱼或者鲢鱼最费劲儿，特别是鲢鱼，个头大，骨头硬，但在女人手里依然如剖一条小鲫鱼那样轻松自如。那真是一双神奇的手啊！我想象着那双手年轻时的模样，白皙，柔软，如锦缎般光润，曾被一双大手坚定地牵着，允诺一生拉住这双纤手。她一定也把世界放空过，并装满对未来无限的向往。慢慢地，那双手的美丽被自己遗忘。是谁见证了她最初的美丽？是游过她手里的哪一条鱼？其实那双遨游于生活之水的手依旧是美的，只是我的思维狭隘了。

因为买鱼的人较多，顾客大多自己下手捞鱼，然后递给女人。她称重，报价格，收拾鱼。在她的鱼摊子上买了近一年鱼，我也没能看真切她的容貌，只看到她随意挽起的发髻，一年四季穿着的黑色防水围裙和黑胶靴，以及那双永远忙碌的手。这也是一个女人的生活方式吗？她眼里只关注别人手里的鱼和秤盘上的数字，以及湿漉漉的钱币。她几乎没有时间穿漂亮衣服，没有女人的小烦恼和矫情，所有女人身上应该具备的味道全被鱼腥味所覆盖。有几次，我忍不住问她："你累吗？"她说："习惯了。""你一年到头不休息，不乏吗？"回答是："习惯了。"是的，我们一生都在为诸多的"习惯了"而努力，我也正在为"习惯"在这个陌生的城市生活而全力以赴。

毛纺小区的菜市场很简陋，位于两条巷子交叉形成的十字街上。一到下午下班时间，城郊的农民们把自己种的蔬菜、水果装在两个筐子里，驮在自行车两边，来毛纺小区菜市场摆摊。菊花菜、上海青、毛白菜、油白菜、笋子、芹菜、茼蒿、竹叶青（我叫它空心菜）、红萝卜、鸡蛋……不同季节有着不同色彩的蔬菜、水果。这些湿漉漉的蔬菜，在无限充沛的雨水的浇灌下，永远是土地最忠实的伙伴，是城里人最信任的食物。买菜的大妈们最有经验，说带有虫子孔的蔬菜一定没打过农药，粘着泥巴的蔬菜没经过水洗能放得住……最朴素的生活哲学，时刻在这里被推广并接纳。“一块钱一把，一块五两把……”这些讨价还价的声音听起来没有距离感，仿佛又回到了我生活的那座小城。

小城以种植葡萄为主，平日里供人们生活所需的蔬菜大多从全国各地运载而来。木卡姆路的农贸市场，位于家到单位之间的路上，我几乎每天都需要去一趟，这一去就近二十年。小白菜、上海青、冬瓜、葫芦瓜、西红柿、茄子之类的蔬菜基本是新疆本地所产，藕、笋子、山药等蔬菜大多是由其他省市运来。这些经过长途跋涉的蔬菜进驻到农贸市场还能完好地出现在菜摊子上，是经受了各种各样的考验的，所以一般“身价”比较高。当然，再贵的蔬菜也抵御不了买菜人的询问和尝试。一天中午下班后，我和同事玛利亚一起去农贸市场买菜，她问我：“那个满身长泥，带一些毛须的菜叫什么？”我顺着她指的方向看去，那是一箱刚刚打开的山药，带着南方湿漉漉的泥土敞露在这北国的菜市场上，多少显得有些拘谨。我和玛利亚各自买了一截山药。回到家，我把裹在山药上的泥土冲洗干净，用刮皮器去皮。突然，左手连到胳膊开始痒。我不自觉地抓了几下，皮肤变红，痒的感觉越来越明显。原来，我对山药表皮含有的皂角素过敏。这时玛利亚打来电话问我：“怎么炒这个菜？”我告诉她，和炒酸辣土豆丝的方法一样，也可不放辣子而放一些白糖，做成糖醋山药连汤一起喝，酸甜可口。下午上班，玛利亚开心地对我说，她的小儿子伊扎提很喜欢吃糖醋山药，这是他第一次吃山药。玛利亚洋溢在脸上的满足和欣慰，是一个女人最真实的美丽。我也有过很多次，但我自己却不知道。那个忙碌的卖鱼女人应该也有过如此美丽的时刻吧。毛纺小区菜市场里的山药都被菜农洗得干干净净的，而小城农贸市场的菜大多是原生态的。我经常会在两个菜市场之间互换生活。时至今日，每次给山药去皮，我依然过敏。与同事玛利亚多年未联系了，但那段岁月一直都在。

毛纺小区的菜市场是我与许多陌生人共同的场。每天天不亮，一天的生活就从这里开始，活生生的鱼、虾和带着露水的新鲜蔬菜比顾客更早地聚集于此。小贩们的三轮车一辆赶着一辆，买菜与卖菜人的讨价还价声不绝于耳。在这来往穿梭的声音中，我慢慢地成了他们——忙碌奔波的饮食男女。毛纺小区菜市场是我与襄阳这座城市隐秘、亲切的交集。

夜深人静的时候，毛纺小区又有着另外一个世界。某天，从小区的某间屋子里会突然传出悲伤的哭声，紧接着就是一阵鞭炮声和冲天的烟花。这是在给一位刚刚去世的人送行。第二天，就会有一个灵台搭在了巷子里。有专门的哀乐队，演奏的曲子一般由流行歌曲改编，但曲调是哀伤的。那个已经走了的人安静地躺在帐篷底下，活着的人为死去的人忙碌着。有的老人因病躺在床上几年，现在人走了也是一种解脱，所以葬礼现场的氛围会稍显轻松。原来，死亡也是被向往的。在毛纺小区住久了，遇到这样的事情就多了起来。有段时间，一周会有几个晚上放烟花。看着那五彩斑斓的烟花在寂静的夜空中绽放，这该是老人一生中最华丽的时刻吧，而这一刻却大多由与他无关的人来见证。再去毛纺小区菜市场，听到几个老人凑在一起说："老赵也走了，走一个少一个了哦。"说着拍拍身上的灰尘，仿佛完成了一个共同的使命。老人们各自寻一棵老树倚着，面向太阳，双手抱在胸前，头微微地靠在树干上，安静地与时光相守，谁来了谁走了，已经不再能惊动他们了。与这些树正对着的是毛纺小区唯一一家寿衣店，那些花花绿绿的纸做的花圈和日常生活用品，我已不觉得那么可怕了。只是想，那些轻飘飘的纸与火相遇会变得更轻。每个人终究是走不出一道烟和一堆火，最终升向同一片天空，回归同一片土地，然后成为另一个陌生的自己。

三

从语港旺府穿过毛纺小区，再经过振华路到高庄路，就到了我上班的地方。那个被我称之为临时单位的地方，是我与我的一个较量。

我所在的单位是一个纯业务部门。这个部门只有一个女领导，和我同龄，人长得很漂亮。据说以前在某单位从事机要工作，对那些红头文件有超强的记忆力和分辨力，无论哪个部门或者哪位领导来查阅文件，她都能以最快的速度提供。另一位同事是某单位的退休领导，花甲之年仍有奉献之心，遂被返聘，成为业务主力。他一丝不苟地完成各类文件的起草和修订工作，乐此不疲。另一个刚分来的是公益岗位的年轻人，在外面漂泊了几年，想找个安稳的工作，就来了机关部门，尽管只拿仅够生活费的薪资，但好处是可以有单位给她交社保，所以即便出现入不敷出的情况，也是边抱怨边期待随工龄的增加工资会涨。一个由四个人组成的单位，置身他们中间，我依然是一个外来者。先是亮明我的身份、工作经历，及我在某领域所取得的成绩。我所编辑的书籍获得行业系统内最高奖，我所带领的团队曾获得奖励……这一切事实，在一个陌生环境之中不及一个质疑的眼神有分量。就是说，你的过去就是过去，只是一阵风曾经在你的生命里经过，你的过去和别人无关。在一个陌生的环境里，一切的语言、行为都是一种相互的试探。我是经一位行业内的领导推荐过来的。女领导问："你的简历？"呈上简历，她翻来覆去地看那一页纸，说："应该没问题吧？"我说："绝对没问题。这一切都是真的。""那你还是开个证明吧……"我们彼此怀疑，又必须彼此信任。那段生活，让我真切地体悟到"城外面的人想进去，城里的人想出来"的生活哲学。我曾经是城里的人，有一份属于自己的苟且生活，为了想象中的诗和远方，义无反顾地跳出了生活的舒适区。而当我的生活心无所念、身无所牵的时候，却没有了安全感。我想到了生物学和心理学上的各种实验。实验者给予小白鼠们不同的环境，让其逐渐习惯并有所依赖，等到它们毫无防备的时候，再改变它们的生存环境，于是它们会焦虑，甚至会付出生命的代价。而我不就是那只用来做实验的小白鼠吗？当我有一份安稳的工作时，却无比渴望外面的世界。如今如愿以偿地走了出来，世界接纳我的方式只是从一个"城"走到另外一个"城"。

在这个新单位，我的任务是编辑一本年鉴。我要收集一百多家单位当年的所有工作总结，并根据各自的行业性质特点，分编分类，整合成一本书。面对一个陌生的城市和一切陌生的事物，你要按照某一种规律把它串合起来不是一件简单的事情。我徜徉在一篇又一篇熟悉又陌生的文字稿件里，寻找我曾熟悉的气味和生活的脉络。发文件、收稿件，编辑、返稿，进行文字校对，不多时就与文字背后的许多人建立了一种密切的联系。那又是另外一个群体，他们谦卑、努力、忧虑，对于一项新的工作不厌其烦地询问和修正。虽未能谋面，但在信息的相互传递中，我在另外一片土地上仿佛遇到了年轻时的自己。近一年时间，从封面设计到框架结构安排、彩页编排、图片说明、正文排版、编目设计，我全身心地投入到一场文字的盛宴中。到了审定阶段，我身体抱恙，患肺炎住进了医院。在医院里，我依然抱着书稿校对。身体康复出院那天，我接到通知，这本书稿要换主人了，我的“成果”将被别人唾手可得。显然，女领导把一本书稿的编辑过程当成了她收发的文件，既然你没时间来取文件，那么另外一个人也可以。我像个被抛弃的“孕妇”，要么把“孩子”拱手送人，要么与它“同归于尽”。我面临两个选择：一是把所有书稿还原为初始稿；二是把即将付梓的书稿全部交出去。这是一个自然人和社会人的对抗。最终，我选择了后者。把书稿完好无损地交出去，我仿佛交出了一个真实的自己。

离开那个单位一年之后，单位的小同事给我发来那本书获得了好几项奖的消息，还说女领导对我念念不忘。一些时间里发生的事情早已留给了时间，已经无关对错和好坏，只关乎记住或者忘记。

从长虹路语港旺府到毛纺小区菜市场，到那部即将付梓的书稿，在人至中年的生活中，我继续以一个奋进者的姿态不停地激励自己向生活的内核靠近。我是幸运的。之后，我在襄阳遇到了许多品德尤佳、富有才气的老师和朋友。有博览群书的N老师，留着八字胡，像极了睿智的库尔班大叔。他曾经勇斗歹徒差点儿丢了性命，一道深深的刀痕留在帅气的脸上。他从不回避，讲述这些往事时像在说着别人的故事。他曾与友人骑行走遍西北大部分城市。他单骑独下江南从仲春走到初夏，历时五十三天跨越七省三千五百二十五公里，记骑行日记十万余字。他是汪曾祺的忠实粉丝，曾专程到高邮参观汪曾祺文学馆。为帮助别人校对书稿，他会自己去买书来求证书稿里的疑问。他经常帮助年轻人淘书并激励他们。他一年四季游泳，养蝈蝈，练书法，喝酒，读古书。还有W老师，我喜欢叫他“帅老师”。高大帅气的W老师很有亲和力，是我到襄阳的引路人。初到襄阳，无论是生活，还是工作、写作，他都热心地帮助和指导我。他写小说，写剧本，拍专题片，摄影，爱喝酒，健谈。还有后来才见到的儒雅之师 X 老师，仅凭对我一篇文字的点评，就让我领略了他的亲切和才气。品读 X 老师细腻的文字，在宽阔的汉江之滨感受着他字里行间如水的忧伤。他把平凡的人生糅进浩荡江水，让读者与黄昏的山冈，与永不停歇的汉江水，一起翻滚、前行、消失。还有在一次颁奖会上遇到的八零后 Y 姑娘，我们因文字而相互欣赏。这就是生活给予我的最珍贵的回馈吧。

生活是什么？生活就是在小的“失去”里感受疼，在小的“得到”里体味温暖和感恩。“号角的全部壮丽——不过是小草的絮语——面对着你。暴风雨的全部壮丽——不过是小鸟的悲啼——面对着你。”这，就是生活吧。

四

写植物诗的 Z 说，植物可以疗伤。她曾经为了看野百合开花，三次到冰天雪地的那拉提草原寻访、等待。最后一次，她终于看到了漫山的野百合顶着冰雪探出嫩黄的花瓣，激动得久久不能平静。享受一场花事的盛宴，继而为心仪的自然精灵写诗，这是女人灵魂与自我完美的融合。“所以，当顶冰花漫成嫩黄 / 我们唯有翻越，难以翻越的障碍 / 沿着满坡星星点点的花迹 / 慢慢收拢，散落的 / 碎片，拼接、粘补”，Z 用有灵性的植物、有温度的诗歌来拼接、粘补这不完满的人生。还有一位热爱植物的友人，已经成为植物专家，她对植物的认知已经上升到了学术高度，植物与她、她与植物已经融合为一体。她自己买蒸馏设备自制植物精华水，纯天然，无添加，给姐妹们当护肤品用。当我从新疆前往襄阳时就带了一瓶她送我的玫瑰花水。在火车站过安检，年轻漂亮的安检员从我的箱子里取出瓶子，拧开盖子一闻说:“好香的玫瑰花味道啊。”我随即给她解释了这瓶玫瑰花水的来历。她把瓶盖拧好，嘱咐说:“要放好，别漏了。”不苟言笑的安检员也对一瓶玫瑰花水一见倾心，这世间的女人都是一株植物变成的吧。这是我到襄阳后常想起的生活命题。

我有少许的自闭，一直不太喜欢花和一切亮色的事物。亮色的事物相比暗色的事物，对世界的敞开程度要大得多。不喜欢花是不愿看到绚丽的花朵给予你热烈和美好之后的凋零。绽放在枝头的绚烂与零落成泥的寥落，就像一个女人的命运。这些不成熟的认知经验是青年时期的阅读经历留下的后遗症。伍尔夫、玛格丽特、茨维塔耶娃、张爱玲、萧红，哪一个不是才色俱佳的女子，而她们最终的命运都如一朵娇艳落败的花。所以我更喜欢一些绿植，比如吊兰、一帆风顺、金钱树、文竹及多肉植物，它们恒久地生长着，只要你有足够的耐心，它们会义无反顾地陪伴你。不喜欢花的另一个原因是觉得开花的植物具有“集体主义”倾向，“姹紫嫣红”“争奇斗艳”“万紫千红”……所有的花朵盛放，仿佛在一个无声喧闹的世界里角逐，整个大地变成了一个花朵的“角斗场”。大地可以对任意一朵花甜言蜜语或与之心心相印，于是人们说，春天是适合恋爱的季节。恋爱是要选择季节的，就像人一样，只有在你的青春时期，你才会有如这春天的花朵懵懵懂懂地度过你的花期。迎春花开得最早，花期也比较长。认识第一朵迎春花是在护城河的城墙边。那是春节放假期间，无事翻朋友圈，看到圈里的友人发的图片，一片黄嫣嫣的小花紧贴着古旧的城墙，呈现出鲜明的对比。千年古城墙和一丛娇艳的黄色小花，一个威严，一个柔弱，一个敦厚，一个妖娆，视觉上的冲击让你觉得时间累积在时间上。我依着朋友圈里的信息去找古城墙下的那片迎春花，终因人生地不熟未能找到，多少有点儿失落。后来才知道，护城河有两侧，一侧在城墙东，一侧在城墙西。我到了西侧寻找，而那片花开在了东侧。最终看到迎春花是在紫贞公园。当公园里的迎春花开放的时候，所有的花都已盛放。连翘和迎春花相互斗艳，一大片的黄花在偌大的公园里显得格外耀眼。许多人分不清楚连翘和迎春花，统称为“那片黄色的花”。缀满枝条的黄花摇醒了襄阳的整个春天。那一群忙碌的蜜蜂一会儿在连翘花瓣上忙碌，一会儿又转战迎春花，它们是可以根据花粉的味道分清楚迎春花和连翘花的吧。比利时植物学家莫里斯·梅特林克在《花的智慧》里说，蜜蜂是这个世界上最具有奉献精神的物种，它们为了自己采蜜酿蜜的事，可以随时献出自己的生命。而我每天在忙着辨别生活中的真伪、取舍得失，终日惶惶。一只蜜蜂落在了我的肩上，我没有像其他时候那样防备它可能会蜇我一下，我想它是累了，只需要片刻的歇息。

接着我相继认识了见了太阳就低头的结香花、如蝴蝶般美丽的鸢尾、高洁的玉兰、有别于北国的妖娆的桃花、温柔如淑女的日本樱花……

就地域来说，襄阳人颇有些北方人的性格，说话嗓门大，性格耿直、率性，民间俚语信手拈来。曾有人开玩笑说春天的襄阳人最温柔，这随口的定义就描绘出了襄阳的春天是花的乐园，谁会在弥漫的花香里暴跳如雷呢？

一个雨过初晴的早晨，在月亮湾公园看到那一片蓝色的矢车菊时，我抛弃了所有对花的认知的谬论。公园设计者别具匠心地把所有开蓝色花的植物集中种植在一片空地上。贴地而生的倒提壶，小小的四瓣蓝色花好像永远在对着你笑；瘦高的亚麻花略比倒提壶高一些，花瓣与倒提壶极为相似，它仅仅因为花的名称就多了一些文艺气息。最抢眼的是蓝色的矢车菊，花瓣相互簇拥在一起，密集的蓝与紫的相互映衬散发出一股浓烈的热情，瞬间引起我内心的颤动，一股来自灵魂的暖意让我觉得这一切无比亲切。

金色的朝霞斜扫向大地，透明的光线与沉静的空气相和，给大地进行了一场荡涤身心的洗礼。树木安详，花朵澄明，鸟鸣清亮，江水清澈，整个月亮湾公园像一幅唯美的写意画。我行走在这画中，进入一个迷幻的世界。我想与这五月之初的大地谈一场隐秘而又热烈的恋爱，以矢车菊为信物，以香樟树为证。蓝色的倒提壶和零星的花见草点缀其间，白的红的夹竹桃衬托着矢车菊纯粹的蓝，忧伤的紫。那饱满、热烈的蓝色花朵，随风摇曳着，一朵一朵互相点头示意。它们像是一只饱蘸墨水的画笔，在大地上随意点着，有的墨浓一些，有的墨淡一些，把那一片土地、一片天空和一个人的心灵都染成了蓝色的。

人到中年判断事物美与不美，不再仅凭事物本身，而是循着事物的气韵弥补自身的某一种缺失。因为是第一次对一种花心动和痴迷，不禁翻起它的历史来。

蓝色矢车菊是德国国花，它有着一段温馨的历史。普鲁士皇帝威廉一世的母亲路易斯王后在一次内战中被迫离开柏林，逃难途中车子坏了，她和两个孩子在路边等待时，看到路边正在盛开的蓝色矢车菊。路易斯王后用矢车菊编成花环，戴在九岁的威廉胸前。威廉一世加冕为德意志皇帝后，仍然十分喜爱矢车菊，认为它是象征皇室的吉祥之花。

原来矢车菊也和我一样是迁徙而来。在另一半地球上被尊奉为“贵族之花”的矢车菊，在远离故土的大洋彼岸的一块空地上继续展现它清丽的色彩、芬芳的气息，以及一份顽强的向上生长的力量。这柔弱的花朵竟蕴藏着如此丰厚的历史，我对它的喜爱之情变成了珍爱之意。一次，在一个友人家工厂的空地上发现了几棵独立于乡野的矢车菊，就动了把它移栽到家里的心思，并付诸行动。而被我移栽到精美花盆里的矢车菊，一周后便香消玉殒了。

整个五月，我利用一切闲暇时间去月亮湾看那片蓝色矢车菊。月亮湾紧挨汉江的湿地公园，晨练的人很多。一天早上，我又沉浸在那片蓝色的花海之中。突然，身边多了一个三十多岁的陌生男子，他专注地看着一朵矢车菊，嘴里念念有词。他说的是家乡话，我大多听不懂，但大概可以判断说的事情和这美好的花无关。他愤愤不平地在向一朵花倾诉着生活或者工作中遇到的不如意。看到这种情形，我的恐惧感油然而生。我快速离去。之后，在这个固定的时间点，只要到月亮湾公园就可以遇到他。他快步地走着路，嘴里一直自言自语，表情麻木，目光呆滞，无论谁对他侧目而视，他都视而不见，完全沉浸在自己的世界中。每次遇到他，我总希望能在他的眼神里发现一丝灵性的生机，但他一直骂骂咧咧地沉浸在自己对世界的评判中。后来，我因为工作的原因离开了襄阳，也离开了月亮湾公园。半年后回家探亲，我选择在一个雨后初霁的早晨去看那片蓝色的矢车菊。时至盛夏，矢车菊花期已过，只有零星的几朵蓝紫色的桔梗花依偎在矢车菊花秆上。我也没能够再遇到那个念念有词的青年人。

我一直疑惑，他专注于一朵花时，他那已经混乱的神经系统是否有过瞬间的清朗。如果我告诉他，这花的名字叫“矢车菊”，有

“吉祥之光”的寓意，那一刻他会醒悟吗？

我看着那片曾经盛放矢车菊的草地，一边回忆，一边告别。

五

初到襄阳，我怀着一份敬畏之心在这座城市里穿行。

我知道了这“半城江水半城诗”的襄阳，很多唐朝著名诗人来过这里，有“唐诗之城”的美称。相比较我曾生活的边陲小城，我仿佛进入了一片文学的“圣地”。我尽力地搜集有关襄阳和汉江的诗文，越深入了解，对襄阳这座城市的敬畏之感越浓烈。就像你越靠近一个优秀的人，越觉得自己肤浅。

我是在一个黄昏时分去看汉江的。我把去看汉江这件事当作成为襄阳人的一个隆重的仪式。我像个羞怯的孩子，带着一份深入骨髓的陌生打量曾经在古诗里才能读到的汉江。

“当迷蒙的光线慢慢暗下来的时候，一份近乎狂妄的拥有感闯入我的世界，江水缓缓地流动着，它的慢让你几乎感觉不到时间的流逝。江面上几叶扁舟悠闲地划着，有的在打捞江面上的垃圾，有的在逍遥地游渡。江边的垂钓者如同江水一般安静地端坐，开辟着自己的另外一个世界，等待和遐想。一些鱼在赶往鱼饵的路上。江边的古树在逐渐西斜的阳光中微微颔首，像对这一天的时光致意，又像对我打量。江堤上更多的人是在悠闲地分解黄昏时光，或散步，或闲坐，或窃窃私语，只有我在收藏突如其来的温柔。”这是我第一次看见汉江时所留的随记。

“江流天地外，山色有无中。郡邑浮前浦，波澜动远空。襄阳好风日，留醉与山翁。”（《汉江临眺》）我无法考证当年王维是从哪个角度临眺汉江的，但一定是被襄阳山水相和的大美所感动，才会由衷地发出“襄阳好风日，留醉与山翁”的赞美之句。此刻，这些诗句让我读出了一种偷窥的窃喜感。面对浩浩荡荡东流的汉江水，我不应该有这样狭隘的思维，但我的确比不过一江春水的敦厚。漫步在华灯初上的汉江边，我仿佛拥有了江水所滋养的博大世界。汉水与远处的岘山遥遥相望，岘山山顶茂密的树木隐藏在暮霭的朦胧里，在视线中如缥缈的仙境般游离，让人充满无限的想象。如果没有岘山，汉江水会像一只失去臂膀的飞鸟，只能行走于大地。与岘山呼应的汉江是会飞翔的，有王维的诗为证:“楚塞三湘接，荆门九派通。”

夕阳的霞光洒在波澜不惊的江面上，把江水染成金色。天空中的云朵闲适地随落日余晖隐没，云的颜色逐渐加重，落日沉入了江面。山水相连，水天相接，鸟儿低飞，自然而然地形成了一幅开阔的山水画。漫步于岸堤上的人影来回穿行，让画面灵动起来。

一棵古老的梧桐树屹立在汉江堤岸边，一阵风吹过，树叶“唰唰”地交谈，诉说着黄昏里的故事。曾来这里很多次，我看到的只是一棵树，而此时它也有语言和思想，并能和我交流了。太阳沿着江面逐渐隐去了最后的光芒，整个世界安静下来。俯身向下，可以听到水流的声音，畅游水底的鱼儿深入浅出，一阵风吹过，惊扰了水的宁静。一对恋人下到江堤底部，接近了江水。他们相互依偎，说着情话，又像什么也没说，以浩渺的江水为背景，一动一静相互映衬；我以他们为背景，与黄昏中的自己相对。我用了整整两年时间，取悦自己放逐于大漠戈壁的游魂，让它跟随身体和有着温度的日子来到襄阳，来到汉江边。我试着与江边的每股流动的水互动，我从心底喊出一声“汉水，你好”，就会有一个水浪拍打岸边。这是汉江对我的回应。任何时候来到江边，汉江水流动的速度都是恒定的，有时像波澜不惊的老人，有时又像不谙世事的孩子。其实更多时候，是汉江的水在看我吧。

我终于可以平静地与自己对话，用以往的经验把汉江水当成与我相生相伴的库木塔格沙漠。我以一朵花、一抹夕阳、一行诗句、一个前行的波浪与襄阳大地，与浩荡的汉江融为一体。

风过大李沟

一阵狂风过后，天空露出了一块白晕。屋子里的人从不同方位观看天象，判断室外已经风过天晴了。人们纷纷来到小区后面散步、遛狗、锻炼身体。阅尽人间事的中年人开始关注身体的健康，走出斗室，行于自然之中，大李沟就是他们最大的自然。在大李沟行走，人们眼神偶然地相遇，又瞬间闪开。我与他们互不相识，但也不觉得陌生。我们走在同一条路上，呼吸着同样的空气，经过同一阵风，在各自的时间里走向各自的大李沟，一天又一天，没有起始，也无尽头。三三两两的人群，大多是夫妻同行，他们耳朵上挂着耳机，面无表情，不紧不慢地走着路。他们若即若离又密不可分。耳鬓厮磨的生活早已让他们之间没有秘密可言，失去秘密的生活，剩下的时光就如大李沟缓慢流动的水，随着季节在变化。到了雨季，沟里的水会涨一些。更多时间，大李沟的水不紧不慢地流着，就像岸上行走的人群，步履从容，平缓沉静。我与他们一起在大李沟反复地走着，把岁月走轻，把时光走薄，走向越来越短的人生。

出了小区门向右拐，经过别墅区，向南走几百米，就到了大李沟。沟渠旁边的一棵大柳树，被风吹倒了。那棵柳树有些年岁了，一个人抱它抱不过来。大树拖着受伤的身体躺在沟渠旁，听着人们谈论它被风吹倒这件事情。有的为它惋惜，有的感叹那场风的威力，有的提出问题——旁边那些树安然无恙，偏偏就这棵树倒了？他们像在谈论一个人，谈论一场风波或一个事件。斜躺在地上的树，坦然地接受着人们的质疑。为什么被风刮倒的是自己而不是别的树？它也在思考这个问题，并且找到了答案。在它作为一棵树的生命历程中，注定会与这场风相遇，那么，这就是它的命和运。想到这里，它就释然了。这棵树遇到了一场风，风把树的世界瓦解，它将变成木材、纸张，或者其他。被压断的枝叶已经耷拉下来，与一棵树之间的关联已结束。其余的枝叶面朝阳光，随风飘扬，显现着另一种生长的力量。其实，这棵树并没有像一个受伤者露出悲伤的情绪。几只麻雀停在倒下来的树枝上，叽叽喳喳地叫了几声飞走了，它们是专门来为遭受不幸的树布施善意的。我一直认为，麻雀是最通晓人间俗事、接近人类气质的鸟兽，无论走到哪里，都有它们的身影和声音。它们在琐碎的一生里，大多是善良的，没有一点儿骄傲的姿态。又有几只麻雀在树枝上停下来，叽叽喳喳地交换着意见。“这么大的一棵树倒下了，这得刮多大的风啊！”“我怎么没觉得风有那么大呢？”人们也没有停止对这棵树的指指点点，麻雀们惊起飞走了。

一棵树的倒下是一阵风与另一阵风交换的暗语。一阵风来了，风力越来越大，树剧烈地晃动着身体，地下的泥土开始松动，树根跟着松动。又一阵狂风裹挟着大地，大树最终失去了重心，轰然倒地。树根裸露在地面上，树根断裂处，露出新鲜而明亮的伤口，被树根带起的泥土潮湿松软。树根周围的一大片水泥也被带起，呈块状散落在大李沟沟渠旁。那一片受伤的水泥地，暴露出了这棵树的软弱。如果用词语还原树被风刮倒的那一刻——轰然倒塌、瞬间崩溃、决然倒下……所有与速度、力量关联的词语迅速集结。在那个瞬间，树一定有过绝望，它放下了阳光，放下了理想，放下了狭小的树坑给它生长带来的局促。在它倒下的那一刻，它一定对自己说，如果可以继续生长，一定不再嫌弃大李沟的水散发出的臭气，不再抱怨树根被水泥包裹的窒息之感。那四处蔓延的树根，多么向往更为广阔的森林啊。就在它遇到那股最强劲的风时，它拼尽全力地站立着，可那本已倾斜的树身，未能抵挡住风的集体攻击。最终，风以绝对毁灭性的力量，把一棵粗壮的树带离了家园。风是那个夜晚的胜利者。在树重重摔倒的那一刻，那场风拂袖而去，遁逝于人间。人们只能从倒下的树的身上谈及那场风，从失败者的身上谈及那场对抗。那场风刮过了大李沟之后，又有更多场风来过，没有谁记住。这和人间的事情是多么相像，人们总是劝慰失败者，而对胜利者发出质问，从而为一个事件找到平衡。而所有的成败，若干年后，如风一样消失了，人们只说某年某月某地曾经发生过某件事情。

我继续寻找那场风的痕迹。那场风，是在什么时间从哪里来到大李沟的？答案始终无人知晓，只有倒下的那棵树最清楚。那阵风吹倒了树之后，就经过不远处的那一栋栋高耸的楼房。无数个窗户镶在楼体上，如许多小格子有序排开。窗户有时开，有时关。风均匀地吹过每一扇窗，窗秉承着主人的性格，冷静地观看外面发生的事件，哪一场风来了又走了，哪一场雨到了。我每天从五楼的窗户看向远处，那影影绰绰的山影让人充满了想象，在山的密林深处有野兔出入，有花草生长。在那座山上有许许多多的人，他们行走在一阵阵山风里，与树木花草小虫构成了另外一个世界。在那个世界里，他们有着大致相同的身份，通常以某某先父、母上尊称。那些在人间消失的人，名字被刻在了石头上，代表着他们在人间继续存在着。陈旧的墓碑像一扇窗立在山的半中腰，偶尔有几束鲜艳的假花来为他们装扮。一阵风过，假花被吹散。据说，另一个世界的人们更讲究安家的地理位置和走向。这些并非他们本人的意愿。当他们以各自的理由告别人世时，天上有一颗星为他们闪亮，地上就有一扇窗为他们守望。

我走出房间，行走在大地上，融入人群中，有时候是我，有时候又不是。那扇窗户留在了房间内，与那扇窗相对时，我是妻子，是母亲，是我自己，这三个角色的喜怒哀乐互相交换成为日常。在这扇窗户内，所有情绪的滋生与自我本身无关，通常与别人有关。比如在单位，自己与同事共同完成一项工作，只因为她善于表达就轻易获得了领导的肯定和认可，并被大加赞赏，而自己好像是与这项工作无关，当你看着同事心满意足地从你身旁经过时，无数个自己在迅速集结，幽怨、愤怒、不平……在一番自我斗争之后，依然拿起手里的文件继续完成工作，那份不公正的待遇已被已经过去的时间化解在了一阵风里，并跟随着你回了家，无论行走到哪个角落，它都如影相随。这时候，一阵风从窗口吹进来，夹杂着汉江水的氤氲，湿漉漉的。从汉江吹来的风，千年百年来它一直这样吹着，把人间的忧愁和悲伤吹成了春夏秋冬，一天又一天，一年又一年。这时候，我站在大李沟沟渠边寻找那扇窗户，所经过的事情已随着窗外的一阵风吹向了远方。那扇窗户还原成最初的窗，而我也成了另一个我。

更多时候我会选择在大李沟的沟渠上行走，以我家那扇窗户为出发点和回归点。

沿着大李沟的步行道向东行走，有一条避开鳞次栉比楼群的小路，路的尽头是紫贞公园。到紫贞公园要经过大李沟桥洞。桥洞下面，曾住过一位流浪者。这位流浪者早出晚归，我判断他是否“回过家”是看他“床铺”的变化。一片蛇皮袋为床，一条破棉絮为被。有时，蛇皮袋子裹住棉絮，像是遮灰挡尘；有时，棉絮堆放在蛇皮袋子上，旁边偶有一两个空啤酒瓶子、方便面空碗。这就是他的全部家当。我们一次也没碰过面。我隔三岔五地经过大李沟桥洞，依然没有遇见想遇见的人，每次只看见那堆简单的家当不停地变换着摆放的位置。一阵风从桥底穿过，这一天就过去了。这位以大地为家的流浪汉一定与风说过很多的话。他对风的脾性比我更熟悉，他深谙在哪场风里可以做梦，梦到自己温暖的家，哪场风里拥有过爱人，又是哪场风偷走了他如童年般的美好。他如一棵树或者一棵草在大李沟自由地生活，而寻找他的人，始终没有找到他。

穿过大李沟桥洞，上个小坡，有一条小路。小路两旁栽满了不同品种的樱花，与大李沟沟渠旁的垂柳相映成趣。春天，垂柳吐绿，粗壮的树干被如线的枝条牵扯着，在一阵阵春风的过问下，有着欲说还休的娇态。数百棵樱花次第开放，粉色的早樱，一身粉嫩的“红装”占满枝头，瞬间完成了人们对这个春天的描述。接着开放的是日本樱，素白的花瓣簇拥在枝头，一阵风过往，颤颤悠悠，像一个穿着和服的少女虔诚地对着大地行礼，从小道入口处放眼看去，粉白相间，美不胜收。花朵间，只有蜜蜂忙碌的身影在穿行。一对情侣骑着单车从这里经过。他们歪歪扭扭地骑着单车，男孩故意往女孩身上靠，女孩惊慌地躲着，在欢声笑语中一对身影消失在花丛中。他们如一树盛开的樱花，只看见了阳光和风，而后去追寻春天悸动之后的神秘。这一刻情景生成了一朵纯白的樱花在春风里反复地开放。

一场雨刚过，雨滴凝结在花瓣上，为纯白的樱花添了一份灵气。一位年近知天命的女人徜徉于樱花树下，一件绿底的花旗袍裙，搭了一件米色的外搭，一条暗红色的围巾随意搭在胸前，艳而不俗。她以各种微笑的表情与一朵又一朵的樱花合照。这些小小的白色精灵随着清风慢慢地摇动着，她不停地说："太美了，太美了！"为了不打扰她陶醉于美妙的赏花世界，我故意绕进树林的步道里。这时，她突然叫住了我："嗨，你好！能帮我拍照吗？"在幽静的林荫小道上突然被一个陌生的声音叫住，多少有点儿局促。我稍微迟疑了一下。她大概看出了我的犹豫，急忙跟我解释，说她过两天就要离开襄阳了，听别人说这里的樱花开得很美。她从襄城过江到樊城，问了好多人才找到这里。"这里真的很美！"她克制地表达着自己的欣喜和兴奋。我被她如少女般局促的快乐感染了。女人选了一枝密集而饱满的樱花为景。她低下头来，缓慢闭上眼睛，那陶醉的状态让我也跟着她一起单纯记住了这个春天和花朵。镜头里的她已经与概念上的美没有关联了，松弛的皮肤，塌陷的眼睛，但是她的笑容含蓄而矜持，浑浊的双眼闪现一道明亮的光掠过每一朵花，我快速地按下了快门。一只蜜蜂恰巧落到了她所依偎的那丛花里，顺势被我留在了这个春天。我把手机交还给她，她连声道谢。看着她在这如梦如幻的花影中逐渐远去的背影，大李沟的春天就到了夏天。簇拥着樱花树而生的栾树、桂树、香樟树，每年都按照自己的花期花开花落。海桐、大叶女贞等矮灌木丛你中有我，我中有你。紫花地丁、阿拉伯婆婆纳贴地而生。偶尔，会有一小朵湛蓝色的小花从杂草间探出头。它叫鸭跖草，小小的花瓣像一只鸭子的脚，与白色的花蕊相映衬，显得神奇而有趣。植物的生长比人更具有自身的气质。这些自由生长的植物为无名的大李沟增加了不少的内涵。

走在这条小路上，你可以把自己想象成画中的一位女子，不分时代、职业、年龄，任性地一直往前走。走到一个因风吹雨淋而颜色尽失的牌子下，这条小路就走到头了。牌子上，蓝底白字，显眼地写着“大李沟风景带”几个字，以及设计单位、施工单位、责任人等信息。很少有人去关注牌子上的事情，人们只关注着一条幽静而美丽的小路，偶尔去探究这条小路是如何产生的。这块牌子总有一天会被搬走，而我此刻留记这些，就留住了这条小路的前世今生。

一位年过花甲、身材高挑、面容慈祥的老人，也是我在这条小路上常遇到的。一身绿色的环卫工作服，一把长扫把，一把后面带了一个长长袋子的特制的簸箕，一辆脚蹬的三轮车，所有工具上都印着“襄阳环卫”四个大字，和他的工作服配成了一套。他每天迎着晨光专注地扫着地，我每天迎着晨光边走路边听书。那个时候，我刚从小城鄯善移居到襄阳，面对人生地不熟的生活环境感到无所适从。我看周围的一切都陌生，周围的一切也以陌生的眼光来回应我。我只能另辟一条自己熟悉的路，徜徉在熟悉的文字里，寻找一条隐秘的心灵通道。那段时间迷上了西方哲学，一遍一遍听尼采、康德、萨特，那些枯燥绕口的哲学在一代又一代哲学家的解读中仿佛离我很近。的确，哲学就是来为这个世界寻找方法的。“自然界中有形的东西是流动的，但构成这些有形物质的‘形式’或‘理念’却是永恒不变的。”当我听到操着南方口音的教授讲着柏拉图的时候，我明白了，我也可以把那条刚刚熟悉的汉江看成与我朝夕相处几十年的库木塔格沙漠，我也可以把这条林荫小道看成我曾经走过数十年的团结东路。当我从柏拉图的认识论中开悟的时候，我与自己进行了一场亲切的会晤。我抬起头来看着前方会意地一笑，刚好与那慈祥安然的目光相遇。一个花甲，一个不惑，两道陌生的目光在晨光中交汇，世界瞬间大同了。他的平和收纳了我的顿悟之时，他开口说话了。他说:“锻炼身体呢？”我微笑点头，说:“您辛苦了！”他点着头回应说:“闲着也是闲着。”自此之后，我每天的晨练时间不再提前也不再推后。偶有几次偷懒，当我们再次相遇时，他会说:“几天没见你走路，工作开始忙了吗？”我含糊地回答说:“是。”其实，我根本没有工作，我怕别人知道我这么年轻就成了一个闲人。提到工作，我觉得他比我更有归属感。

五月，正是栀子花开的时节，小路两旁林带里的栀了花悄然盛开，一股香气在小路弥漫。来小路晨练的人更多了。也有一些人是专门来采摘栀子花的。有的拿去卖，五元一朵；有的拿回家插花；有的就是采摘下来拿在手里玩。那天，我按时出来走路、听书，远远地看到一堆人聚集在那里，并听到歇斯底里的叫骂声:“我摘花和你一个扫地的有什么关系！你这个多管闲事的闲人！”“好好的花，还没开开，你干吗把它摘掉？这是公共场所，不能随意采摘花朵！”一个铿锵有力的声音义正词严地回应着。那个摘花人骂骂咧咧地走了，他又拿起扫把一下一下清扫不太脏的地面，扫得认真有力。我迎面走向他，想了很多话来宽慰，但一句也说不出来，因为无论说什么都觉得轻飘飘的，没有任何意义且掺杂着一份做作。我选择了沉默。和以往一样，我们依然是会心一笑，然后向着各自的不同方向走去。只是，那天我总频频回头，不知道自己在寻找什么，只看着那个坚定、缓慢、蹒跚的身影越来越小。

后来因为工作缘故回了新疆。回襄阳探亲的时候，在有限的时间内计划着某天早起，迎着晨光再走一次大李沟的小路。小路上的绿荫越来越浓密，已经完全遮住了路，也遮住了晨光。那个与我相视而笑的老人没有再出现。也或许出现过，只是我们再没有机会在某一个特定的时间相遇，相视而笑。这时，我已经把异乡之路走成了家乡的路了，那一份无意中相遇的微笑也成为我与大李沟之间的一个暗语。

由大李沟沟沿上坡，有一片荒地，大概五六十亩，处在现代楼群和大李沟之间。荒地如山丘般堆砌在大李沟沟沿之上。据说，开发者最初认真地研究了这座城市五到十年的城市规划，看到大李沟风景带规划之后拍下了这块地皮，仅仅用五年时间就把一块空地建造成了一个集商业、住宅于一体的高端商业圈。

这里曾经是一个叫“牛洼”的村庄，前几年棚户区改造，村民们集中搬迁住进了楼房。空地上依稀还能见到被丢弃的家具、年画、门把手、鞋子、衣服等旧物，它们没能跟随主人进入敞亮的楼房，留在了这里，见证着另一个新事物的成长。开发商还没有完全把这块空地利用上，暂时未被利用的空地一年一年地荒芜着。接着，那些失去土地的村民又转身回来了。他们用树枝当篱笆把一小块地圈起来，种上花生、油菜、芝麻……无论多热的天气，他们都挥汗如雨地侍弄那片土地。种地间隙，他们闲聊了起来。枣阳、谷城、保康、南漳……不同地名并没有让他们之间觉得陌生，对于与土地有关的话题从来都是深度的交融。之后，他们开始聊自己的孩子，聊老家搁置的土地，聊那一年的洪灾、旱灾、虫灾，哪一年种的西瓜丰收了，哪一年种的稻子和花生颗粒无收。说者眉飞色舞，即便颗粒无收的那一年，也说得喜笑颜开，仿佛在说别人家的事。

这些侍弄土地的人们，通常会换一件专门干农活的旧衣服，脚穿一双雨靴，肩上搭一条毛巾，错开为孩子们做饭的时间来地里除草、间苗。离他们不远处的空地越来越少，那些高低不同的房子有着自己的名字——高层、大平层、公寓、别墅、写字楼。然而，这些现代时尚的称谓在他们的眼里只有一个名字——房子。这些房子与他们没有任何关系，他们不关心这里是否能发展成樊西区的中心，不关心大李沟水的污染究竟从哪里来，他们只在意脚下的几分地刚刚种上花生，不知道等到收花生的季节那些房子会不会盖到这里来。

楼下邻居家的阿姨也在大李沟圈了一小块地。面对孩子们的再三劝说和阻拦，她依然我行我素。她"威胁"孩子们说，如果不让她种地，她就去捡废品。最后，孩子们妥协了。阿姨的爱人早年去世了，她生活的主要内容就是老家老屋前的几分菜地，以及孩子们结婚成家生子的事情。按照孩子们的要求，她在绿地小区买了一套房子。孩子们不忙的时候她就回老家种那几分菜地，孩子们忙的时候就帮忙做饭带孩子。这不，今天是周日，孩子一家人出去过周末了，她难得清闲，就来到她圈的那一小块地里。她拿起从老家带来的锄头，刨了几下，比较满意，下土快，不粘土。她又弯下腰刨了几下地，然后直起腰来远眺：大李沟对岸，一排大型机器又轰隆隆地开挖着。她看到一块土地被挖开，又被填平，她觉得土地也会有痛感吧。但是时代真的不一样了，这可是大城市呢，听说那里正在建一座名字叫"水淹七军"的现代公园，为在这里住着的人们提供休息玩耍的地方。听孩子们闲谈，对这个公园还很期待，说公园建起来了，这里的房价肯定还会涨，看看在哪里再买一间门面房。她一听说买房子就心情沉重。再买房子，可能就要把老家的房子卖掉了。她可舍不得，山里的那几间房子里留存着她和老伴儿一辈子的记忆。可是现在已经由不得自己了啊，阿姨轻轻叹口气。转身，看见我在她身后，稍显不好意思，仿佛被我偷窥了她的秘密。我连忙说："阿姨，天太热了，注意防暑啊。"她连忙说："习惯了，习惯了。"又低头刨地。一阵风吹过来，吹得篱笆晃了晃，她用毛巾抹了一把汗，理了理斑白的头发，说有风就是凉快。她在与自己说话，也在与风说话。

大李沟的水不紧不慢地流着，因一阵风吹过，水泛起涟漪，又慢慢地散去。